田畔——

杜芳川散文作品集

杜芳川 著

陕西新华出版
陕西旅游出版社
·西安·

图书在版编目（ＣＩＰ）数据

回眸：杜芳川散文作品集 / 杜芳川著. — 西安：
陕西旅游出版社，2017.12 （2024.8 重印）
ISBN 978-7-5418-3549-0

Ⅰ. ①回… Ⅱ. ①杜… Ⅲ. ①散文集－中国－当代
Ⅳ. ①I267

中国版本图书馆 CIP 数据核字(2017)第 244349 号

回眸——杜芳川散文作品集　　　　　　　　　　　杜芳川 著

责任编辑：邓云贤
出版发行：陕西旅游出版社（西安市唐兴路 6 号　邮编：710075）
电　　话：029-85252285
经　　销：全国新华书店
印　　刷：永清县晔盛亚胶印有限公司
开　　本：787mm×1092mm　　　　1/16
印　　张：16.75
字　　数：190 千字
版　　次：2017 年 12 月　　第 1 版
印　　次：2024 年 8 月　　第 2 次印刷
书　　号：ISBN 978-7-5418-3549-0
定　　价：69.00 元

目　录

第一章　游在华夏

01
漫步咸阳湖

酣睡中的古都咸阳被清晨欢快的舞曲、悠扬的歌声、动听的笑声和喧天的锣鼓声唤醒了。

清晨的咸阳湖畔，凉风习习，湖堤上满是晨练的人群：打拳的，演唱的，舞枪的，弄棒的，疾走的，跳舞的，散步的，习字的……映入眼帘的是一番健身强体、陶冶情操、修身养性的景致。

凉风从湖面掠过，荡起了层层涟漪，于是，眼前就闪烁着鱼鳞般的银光；凉风从空中掠过，推动着太阳徐徐升起，于是，东方就燃起了血红色的光芒。此刻整个天空，霞光万道，光彩夺目，古老的咸阳城在朝霞的照耀下婀娜多姿。

在蓝天白云之间，飞翔着形形色色的纸鸢，似蝴蝶，似老鹰，似大雁，似蜻蜓，似飞船，似蛟龙……主人们在草坪上，一手稳住线轮，一手巧妙地一松一紧舞动着线绳，双目沿着线绳注视着天空中飞翔的纸鸢。纸鸢在天空中随风舞动着柔柔的翅膀、轻轻的羽毛、长长的尾翼，随着牵绳的一张一弛、一松一紧，在天空中向上一蹿一蹿地。

千年古渡口又重新出现在人们的视野中，那些浮雕刻画出了当年咸阳的风华与繁荣，再现了咸阳的盛世与安宁。"山雨欲来风满楼"的名称，却深深地刺伤了人们的眼睛，刺痛了人们的心灵，增添了人们"一上高城万古愁"的悲凉思绪。

画舫船、飞碟船、莲花船、水上老爷车、摩托艇、快艇……它们静静地停靠在古渡码头。白天和傍晚卖票人的吆喝声听不到了，好在钟先生"咸阳古渡"四个大字写得飘逸灵秀，使岸边的垂柳都平添了几分姿色，绿色的垂柳在凉风中摆动着身姿，好似纯情的少女，又恰似娇媚的少妇，多少能拂去人们心中的丝丝愁云。

湖边的打捞工在费力地清除湖面上的杂物，日复一日，年复一年，不辞辛劳。草坪上的花工手持打草机，在机器的轰鸣声中剪碎了疯长起来的野草，草被打成了碎末，周围却散发着阵阵青草的涩香。

湖岸边，有人在扯开嗓子吼着秦腔。这粗犷、豪放的声音在空中飘扬，驱散了人们心中的愁云。这裏挟着刚烈、野性秦腔的地方，就是我美丽可爱的家乡——咸阳。

02
唐风汉韵润武功

　　小时候，我就知道武功县。一直以来，在我的脑海里就有武功县就是习武练功之地的定性思维，其实，并非如此。2016 年 3 月 27 日，陕西省作家协会副主席王海、咸阳市作家协会常务副主席董信义带着咸阳市"十大签约作家"，在武功县作家协会主席杜晓辉先生等人的陪同下来武功县采风。至此，我方知武功县县名的来历有这样两种说法：一是因其坐落在太白山脉的武功山脉上而得名；二是因"周武王伐纣成功"而得名。所以说，武功县与"习武练功"没有任何关系。最近，我有幸阅读了杜晓辉先生的《周秦烟波话武功》一文，又知道了武功县名的另一个来历：用历史名人称谓命名。杜晓辉先生认为：以上两个关于武功县县名来历的说法与历史发展的逻辑推理和山川地貌名称更迭的记述似乎不吻合，有牵强附会之感。

　　杜晓辉先生博览群书，学识渊博，对武功充满了拳拳之心，特别是他对武功的人文历史进行了潜心研究，写了一系列关于武功的文章，不禁让我肃然起敬。看了他写的《承载中华文明的武功漆水》《读李世民回武功诗有感》，以及李世民与清凉寺、城隍庙等内容的文章后，我受益匪浅。我在撰写本文时，杜晓辉先生不仅提出了建议、提供了资料，而且在精神方面给予了我大力支持。此外，本文还多有借用杜晓辉先生的劳动成果，在此深表感谢。杜晓辉先生认为：据《史记》载，公元前771年，82岁高龄的卫国国君姬和怀着精忠报国的一腔热情，不顾年事已高，亲率大军从今彬县南下赴邰地截杀犬戎兵马，演绎了一场波澜壮阔的护送周天子迁都洛阳的历史活剧。卫国国君的举动令周平王大为感动，遂划地赠物，又赐其姬姓和最高爵位"武公"。到战国时，秦国有一个睿智过人的君主名叫秦武公，他从小就很崇拜卫武公的治国才能，便给自己立名武公以自勉。秦武公执政期间，在已控制的边远地域实行县制，于是，就有了"武功县"的名称。

我的家乡地处乾县、武功、兴平和礼泉等四县的交界处，这一带也是唐风恩泽的重地。相传，我村和邻村因为受到了上官婉儿的恩惠，所以，村名也就被称之为"南上官""北上官"，用以纪念上官婉儿。李世民打小就生长在武功，安葬于礼泉的昭陵；乾陵是其子李治与妻子武则天的合葬墓；唐玄宗的爱妃杨玉环则因为"安史之乱"而被三尺白绫缢死于兴平马嵬坡上，所以说，唐朝的风脉把乾、武、礼、兴四个县（市）紧紧地连在一起。乾县马连镇的三马村和武功县长宁镇的三马村仅一路之隔，由此可见两个县的距离是多么近。我从小知道武功，还有一层原因，就是因为武功县长宁街道的醋，"历史悠久，色亮味鲜，酸涩冽香"，在方圆百里都很有名气，所以，和家人经常前往那里用玉米换醋。现在长宁的醋还是"醋香不怕巷子深"，精工细作，醋味飘香，名不虚传，在全国都负有盛名。此外，改革开放前，我们生产队种了几十亩的西瓜，西瓜成熟后，我曾和大人们坐着运载西瓜的拖拉机到长宁火车站往火车皮上装过西瓜。

有则笑话：武功县长宁中学、绿野中学当时因为升学率高而远近闻名。长宁中学就坐落在西（西安）宝（宝鸡）北线路北，白底黑字的"武功县长宁中学"长条木牌匾很醒目地挂在学校大门口，在阳光的照耀下，显得格外光彩照人。长途汽车从此经过，车上有个乘客由于对武功县不熟悉，对着校门口那块牌匾发起了很大的脾气，他说，武功县长也太高调了，难怪武功人自古以来脾性刚烈。一般人，名片都是用小纸片做的，武功县长却将自己的名字、职务制作成了这么大、这么醒目、这么耀眼、这么夸张的牌子，还公然挂在公路边，唯恐天下人不知道他，武功县长——宁中学。话音落下，引起了全车人的一片笑声。

笑话终归是笑话。但据县志介绍，武功县原是古有邰国，不仅是黄帝部落发展起步的拓荒地，是炎帝后裔姜姓的册封地，也是"武王伐纣成功"的建功地、后稷"教稼于民"的开启地，还是唐太宗李世民的成长地。

3月的星期天，我们在武功县作家协会主席杜晓辉先生等人的陪同下，从西宝高速武功出入口的"苏武雕像"前出发，沿着有邰大道一路向北，走苏武大道，直奔陕西省9个国家级历史文化名镇之一、有长达1800多年历史的武功县武功镇。

武功镇是武功的旧县址，也叫老县城，和周至县厚畛子乡老县城村一样。武功镇自古就有"九街十八巷"之说，今天依旧保留了这一特点。作为武功的经济、政治、文化中心，武功镇历史悠久，人杰地灵，孕育了苏武、苏蕙、李世民、康海等不少华夏英豪，也留下了"姜嫄古墓小华山，教稼台封后稷官，苏武节碑龙门传，上阁钟声响九天，喀山晚照晒书卷，东桥水波花柳显，二水塔影两河湾，报本胡燕更奇观"的"武功八景"。

教稼于民的后稷

"武功八景"我虽然没有一一看到，但是却看到了陕西"四大名台"

之首、位居全国"十大名台"第二的教稼台。教稼台位于武功镇东门外，是农业始祖后稷教民稼穑的遗迹，是中国农耕文化的发祥地。相传后稷的母亲姜嫄，原是邰氏的姑娘，后来做了帝喾的元妃。年轻时候的姜嫄，聪颖漂亮，顽皮可爱。有一天，她看到马路上巨大的脚印后，便将自己的脚踏入其中。不曾料到，这一踏，却使自己身怀六甲，一朝分娩后，生下了一个令她感到害怕的肉球。于是，她非常气愤，将肉球放在大路上，希望有人捡拾或被牛羊踩死，可是，她的愿望落空了，这个肉球不仅没有人捡拾，而且路过的牛羊等牲口都绕它而过。姜嫄又气又恨，把肉球抱到深山。不料，肉球的哭声惊动了山中伐木的人，姜嫄的愿望又落空了。最后，姜嫄又把肉球放置于冰面上，企图冻死这个肉球。岂料，天上飞来的鹏鸟却伸出了自己的翅膀，一只翅膀垫在肉球下，一只翅膀盖在肉球上，严严实实地保护住了这个肉球。到此，姜嫄无计可施，并感到内心的恐惧，认为这个肉球就是一种"神"，于是，便把肉球抱回家中抚养，起名为"弃"。

"弃"一天天长大，懂事后，在母亲的影响下非常钟爱种植麻、黍、稷、麦、菽等作物，并有了自己的分析判断能力，如什么样的土壤适合种什么样的作物，使用什么样的劳动工具才能提高劳动效率，如何提高作物的产量等。于是，后人对弃就有了"潜心钻研农耕技术"的高度评价。

自古以来，民以食为天，弃所出生的那个时代也不例外。他的行为感动了当时为食发愁的国君尧。尧为了鼓舞弃这个钟情于种庄稼的年轻人，于是，给他奖励了三千斤金（实则为青铜）。弃那时候很单纯，只是想着如何种庄稼，他没有有些现代人的贪婪本性，也没有有些现代人的好大喜功，更没有将这笔奖励据为己有，而是将这三千金用来制作劳动用的工具。

弃树艺五谷，教民稼穑，让人类从茹毛饮血的狩猎时代走进了文明的农耕时代。所以说，远在4000年前，弃在武功便以非凡的胆识和卓越的智慧让中国的农耕文化走在了世界的前列。所以，他被尧封为专司农耕的官员——后稷。后者，君王之意，稷者，五谷之长，后代的帝王奉祀他为"谷神"。

弃的思想是先进的。他为了解放人力，寻找更为合适的牲口作为农耕工具，进行了专门的分析和实地观察、操作。他受到正在祭祀、并当场角逐的两头公牛的启发，选择用公牛作为耕地的工具之一，并且实地进行了耕作试验。他的做法感染了他的异母弟弟叔均，之后，叔均便想方设法地帮助后稷完成了多种农耕工具的发明和改良。

姜嫄是帝喾的元妃，帝喾与姜嫄生后稷。帝喾为皇帝曾孙，"三皇五帝"中的第三位帝王。而后稷是周朝的始祖，所以，也可以说是黄帝后裔在武功这块物华天宝之地上创造了奇迹。后稷不仅对华夏民族做出了不可磨灭的贡献，也让武功这块宝地成为华夏文化的起源地之一。

传说黄帝的父亲是有熊氏少典，他沿沮河向东走到武功的沮河北岸安家，并经常在河畔游猎，相传今天沮河川道里的熊黄沟就是史前先民留下的遗迹。一天晚上，少典的妻子附宝在家中看到北斗七星闪闪发亮，此后怀孕，24个月后生下了黄帝。黄帝自幼就很聪明，长大后诚实勤奋。有熊氏少典看到这么有出息、有才干，又诚实、勤奋的儿子，心中的喜悦难以言表，于是就让黄帝在漆水河岸边炉灶，成家立业。

当时还有一个强大的部落，首领为炎帝。这个部落生活在姜河流域。后来炎帝部落和黄帝部落争夺领地，展开了阪泉之战。

胜者为王，败者为寇。炎帝部落愿意俯首称臣，但黄帝并没有把他们当作俘虏、臣民来看待，而是时时尊重，处处礼让，事事商量。他们和谐相处，和睦发展，志向一致，共同御外。他们后在涿鹿之战中打败了来自东方的蚩尤部族，繁衍、发展了华夏文明。

来到教稼台，我站在屈武题写的"教稼圣地"牌匾前，默默地注视着五彩斑斓、错落有致的门楼，幻想着 4000 年前的情景。我随着大家的脚步，沿着用青砖铺就的道路，缓缓地走进了这个教稼圣地。在面目清瘦、头戴官髻、下颌须髯、身着裙装、左臂抱谷物、右手持长把板斧的后稷石雕坐像前，我还看到了表示牛耕地、耧播种、镰收割、权扬场等播种收割场面的图案，以及教稼台四周石雕上对"二十四节气"的诠释文字，令人叹为观止。正是由于后稷的开拓精神，让武功成为农耕文化的先河，为农业的发展奠定了深远的历史意义和长远的现实意义。

守节的苏武

苏武留胡节不辱。雪地又冰天，穷愁十九年。渴饮雪，饥吞毡，牧羊北海边……夜在塞上时听笳声，入耳痛心酸……

——《苏武牧羊》

汉宣帝神爵二年（前 60 年），从匈奴回到汉长安 21 载、"十九载苦历风雪气节未泯真乃民族英烈，两千年饱经沧桑精神犹存堪称中华典范"的苏武与世长辞。苏武的墓位于武功镇龙门村前，他长眠在生于斯、长于斯、封土于斯的故乡，与故乡的山川树木永远相伴，真正做到了"生葆大汉气节不灭，死铸魂归故土不朽"。

我们告别了"教稼圣地"，来到了由华国锋题写牌匾的苏武纪念馆。纪念馆东临漆水河，西依凤岗山。纪念馆内的苏武墓穴为东向，它背靠青山，漆水河自墓前蜿蜒而过，依山傍水，环境十分优美，为"武功八景"之一。我们一行人怀着崇敬的心情拜谒了手持汉节、身披汉服、须发洁白、面目清秀、神情坚毅的苏武雕像。

对于苏武的拜谒，也不由得让我想到了苏武第十六代后裔、魏晋南北朝时三大才女之一的苏蕙。因为近年来，武功有了"苏蕙手工土织布"，并在全国都很有名气。苏蕙的刺绣技术相对于宋末元初的著名棉织家、技术改革家黄道婆来说，早了约800年。黄道婆在现在的海南省虚心学习、改良了黎族的传统织布技艺，并将先进的纺织技术以及纺织工具向当地传授、推广，受到了百姓的敬仰。在清代的时候，黄道婆被尊为布业的始祖。我真的不知道，这对于苏蕙是否公平。

相传公元357年阴历七月初六的晚上，天上的银河边有颗织女星拖着长长的尾巴，划破了黑暗的天空，降落到了现在武功县的苏坊村。亮光消失后，天空中出现了钗环铮响和笙筝鼓乐的摩擦声。第二天，陈留县令苏道质的妻子李氏生下了一个孩子，香若蕙兰，清香悠远，于是，苏道质便给她起名为苏蕙。苏蕙从小天资聪慧，3岁学字，5岁学诗，7岁学画，9岁学绣，12岁学织锦。及笄之年，苏蕙已是姿容美艳的大家闺秀，提亲的人络绎不绝，但皆是庸碌之辈，无一被苏蕙看上。

男大当婚，女大当嫁。到了这个时候，家里的人开始为苏蕙的婚事着急。后来经人介绍，苏蕙认识了文武双全的秦州刺史窦滔。那时候的刺史，是个五品官员，相当于现在的省部级干部。所以说，苏蕙嫁给窦滔也不委屈。婚后，两人相亲相爱，举案齐眉。窦滔办公时，苏蕙不是研墨，就是递茶，尽显女人贤良淑德的品质。然而，窦刺史后来又认识了一个"歌舞之妙，无出其右"的歌妓——赵阳台，并将其偷偷纳为小妾。岂料东窗事发，这件事被苏蕙发现了，两口子便恶言相向，甚至大打出手，本来恩恩爱爱的小夫妻，却落得了各含怨恨的结局。

按常理，在那个年代，纳妾本是正常不过的事情，但在苏蕙的心里却是绝对不允许的。话说这个窦滔也实在是冤枉，谁让他偏偏娶了苏蕙这样性烈的武功女子。他才纳了一个小妾，家里就弄得鸡飞狗跳。

苏蕙本来就是一个才女，又是漆水河养大的儿女，性情刚烈，在爱情、家庭方面"心胸狭隘"，眼里岂能容下窦滔纳妾之事？于是，一气之下，她离开夫家，回到娘家。当她回到娘家之后，方知窦滔因为"忤旨"被革职查办，并被发配到了边关。

听到这个消息，苏蕙的心又软了。她十分悔恨，怨恨自己不应该这样对待丈夫，她不在丈夫身边伺候，不知道窦滔会过着怎样的生活……总之，她忘记了从前的不快，把全部的过错都归咎于自己，一心想前往边关跟随在丈夫的身边，却被家人阻止了。于是，苏蕙每日把对夫君的思念之情惦记于心，并将以前夫妻恩爱的场景用诗文记录了下来。日积月累，苏蕙写下了许多情意绵绵、荡气回肠的诗作。后来，她又经过苦思冥想、不断钻研，将所写的诗作加工、完善、推敲，制成了《璇玑图》，让人送给窦滔。窦滔看到妻子苏蕙一笔一画、一针一线亲手绣出来的《璇玑图》，百感交集，痛苦不已。他没有想到，在他被发配的时候，苏蕙却对他不离不弃，日夜思念，这让他非常感动。从此，窦滔一改往日自暴自弃、一蹶不振的消极形象，发愤图强，洗心革面，习字练武，养精蓄锐，以图东山再起。前秦宣昭帝十四年（378年），窦滔平反昭雪，任前敌先锋。本来他想回到武功，与妻子苏蕙相见，以了相思之苦。后来，他又想建功立业后再衣锦还乡，让妻子、岳父一家人也有颜面。他便策马扬鞭，奔赴战场。谁料，窦滔虽然英勇善战，杀敌无数，但是在夺取东晋竟陵的战斗中还是阵亡了。

窦滔战死沙场的噩耗传到苏蕙耳朵后，犹如五雷轰顶，苏蕙难以接受这个噩耗。曾经的花前月下，夫唱妇随的美好记忆都已随着窦滔的离开而化为乌有。苏蕙身心憔悴，难以支撑，若不是家人的劝解、开导和强硬阻挠，她早就随夫而去了。安葬窦滔后，苏蕙便开始为窦滔守节，深居简出，闭门谢客。但是在苏惠守节期间，却被花花公子符融经常骚扰，为了守住自己的清白，保护自己的名声，她选择了自杀。去世的时候，苏慧年仅23岁。

苏蕙无疑是一个悲剧式的传奇人物，她的专一让人佩服，她的悲惨让人扼腕，她的才情集中体现在万古流传的《璇玑图》上。

说了苏蕙的悲剧人生，就要言归正传了。苏蕙的老祖宗，正是刚正不阿、视死如归的历史名人——苏武。我小时候虽然就知道了武功，但是对武功的情况却不甚了解，除了长宁的醋外，关于苏武的故事也是听了《苏武牧羊》这一出家喻户晓的秦腔传统剧才稍有了解。《苏武牧羊》是根据苏武作为大汉使节，西出匈奴，被囚禁于匈奴遭受百般凌辱，忍受残酷折磨，却始终忠诚于汉的故事改编而成。它旨在歌咏苏武大义凛然、宁死不屈、心系大汉的高风亮节。

在苏武纪念馆内，重温了苏武"拔刀自刎""凛然不屈""啮雪吞毡""德感匈奴"的系列故事后，我深为苏武的行为感到自豪和敬佩。试想，如果把苏武放到现在，他又会变成什么样的人呢？我认为，苏武就是苏武，因为他是"性刚烈"的武功人，所以他才会面对"长安的歌舞浮华，难留其身，毅然受命赴任；匈奴的高官厚禄，难动其心，决然拒绝引诱；大漠寒沙，难摧其志，慨然忠于祖国；数年的风餐露宿，难变其节，昂然持节归来"。现在的一些人，如果放在苏武的时代，很难想象他们不会在金钱面前有所失德，在美女面前有所失操，在高爵面前有所失节。他们多半会成为金钱堆下的俘虏，美女裙下的败类，官爵位上的侏儒。苏武用自己的行动，阐释了"指日归来持汉节，天道何曾污俊杰"的浩然正气。

　　苏武留胡节不辱。转眼北风吹，雁群汉关飞。白发娘，望儿归，红妆守空帏……终教匈奴心惊胆碎，拱服汉德威……

　　　　　　　　　　　　　　　　　　　　——《苏武牧羊》

庇佑万民的城隍庙

　　武功镇的主要街道是一条南北走向的比较宽敞的柏油马路，道沿上面是青砖铺成的宽敞的人行道。沿着这条人行道，我们一行来到了位于武功镇东街中段、坐北向南、占地面积 5000 平方米、建筑面积 1656 平方米的城隍庙。全国的城隍庙有很多，上海、台南、泉州、沈阳、西安等地都有城隍庙。我曾经去过三原的城隍庙，它坐落在县城东渠岸街的中部。由于三原县博物馆设在其中，所以，那次有幸目睹了岳飞手书的前、后《出师表》石刻和于右任先生的书法真迹。每年的中秋节期间，三原的城隍庙会举办庙会，唱大戏、演社火，非常热闹。

　　武功城隍庙虽然比三原城隍庙晚修了 200 多年，但它所供奉的城隍神是唯一被唐太宗李世民敕封为"辅德王"的神灵。因此，武功城隍庙也被称为都城隍府。武功城隍庙的地位居全国各地城隍庙之首。相传，唐贞观二年（628 年），陕西大旱。李世民轻车从简，在岐州等地视察完灾情后，来到武功县城，看到这里的城隍庙挤进了许多面带愁容、鸣炮焚表、烧香磕头的老百姓。他们虽然身心俱疲，但是却虔诚地求神祈雨。这一情景，让李世民百感交集，伤感万分。于是，李世民便来到城隍庙的塑像前顶礼膜拜，默声许愿："城隍有灵，如能及时普降甘霖，解救天下众生性命，也算你为辅助朕立了头功，朕定封你为一品辅德王。"或许城隍神真的被李世民的真情打动，或许是自然界久旱必有久雨的缘故，当天下午，本来还晴朗的天空，瞬间乌云笼罩，狂风大作，到了晚上雨就下了起来，而且越下越大。这场甘霖下了五天五夜，使当年的庄稼获得了大丰收。李世民为了兑现诺言，下旨昭告天下，武功县城隍庙改为都城隍府，其城隍神也连升多级，为一品辅德王。

关于城隍庙还有另一种传说。李世民小的时候生长在武功，直到10多岁时才离开武功镇。他有一个很要好的朋友张生，用现在时髦的话说就是"发小"。张生比李世民身体健壮，事事、时时、处处都让着、护着李世民。有一次要过漆水河，李世民无法通过，张生二话没说，背起李世民就过了河。李世民双手搂着张生的脖子，紧紧地爬在张生的背上，很是感动。过了河后，李世民说："将来我当了皇帝，一定要封你为'城隍神'。"其实，这样的事情、这样的话我们每个人在小时候都遇到过，司空见惯，没有啥可说的，小时候的玩笑话，也没有必要记在心上，因为大家都不当真，认为都不可能实现的。后来，李世民真的成了"唐太宗"，而他也兑现了自己的承诺，敕封张生为"辅德王"，也就是武功县城隍庙的城隍神了。

说到这里，我想起了明太祖朱元璋下棋的故事。传说朱元璋常与徐达对弈，徐达明显棋高一筹，但为了皇上的面子，他总故意输一点。一次，朱元璋召徐达在南京莫愁湖畔对弈，许诺如果徐达赢了，就把莫愁湖赏给他。最后朱元璋输了，心里不悦，脸露愠色，用现在的话说，就是急眼了。徐达急忙跪下，口呼："万岁，为臣罪该万死，请万岁再观棋局。"朱元璋一看，只见棋盘的棋子呈现出"万岁"两字。朱元璋转怒为喜，把莫愁湖赏给徐达，并在湖畔修了一座"胜棋楼"，赏赐"烟雨河山六朝梦，英雄儿女一枰棋"对联一副。

李世民与朱元璋这二者虽然没有可比性，李世民的敕封是为了感激张生的恩情，朱元璋的赏赐是因为自己下棋输了。但是，却都说明了"君无戏言"这一古语。

　　武功城隍庙的建筑物结构独特，宏伟高大，是一组明代的建筑群。大殿中，城隍神的塑像岿然而立，慈眉善目，头戴王冠，身披龙袍。城隍神的身后悬挂着巨龙腾云驾雾的图案，暗示着城隍神来自上苍，能"神威浩荡功过是非或恶或善城隍定夺，明镜高悬升贬盈亏是福是祸自己所为"。案台上，摆放着各种塑料花和鲜花。城隍神像前，众多的朝拜者摩肩接踵，秩序井然。听说，每年的六月初一、七月十五，这里要举办盛大的庙会。我去的那天，并不是正式的庙会日，但在城隍庙院内还是看到了许许多多的男女老少。他们有的端着纸箱、塑料筐，有的提着塑料袋、蛇皮袋，还有的拎着竹篮，里面装着满满的烧纸、纸钱，还有大大小小、高高低低的香。烧纸都是大大的整张的白纸、黑纸、黄纸、绿纸，还有大红纸、水蜜桃红纸；纸钱就像现在街道上卖的那样，花花绿绿，面额不等。他们将袋、框、篮等放在一边，将烧纸摊开在地面上，或一人，或三两人，各自忙活着手中的活计，很虔诚地将纸张折叠成要焚烧的纸表形状。看到他们那样虔诚，那样认真，我知道，他们的善行一定会让城隍神感动，一定会得到好的报应。

令人自豪的武功

　　武功之行没有虚度，我了解了很多关于武功的历史人物和事件。武功镇是人杰地灵、人才辈出的宝地。仅"苏"姓在中国历史上的每朝每代以及现在的全世界就有很多知名人物，1994年成立的"世界苏姓宗亲总会"，凝聚了苏姓宗亲的力量，促进了各地苏氏宗亲发展。

　　我了解到武功的仁人志士，个个脾性耿直刚烈，如清翰林大学士孙景烈，生性耿直，至今在武功县还流传着"孙翰林浆水面待钦差"

的传说。还有秦腔鼻祖——康海。明弘治十五年（1502 年）他"进士第一，大魁天下"，成为当时陕西唯一的一位状元。康海死后葬于武功镇浒西庄村南，我们一行也前去拜谒了他。据说，他由于受到同乡刘瑾的牵连，削职为民，从此，"放形物外，寄情山水，广蓄优伶，制乐府、谐声容，自操琵琶创家乐班子，人称'康家班社'"，为重振北曲，发展秦腔艺术，立下了不可磨灭的功勋。

　　我很早就听说武功的县志记载当地人"性刚烈，善诉讼"，听了讲解员对苏武、康海等人的介绍，更是觉得的确如此。这种风气得益于千年唐风汉韵对武功的滋润和感召。性刚烈是武功人不可多得、区别于其他地方人的本质特征，如果武功人不具备"性刚烈"这一本质特征，苏武就很难在高官、厚禄、美女面前还能不变节，那么，也就不会有后来这一段让人传颂千年的佳话了。"善诉讼"则更加说明了武功人很早就懂规矩、晓法理的特点。他们有了矛盾就会通过当今所说的"法治化轨道"来解决问题，而不是通过所谓的胡搅蛮缠来解决，更不是通过所谓的武力打斗以决输赢。所以，我佩服武功人的"性刚烈"，更钦佩武功人的"善诉讼"。

　　这就是值得我们陕西人骄傲的武功。

03
豳风悠悠古旬邑

20 世纪 90 年代初，因为办案的需要，我曾多次去旬邑县城以及湫坡头、职田等乡镇（今湫坡头镇、职田镇），但来去匆匆，对旬邑没有深刻的印象。我对旬邑的了解，还是基于旬邑籍作家、《检察文学》杂志社社长、总编辑赵新贵的长篇乡土小说《三水瑶》。旬邑豳风悠悠，不仅是《诗经》的发祥地之一，还有驰名中外的旬邑剪纸艺术、唢呐艺术。正是这些文化元素，让更多的人认识了旬邑、了解了旬邑，进而投入到建设旬邑的大潮之中，从而让旬邑焕发了时代的青春。

说到旬邑县，不得不提的还有马栏镇。这片红色的沃土让豳风旬邑更加绚烂多彩。

红色旋律耀豳州

咸阳的 5 月，艳阳高照艳阳暖，万里无云万里天。一大早，我跟随咸阳市"深入生活、扎根人民"百名艺术家大型采风团走进旬邑，走进了红色马栏。

马栏是旬邑县东北部的一个小山村，它位于桥山山脉的南端。村子不大，就坐落在马栏河畔。群山环绕，绿荫滴翠，河水潺潺，沟壑交错，这让夜幕掩映下的马栏多了几分静谧的气息和神秘的色彩。

自从 1932 年 12 月中国工农红军第二十六军在马栏成立并举行了隆重庄严的升旗仪式后，曾经交通不便、消息不畅，但又古老、富饶的马栏，就变成了一块红色的热土，成为陕甘边根据地的重要活动地区之一，成为我党发展、培养干部的摇篮。在土地革命时期，马栏是陕甘革命根据地的重要组成部分，是共产党人高举革命大旗，进行工农武装割据，创建革命政权的红色高地，马栏还曾是关中地区革命斗争的指挥中心。陕甘宁边区成立后，马栏成为其"南大门"，是革命圣地延安的前沿哨所。就是在这里，军民浴血奋战，粉碎了国民党反动派的军事进攻，固守住了这个"南大门"，让马栏成为仁人志士和军需物资通往延安的重要驿站和红色通道。解放战争时期，马栏地区的革命力量坚持游击战术，支前、保卫边区，为解放大西北做出了不可磨灭的贡献。马栏和马栏人民，用鲜血、生命谱写了一曲曲红色的旋律，唱响了一曲曲红色的赞歌。

马栏，不仅将"大生产运动"开展得轰轰烈烈，也将民主与法制的大旗高高举起，同时，还将教育办学开展得有声有色。马栏是一座用理想信念浇筑的丰碑，是一面永远高扬在人民心中的旗帜。

走进马栏革命纪念馆，门前的红色大理石上，镌刻着由马栏革命根据地创始人习仲勋所写的"马栏革命旧址"六个金光闪闪的大字；在纪念的广场上，矗立着马栏革命纪念碑。一大早，我们就来到了纪念馆。这里空无一人，天色低沉，周围的山朦朦胧胧，蜿蜒起伏，整个纪念馆显得宁静、庄严和肃穆。对着纪念碑，我深深地鞠了三个躬，表达了自己对革命先烈和前辈的崇敬之意、思念之心、缅怀之情。

绕过纪念碑，就是大生产展览室。展览室是 1942 年关中分区发动战士和老百姓修建而成。整个建筑面阔31米，进深18米，40根外檐柱形成了回廊。俯视其形状，整个建筑呈"工"字形，关中分区曾在这里举办了第一、第二届劳模表彰大会和成果展示会。展览室门前南侧10余米处有一棵苍劲的核桃树，据说，这是当年关中分委书记、分区专员习仲勋1941年在马栏考察地形时亲手栽种的。这棵树长得很特别，主树干粗壮但比较低矮，在距离地面大约1.3米处，主树干分了叉，形成了两个较粗的树干。在这两个树干上，又分了许许多多的叉，让整个树冠显得枝叶茂密，苍翠遒劲。细看核桃树上的这些枝枝杈杈，就像写满了倒立的"人"字，感觉很有精神，很有气势。不过，在我心中，感觉这棵核桃树和满树的枝枝杈杈，就像人民币的符号"￥"一样，让核桃树多了一些神秘的感觉。这棵核桃树表达了习仲勋当年栽种它时的心愿，那就是希望国泰民安，人民富裕。

走进大生产展览室，南墙上悬挂着"关中分区劳动英雄表彰大会"的红色横幅，下面是由白色台布覆盖的主席台。主席台下方摆了几行长条板凳，这就是当年表彰劳动模范的会场。在北边，隔开了两间房子，在隔墙的门楣上方，悬挂着"自己动手，丰衣足食"的横额。在外间的东西墙两侧，东边摆放着木斗、驮鞍子和瓷罐，西侧摆放着饸饹床子、木水桶、线轮和纺车。里间，摆放着犁、耧、耱、拣杈、独轮车、织布机和风车等。从这些劳动工具上，我仿佛看到了当时热闹、紧张、繁忙的生产劳动场景，看到了"义仓英雄"张清益、"移民英雄"冯云鹏、"模范班子带头人"石明德、"纺织合作社领头人"贾恒春等人登上颁奖台时的满面荣光和因激动而难以言表的脸庞，看到了台下笑容可掬、热情高涨的群众，听到了全场震耳欲聋的欢呼声和雷鸣般久久不息的掌声。

这些劳动生产工具，我小时候在农村就见过，长大了也在田间地头、打麦场院、房前屋后、水井台边、灶台炕头使用过。因为我的父母亲就是农民，我的兄弟姐妹都是普普通通的劳动者，所以，我知晓劳动的艰辛和不易，理解劳动者的辛苦和艰难，更懂得收获季节的喜悦和欢笑。

在大生产运动蓬勃开展的时期，马栏相继建成了被服厂、修械厂、造酒厂和医院。为了解决交通运输困难，方便人员通行和物资运输，1942 年到 1944 年，中共关中地委、关中分区还组织马栏军民，自己动手，肩扛、手刨、人拉，在山上采集石料，在马栏河上建起了一座长 48 米、宽 5 米、高 7 米的七孔石桥。现在这座石桥依然完整地保留着当年的原貌，向我们展示着老一辈革命家当年高瞻远瞩的思想，成为见证老一辈革命家不朽功勋的一座丰碑，坚定地横跨在马栏河上。

出了展览馆，穿过广场，我们来到了马栏革命纪念馆。大厅里，一幅老一辈革命家率领千军万马奔赴战场，不怕流血牺牲，勇敢杀敌的巨幅雕塑首先映入了眼帘。在他们的背后，是红色的山峦，红色的窑洞，红色的铜墙铁壁，他们用自己的鲜血和生命，唱响了红色的旋律和那股捍卫尊严的不屈精神！

在马栏革命纪念馆里，我们看到了"一盏灯儿满窑亮，王家婆媳好心肠，拥军做鞋连夜赶，不怕辛苦不怕忙"的昼夜做军鞋的画面，感受到了"细纳细编真耐实，新里新面新式样，送给亲人八路军，支援前线打日寇"的同仇敌忾之情；看到了"新谷子，黄又黄，新糜子，香又香，收毕了庄稼，大家喜洋洋，齐心协力交公粮"的踊跃交公粮场景，感受到了"黄米饭，放金光，小米子，喷鼻香，肩挑毛驴驮，翻沟过山梁，快把公粮送前方"的迫切真诚之情；看到了一幅支援前线的大型雕塑：一个年轻的后生推着装满粮食的独轮车，一个活泼可爱的小男孩在前方很卖力地拉着绳子，姑娘肩扛弹药勇敢地向前迈进，老年人吃力地背着粮食，还有臂挎篮子、肩挑担子和驴驮粮草的一幅幅画面。看着这活灵活现、场景逼真的雕塑，我的眼睛湿润了。回想当年，马栏人民为了守卫延安的"南大门"，保卫这片来之不易的红色热土，付出了多么巨大的艰辛啊！他们不怕流血牺牲，义无反顾地全力支援着前线的战士，并拿出了自己的全部家当。他们为革命付出了鲜血，乃至宝贵的生命。他们将满腔的热血挥洒在这片热土之上，他们是马栏的英雄，是马栏的符号，是一群"最可爱的人"！

我眼中的马栏，不仅有热闹的生产画面，还有民主、司法大旗的高高飘扬。在展览中，我看到了"豆选""票选"和"军人参选"三选形式。这样的选举看起来很平常，其实在平常的背后展现的恰恰是民主——让人民当家做主，让妇女获得自由和平等。看看当今的一些"村选"，个别人为了一己私利，不惜一切代价拉选票，无所不用其极：发钱的、送米面油烟酒的、唱大戏的、请客吃饭的，你来我往，互不相让，你方唱罢我方登台，争得头破血流；更有甚者，真刀真枪地玩命，制造了一起又一起血案。我想，应该让这些人到马栏来看一看，念一念，听一听，想一想，感受先辈们是何等的无私和高尚，看看自己是何等的卑劣与渺小！当年的选举，是公平的、公正的、公开的，这首"边区要发展，选举要广泛，选举好人把事办，生活能改善。人口四万万，妇女占一半，国事家事全要管，事情才好办。道理说明了，妇女觉悟到，宝娃快把门照好，妈妈当代表"的《乡选歌》就是最好的证明。

说到司法公正，就想到了当年习仲勋办理的一起案件。那是1941年，职田镇青村姚宪章私自砍了姚宗弟土地上的一棵大树，双方争执不下，于是，时任关中分区专员兼新正县县长的习仲勋对此案进行了审理。经过调查，认为关于祖坟位置认定的事，因为"年代久远，毫无根据，即作罢论"，不予支持，当即否决了姚宪章提请的姚宗弟家祖坟在他家地里的诉求。既然祖坟所在地有了明确的定论，那么所砍之树的归属就有了定论，随即，习仲勋又做出了"树头树本全归姚宗弟，不再赔偿其损失"的裁决，解决了大树的归属问题。本来，就这案而言，到此便结束了，但是，他又进一步做出了"今后，谁家地面之树，长在谁家地内，即归谁家"的裁定，彻底解决了双方多年的"后遗症"。据说，姚宪章识文断字，能说会道，但面对习仲勋亲自审理案件并签发的"有理、有据、有节"的裁决书，也是哑口无言，最终心悦诚服地接受了这份公正的司法裁决书。

习仲勋还倡导司法公平公正，阐述了司法服务群众的本质。在1944年11月5日《贯彻司法工作正确方向》中他指出：司法工作"是人民政权中的一项重要建设，和其他行政机关一样，都是替人民群众服务的""越是让老百姓邻里和睦，守望相助，少打官司，不花钱，不误工，安心生产，这才算是做得好的。"习近平总书记在全面推进依法治国时强调："公正司法是维护社会公平正义的最后一道防线"，将司法公正推到了很高的位置。75年前习仲勋的这份司法裁决书，无疑是一份难得的判例。它彰显了司法的公平、公正，彰显了人民利益无小事，彰显了老一辈无产阶级革命家情系人民的无私胸怀。

在马栏的两天时间里，我走过了七孔石桥，跨过了马栏河，聆听了马栏河水的潺潺，寻觅了当年的红色足迹，参观马家堡关中特区旧址、关中分区旧址、中共关中地委旧址和中共陕西省委办公旧址等革命旧址，深切地感受到了马栏这块红色热土的革命气息。这里不仅曾开展了艰苦卓绝的革命斗争，经受了硝烟弥漫的炮火洗礼，还开展了教育运动，改造了"二流子"，让他们自食其力。一首"二流子，馋又懒，东逛西游吃洋烟。吃得腿长脖子细，家里没有二亩地。公家听着要反对，邻家骂你没志气，老婆骂你没脸皮。又没米，又没面，娃娃瞪眼把你看。因此一心要转变，葫芦烟灯一齐拌。受鼓舞，勤生产，多开荒地多种田"的顺口溜流传至今，就是对当时改造"二流子"的真实写照。陕北公学、鲁迅艺术学院、陕甘宁边区第二师范等也曾先后在马栏建校办学，为中国革命培养了一大批栋梁之材。

走进马栏，我仿佛又回到了那悲壮而又豪迈的岁月。无数共产党人用鲜血和生命诠释了"艰苦奋斗，开拓创新，大力协作，无私奉献"的伟大精神，揭示了"只有中国共产党才能救中国"这条永恒的真理！

马栏，这片红色的沃土，将永远播种着红色的种子。马栏，这片蓝色的天空，将永远回荡着红色的旋律。马栏精神与天地共存，与日月同辉！

建筑艺术的殿堂

"三水唐家"坐落在渭北高原，是明清建筑艺术的"活化石"，更是一座建筑艺术的殿堂。

"三水县"是旬邑县以前的旧称谓。据县志记载，旬邑县具有"蜿蜒龙脉艮方来，左涧右溪县治开。汃河西流环玉带，翠屏南耸供文台。前朝第氏三阶贵，明代文门斗八才。休笑规模不宏昌，王稷八百此胚胎"的山水境貌，从中足见旬邑之贵、旬邑之美。

"唐家有个九弯弯，一脚踢了十三万""五五郎，十五娘，孙子替爷拜花堂"等民间流传下来的顺口溜，其实都是有故事的。这些故事就发生在旬邑县城东北大约 7 千米处的唐家村，讲述的都是唐氏庄园里发生的奇闻逸事。偌大的唐家庄园，没有一点故事就不是唐家庄园了。其实，故事里的事，说是就是，说不是也是；故事里的事，说不是也不是，是也不是。不能当真，权当听热闹、看洋景。

　　唐氏庄园是清"三水唐家"大财主唐应弼的故居。唐氏庄园始建于清道光五年（1825 年），历时 43 载，基本建设才告了一段落。据说，唐应弼是山西洪洞县人。明末，政治腐朽，天灾不断，引起了大规模的兵燹和民变。世道荒乱，民不聊生，唐应弼流离失所，漂泊到了旬邑一带。当时，这里人烟稀少，树木繁茂，绿荫如盖，水波荡漾，远离县城，因而叫作"绿野村"，因唐氏后来家大业大，"绿野村"遂改名为唐家村。

　　唐应弼是一位好学勤读之人，耕读传家，人称"富学先生"，获得了"乡饮正宾"的美誉。在绿野村落脚后，他开始走上了艰苦的创业之路。唐家长子、三子皆以农为业，由于脑瓜灵，人勤快，善农耕，唐家的土地、家畜越聚越多，鼎盛时期，拥有 87 院 2700 余间房屋，田地 1.9 万余亩，牛驴一千余头，骡马近 200 匹，羊 1.2 万余只，佃户近 500 户，每一年收租两三万石。唐家二子却偏离农耕，走上了经商之路。到了第四代唐景忠时，商铺林立，"天成铭""天成合"等 10 多个"天"字商号遍布甘肃、四川、安徽、江苏、福建、浙江等 13 省 90 多个县，拥有商铺 190 多处，做到了"汇兑中国十三省，包捐知府道台衔；马走外省不吃别人草，人行四川不歇别人店"。清乾隆六十年（1795 年），唐景忠应召入京，参加了"千叟宴"，乾隆皇帝奖励他七品冠服、银牌、鸠杖、缎匹、荷包以及御制七言律诗。

　　在唐氏庄园，我虽然没有见到这些御赐的奖品和律诗，但这并不影响唐景忠经商的功绩和荣誉。我认为，这种荣誉就相当于今天获得"五一劳动奖章"的劳模进京，受到了党和国家领导人接见这样的最高礼遇。

　　唐家院大、财厚、物丰、人旺、畜兴，真正达到了"财势雄厚，官爵显赫，名扬四方，人尽皆知"的境地。这样的家业，在当时是何等的气派、威风。整个唐家大院的建筑将北方四合院建筑与苏杭园林艺术融为一体，独具匠心，布局严谨有致，造型优美大气。墙壁砌以水磨石砖，镶以砖、木、石雕；屋顶脊卧兽飞，檐牙高啄，交相呼应，寓艺于乐，将书法艺术、绘画手法、雕刻技巧和建筑工艺紧密地融为一体。整个建筑体现了建筑独特的"艺术语言"，让唐家大院具有了文化价值和审美价值，具有了形象性和形式美，展示了唐家以农为本、以商壮大的发展轨迹，揭示了唐家耕读传家、知书达理的治家之本。

走进古老、雄伟、厚重的唐家大院仅存的五座院内，可以想象唐家当时的富庶。清嘉庆年间，唐家本家人口不过 60，丫鬟、仆人却足有 160 人之多，还配备了 60 多台鹦歌轿子作为交通工具，"出门不离车马轿，全堂执事开道锣"。当时的鹦歌轿子相当于现在的豪华轿车，可见唐家当年的气派和奢华。现在的唐家院内，已经失去了当年的风光，不见了苏杭园林的模样，看不到莺歌燕舞的戏楼、潺潺流水的小溪、休闲垂钓的鱼塘、廊腰缦回的长廊和鸟语花香的假山花园，唯一留下的就是令人惆怅的回味。

在唐氏庄园，所有的门窗都刻有各种图案，隔板墙上刻有"八仙过海图""二十四孝图"，在角柱、墙壁上还能看到各种耐人寻味的浮雕，如追求高雅人生境界的"兰菊图"，祈求财富的"金玉满堂图"，表达志在四方的"八骏图"，寓意多子多福的"着棋图"等。在这些浮雕中，我最喜欢的是"钓鱼图"和"求学图"。"钓鱼图"着重于写意，图上水波荡漾，水中莲叶田田，篷船停泊水中，亭榭隐于翠绿中，文武官员把酒言欢，展现出一幅太平盛世、幸福吉祥的和谐盛景。看着这幅祥和的浮雕，我心中吟道："一泓清水一池莲，钓翁船头若等闲。官员亭榭把酒酣，自娱自乐各自欢。""求学图"阐释了唐氏家族好学、重学的优良传统。远山亭中独坐的读书人，抱卷品读，书童远远地看着亭榭，书生虔诚地向老者问路，老者很认真地回答，并用手指点着，担子中的古琴和书箱，构成了一幅深山求学的场景。在这幅"求学图"的浮雕周围，还刻着与读书相关的各种浮雕，再现了苏秦头悬梁锥刺股刻苦读书、李白只要功夫深铁杵磨成针、匡衡凿壁偷光看书学习、老子骑青牛出函谷关讲学，以及猴子拜师学艺等经典故事，无不鼓励人们认真读书，刻苦学习，掌握本领，励精图治。这几幅图，让人从中感悟出唐氏家族对于学习的严格要求和严谨学风。还有一幅"富贵吉祥图"，用高浮雕、浅浮雕和镂空三种手法雕刻出了一块寿石，寿石旁边盛开着富贵之花牡丹。在牡丹的叶子和寿石上，各有一只黄色的被誉为鸟中"一枝花"的绶带鸟，寓"富贵长寿"之意。这幅图值得称道的关键在于，主人将两只绶带鸟的尾巴刻成了四只蛇头状，取意"舍得"。在现实生活中，"得"是人人所期盼的，但是，"舍"是一种情怀，一种境界，一般人很难做到。看到这幅图，方明白了"能舍才能得"的取意，足以见到唐氏主人的博大胸怀和卓越远见。

有趣的是"土地堂"。土地堂虽然所处的位置并不显眼，但从土地堂独特的结构来讲，足见主人对于土地神的重视程度。这是一座仿木结构的歇山式殿堂，屋顶为蟠螭缠枝牡丹屋脊，上面透雕三朵牡丹花，门楣上圆雕蝙蝠、鹿、瑞兽等，寓意"福""禄""寿"。基座为海山须弥座，中间雕刻倒头蝙蝠，取意为"福到"之意。在农村，人们对土地神和灶神一样，都很敬重，几乎家家户户都有土地堂。虽然普通人家的祭拜堂很简陋，不能和大户人家相提并论，可祭拜之心却不比大财主家的人逊色一丝一毫。在关中、渭北高原上，能为土地神建造如此豪华的殿堂恐怕只有唐氏家族了。

在唐氏庄园内，我还看到了"勤能补拙俭以养廉处身世须留心二字，书能破愚诗能益智愿儿孙常砺身三余"这副很励志的楹联。正是这副楹联，让唐氏家族兴盛了八代。经年的沧桑，成就了唐应弼、唐景忠这样的人才，成就了唐氏庄园，让他们从一无所有到家财万贯，并受到了清王朝的青睐和帝王的嘉奖。

"富不过三代"。常言道："自古英雄出少年，从来纨绔少伟男。"唐氏的富庶，造就了第九代的纨绔子弟，于是便出现了"唐家有个九弯弯，一脚踢了十三万"的传言，唐氏能富过八代属实不易。清同治七年（1868 年），唐家走向了衰落，第九代"德"字辈世孙，为了维持生计，开始变卖家产，将偌大的庄园变卖得所剩无几，仅留下现存的 5 座院落。

对于唐氏来说，鼎盛时期的繁华在历史的变迁中已经成为过眼云烟。仅存的 5 座院落，经历了百年的沧桑，变为了建筑艺术的殿堂。与青苔相伴的楼房瓦舍，见证了后人对唐氏庄园的无限赞羡和长长地哀叹。

午后的阳光是极热的，走出了阴冷潮湿、仅能见一线天的唐氏庄园，刺眼的阳光让人不能睁大眼睛看看庄园门前的沟壑和翠绿，几个老人坐在唐氏庄园旁边空旷的场地上，抽着旱烟，拉着家常。他们是否在闲谈着"九弯弯""五五郎"的故事，我无从知晓。旁边一位中年妇女，坐在架子车辕上，兜售着麻籽、黄豆等农家土产，这让"以农为本"、已经落寞的唐氏庄园有了一点点生机，再现了"农耕之本"。

阳光下的唐家大院，显得既耀眼又疲倦。整个建筑安静地在阳光下，独享着寂寞，日复一日，年复一年，不断重复着唐氏庄园里"昨天的故事"。我是一位过客，不能过多停留，但唐氏庄园的一草一木、一砖一瓦、一书一画却在眼前一幕幕浮现，"知足不辱知止不殆退一步乐意无穷，以让为得以曲为伸忍三分物情自顺"久久地回荡在耳旁。

艺术之树万古青

五月的豳州，山梁显得那么苍翠，漫山遍野的洋槐花一树树绽放着，一簇簇盛开着，山峦一片洁白，花香从洁白的花朵中悠悠地散发。蜜蜂在树林中飞舞，在花朵中穿梭，它们辛勤地劳作。

5月18日，晴空万里，云很薄、很高，或覆盖在山峦上空，或飘浮在山顶之上，有的如羽毛，有的如棉絮，有的如云海，山峦、绿树、鲜花和白云交相辉映，构成了一幅靓丽的山水画。在阳光的映照下，山水画中的旬邑县体育广场显得更加明丽和热闹。舞台虽然比较简陋，但是背景墙上巨幅的红底白字和黄字格外耀眼。背景墙南面是秦始皇东征时的铜车马雕塑和咸阳城市品牌"大秦故都，德善咸阳"八个大字的喷绘，背景墙北面是公刘的巨大雕塑和旬邑县宣传口号"红色马栏，绿色旬邑"八个大字的喷绘。舞台不高，大约五六十厘米，红色的地毯将舞台覆盖。舞台下方正面，书写着醒目的社会主义核心价值观24字；南北两头，摆放着剪纸艺术大师库淑兰的习仲勋红色肖像剪纸画，让整个舞台充满了红色的旋律和热烈的气氛。

红色的5月，红色的马栏，红色的舞台，唤起了人们心中红色的记忆。一群姑娘身着红色带黄色横条和金边的连衣舞裙，在欢乐、轻快、明朗的旋律中，潇洒自如地舞动，将飞扬的旋律挥向四面八方，也拉开了整场演唱会的帷幕。"那一天你拉着我的手，让我跟你走；我怀着那赤诚的向往，走在你身后……为你捧出火红的青春，一路去追求；为你抛洒滚烫的热血，奉献我所有……千年万年我也不回头，永不回头！"咸阳市音乐家协会副主席、咸阳师范学院音乐学院院长王勇华演唱的《把一切献给党》，唱出了共产党人和年轻一代的心声。她的声音浑厚高亢、激昂洪亮，长久地飞扬在古豳州大地之上。

中国兵器工业的开拓者、有着"中国保尔"之称的吴运铎曾经写了一部《把一切献给党》的自传，书中记录了他感人的事迹。他的事迹和精神鼓舞了中华人民共和国的几代人，让中国兵器工业不断地发展壮大。他为祖国实现"强军"梦做出了不可磨灭的贡献。

我曾经参观过中国兵器 202 研究所，听了讲解员介绍吴运铎为中国兵器所做出的卓越贡献和为之奋斗一生的精神，看到了中华人民共和国制造的多种类型的火炮。在兵器工业战线，兵器人刻苦钻研，无私奉献，有的甚至献出了自己的生命，他们把一切献给了党。我国现代化自行防空反导武器开拓者之一、中国兵器特聘首席专家、中国工程院院士、202 研究所的老所长李魁武，他把自己的一切献给了党，献给了钟爱的兵器工业。我曾经见过李院士，他个高、清瘦、不善言谈，但谈起兵器知识滔滔不绝，让我非常敬佩。吴运铎、李魁武等人把一切献给党的无私奉献的革命精神和歌声一起，永远飞扬在蔚蓝的天空。

在旬邑的三天里，我看了两场演唱会，艺术家们精彩的演唱声振林木，响遏行云。悠扬的歌声在豳州大地上飞扬，嘹亮的歌声唤醒了旬邑的山山水水。很遗憾，我没有看到旬邑唢呐的踪影，没有听到旬邑唢呐的铿锵之音，也没有欣赏到旬邑唢呐的艺术魅力。

唢呐是我国广为流传的一种民间乐器。唢呐为木质管身，呈圆锥形，上端装有带哨子的铜管，下端套着一个铜制喇叭口，音色明亮，音量宏大。唢呐传入我国后，经过不断的发展，又经历了演奏技巧的丰富，最终以其极强的表现力，成为民间最为喜爱的乐器之一。

旬邑唢呐源远流长，曲目繁多，迄今已有 500 多年的历史。其最早曲目达 100 余首，具有标题的通俗性、曲目的趣味性、方式的实用性和演奏的曲艺性等特点。20 世纪 80 年代，旬邑县经过挖掘、整理、录音，记存唢呐曲目、曲牌 100 余首，并编印成卷。旬邑唢呐分为周派、吕派和北塬派。周派唢呐婉转明快，激情洒脱，刚柔交融，富有节奏感；

吕派唢呐队伍庞大，以"唢子硬"的风格著称，粗犷豪放，刚劲有力，呈万马奔腾之气势；北派唢呐的艺人代表万忠院，以唢呐声音的浑厚圆润，丰满华丽，细腻绵长，韵味十足见长。旬邑唢呐主要多出现于婚丧嫁娶、老人祝寿、小孩满月、乔迁新居等场合，因此也有"喜也唢呐，悲也唢呐，生也唢呐，死也唢呐"的说法。唢呐是黄土地的灵魂，一曲曲唢呐则是人生感悟的一种凝练，是一个个鲜活生命热爱大自然的激情表达。旬邑唢呐还参加了国内外许许多多大型活动的演出，受到了国内外观众和国家领导人的称赞。在理论界，唢呐的学术价值大于现实价值，而在日常的生活中又恰恰相反。旬邑，在日常生活中赋予了唢呐不同凡响的感染力、凝聚力、生命力和战斗力，因而，旬邑县被陕西省文化厅命名为"唢呐之乡"。

我的家乡乾县，也有唢呐，只不过没有旬邑唢呐的"生、死、喜、悲"等各种场合的演出而已，家乡的唢呐只是丧事的象征。我小时候看到了唢呐，也曾经拿起唢呐试图吹奏过，不过，因为气量小而没有吹响。据说，吹唢呐很费力气，其实是很费气息，好多人为了吹奏唢呐，把自己一双好端端的眼睛都吹出了毛病。所以，家长不让吹，我也就不敢再去触摸唢呐了。

在我的老家，情况较好的家庭，为老人办理丧事时，都邀请唢呐班子出场，根据家庭情况，少则两把唢呐，多则八把唢呐，家境贫寒的家庭是请不起唢呐班子的。但是再富有的家庭，一旦是年轻人的丧事，也是不允许请唢呐班子的。除了老年人的丧事，其他事情一律不请唢呐班子。迎亲唢呐我还是在电影电视里看到的，现实生活中，我没有看到过。在我们那方圆几十里，武功安红的唢呐是很有名气的。母亲生前曾经对我说："我死后一定要请安红的唢呐班子为她送葬。"我开玩笑说："您一生爱清静，不爱热闹，唢呐班子吹吹打打、吵吵闹闹的，我不请。"母亲笑了说："你是不是掏不起唢呐班子的钱？"我说："您活着我要让您吃好喝好，死后，别说安红的唢呐班子，只要您老人家高兴，要啥都行。安红的唢呐班子不管钱多少，咱都必须请。"母亲听了，笑得很灿烂，说："我就说，我娃咋能把我偷偷摸摸地安葬呢。"

母亲的一生是勤劳的。我曾在《渭水》杂志上发表了《怀念亲人》一文，表达了对勤劳、善良、淳朴和大爱的母亲的深切怀念。我的老师、同学、同事和朋友看了此文，不断地给我发来信息，说我的文章很质朴、很真实、很感人。2000年，77岁的老母亲与世长辞，我们姊妹遵照老人遗愿，邀请了安红的唢呐班子，为老人热热闹闹地送了葬。

安红的唢呐班子为能接到母亲葬礼的邀请感到自豪，因为我们一次请了他们的八把唢呐，也就是他们的全部班底，自从他的唢呐班子成立以来，这是非常少见的。所以，安红唢呐班子的人吹奏时非常卖力。安葬母亲的前一天中午，安红唢呐班子的全班人马悉数到齐，吃过午饭后，便开始精心准备。从下午的迎亲、迎礼，到晚上的祭奠活动，再到第二天的安葬，他们使出了浑身的力气，吹吹打打，让本来就悲伤的我，心中更加悲凉。祭奠活动中，安红唢呐班拿出自己的绝活，从开始吹奏一把唢呐，一直到四把唢呐齐鸣，将《吊孝》《抱灵牌》《祭灵》吹奏得如泣如诉，撕肝裂肺。高潮时，多把唢呐连声齐鸣，激昂铿锵；低谷时，单把唢呐一支独奏，哀怨凄凉，不仅让穿白戴孝的孝子贤孙哭声阵阵，泪如泉涌，也让围观的乡邻们唏嘘不已，泪水涟涟。

我的母亲，在安红的唢呐声中画上了人生的句号。

唢呐在"文化大革命"中作为"四旧"被砸烂了。我们村一位老人去世了，儿女们特意请了两把唢呐为老人送葬，却被当时的大队干部坚决制止了。于是，老人只好在儿女的哭喊声中安葬了。

这一次在旬邑，我有幸认识了旬邑文化馆的馆长王玉婷。她眉清目秀，淳朴沉稳，性格内敛，不善言谈。可能是因为第一次见面生疏的缘故，三天里，我们虽然多次在一起聚会，但几乎没有交流过。19日晚上我们聚会结束，一帮人又聚在一起交流。王玉婷坐在那里，温文尔雅，笑容可掬，听我们海阔天空、天南地北地交谈。谁发言，王玉婷的眼光就到了谁的身上，自己却一言不发，一态不表。但从她的《一把唢呐》中，我听出了她内心的呼唤，感受到了她的热情。她内在的激情、热情和文字上的豪情，完全被外表所掩盖。你听："一把唢呐，便是全部家当。走街串巷，迎来送往，哪一回不是鼓起腮帮，铆足了劲，把最高亢的声音，砸在脚下的土地上。"这便是唢呐的形，唢呐的命。你再听："一把唢呐，是唯一的命根子。吹出了泪，吹出了血，吹出了哭，吹出了笑，终究要吹给谁人听，吹生吹死，吹阴吹阳，吹到有气无力，吹到白发苍苍，把这人间的悲欢离合通通吹成流水音，黄土地，直吹到无声无息，地老天荒。"这便是唢呐的根，唢呐的魂。

这一次，我尽管没有看到旬邑唢呐的表演，但是却了解到了旬邑唢呐的精髓，以及旬邑唢呐引颈高亢背后的一片静寂——那就是旬邑的剪纸。

剪纸艺术是一种镂空艺术，手法有阳刻、阴刻和阴阳刻三种，在视觉上给人以透空的感觉和艺术享受。它始于西汉时期，在我国农村历史悠久，广为流传。其载体可以是纸张、树皮、树叶、布、皮、革等片状物，所以说，我们小时候常见的皮影也是剪纸艺术的一种。剪纸内容广泛，寓意深刻，图案以花鸟、鱼虫、十二生肖、农作物等与百姓生活息息相关的吉祥物为对象，表现的手法多种多样，表现形式多姿多彩，多用于春节、新婚等喜庆活动之中。可贴于门楣、窗棂、顶棚、墙壁等上面，将节日的气氛渲染得更浓郁、更热烈。杜甫"暖水濯我足，剪纸招我魂"的诗句，足以证明剪纸在唐代的大发展。

　　宋末元初，旬邑的彩贴剪纸在单色剪纸之后相继产生，并经过民间的发展、改革之后，具有了富丽堂皇、神秘诡异、夸张浪漫的特点。原中国剪纸研究会会长靳之林教授认为旬邑剪纸"既传统又现代，既淳朴又艳丽"；中央美术馆研究员李寸松称赞其"繁而不乱，艳而不俗"。旬邑也因此被文化部命名为"中国民间剪纸艺术之乡"。

　　剪纸，在陕西民间极为普遍、广泛，不仅旬邑有剪纸，陕北有剪纸，陕南亦有剪纸。特别是近 20 年来，剪纸已经成为人们过大年必不可少的装饰品。每年腊月，走在各种集市，在琳琅满目的商品中，随处可见大红色的剪纸，有门神剪纸、门楣剪纸，还有各种各样的窗花。去年大年三十我回到老家，嫂子已经买回了剪纸，侄子、儿子还有孙子们，上高沿低，贴春联，贴剪纸，不一会儿，"开门大吉"四个字的门楣剪纸贴已经喜庆地在门楣上舞动，四个字中间，还贴了一个"囍"字。春联、剪纸、门神，让老家增添了节日的气氛。

　　小的时候，我也自学过剪纸。我剪过"喜""囍"字，剪过花草，剪过鸟兽。这些我想象中的"作品"，虽然难登大雅之堂，却真真实实地出现在家中用纸张、草席做的屋顶棚的四角和中间，出现在纸糊或者玻璃的窗户上。固然，那时候我的剪纸很粗糙、很稚嫩，但终究还是派上了用场。后来，慢慢的我变懒了，也将剪纸、绘画一一丢弃了。现在每每想起来，还觉得可惜。其实，艺术是一门科学，不懂科学的艺术，就是粗俗，融入科学的艺术，那才是艺术的高雅所在。

　　旬邑的剪纸，是旬邑民俗活动的重要标志之一；通过剪纸的方式表现人民群众对美好生活的向往，对社会发展的记载，对爱情故事的回忆，对人与自然、家庭美德、社会公德的弘扬；对人物脸谱形象等的艺术再现，不仅记载了社会发展的进程，还能体现出民间艺术之美感，给人一种美的享受。20 世纪 70 年代，职田镇还成立了"红剪刀"

创作队，专门配合政治宣传。那个年代，我曾经拿起画笔，画了许多画，配合过政治宣传。在警校上学时，我的画笔也一直都紧握着，直到参加工作后，因为整天忙忙碌碌的，才"弃笔从警"。

已故的艺术大师库淑兰，是旬邑剪纸的领军人物。她的作品在"中国民间艺术一绝大展"中获得金奖，在第四届世界妇女大会上，她应邀参加个展，并设专厅陈列作品，台湾和湖南的出版社还给她出版了《剪花娘子》《库淑兰剪花娘子传奇》等专集。她的剪纸，具有北方剪纸粗犷的艺术特点，又将南方剪纸的细腻糅合进去，将拼贴剪纸艺术发挥到了极致，令人赞叹。在她的带领下，旬邑出现了剪纸艺术的发展期，培养和带动了一大批剪纸艺术爱好者，他们一起将旬邑的剪纸艺术发展到了一定高度，给旬邑剪纸艺术赋予了时代的气息，让旬邑剪纸艺术既有古老的元素，又有时代的音符，既有静态的柔美，又有动感的神韵。在马栏革命纪念馆中，我看到了一幅巨大的"马栏革命史"剪纸，看到了老一辈无产阶级革命家彭德怀、习仲勋等人的人物像剪纸，看到了游击队、支前模范、大生产运动和秧歌队表演的剪纸。这些剪纸，艺术地再现了当年马栏革命的场景，将我们带入了红色的记忆之中。

剪纸，在陕西就是妇女们创造的一种文化，找对象娶媳妇，"不问人瞎好，先看手儿巧"，手儿巧，指的就是剪纸、刺绣的能力。陕西还流传着"一看窗子，二看帘子"，看帘子，就是看妇女的刺绣技术，看窗子，就是看妇女的剪纸水平。凡是剪纸、刺绣好的，人一定聪明伶俐，勤快能干，生出来的孩子也一定聪明。所以，在陕西，剪纸、刺绣成为衡量女人勤劳、聪明的重要标准之一。魏晋时期的苏蕙，就是一位刺绣高手，她不仅喜爱诗文，而且还擅长刺绣，代表她诗文才气和刺绣水平的《璇玑图》，至今无人能与之齐肩。

演唱，是一门艺术；唢呐，是一门艺术；剪纸，也是一门艺术。

在旬邑这片红色的革命沃土中，这三门艺术，既自成一体，又相互交映，扎根在旬邑这片热土之中，生根、发芽、成长、壮大。这些古老的传统艺术，被智慧、勤劳的旬邑人融入了时代的符号，让旬邑成为中华大地上的艺术殿堂，成为新时期的艺术之乡。这些艺术，不仅来自于百姓，扎根于百姓，而且服务于百姓，让百姓从中感受到了艺术的真实、艺术的价值和艺术的高雅。

在此，我真心地祝愿旬邑这棵艺术的参天大树常青不老！

悠悠古豳风，红色马栏情。旬邑是古老的，具有深厚的文化底蕴和历史渊源。马栏的革命种子赋予了古豳州红色的时代符号，唐氏庄园的遗风给当今遗留的明清建筑书写了华丽的篇章，旬邑的剪纸艺术让古老淳朴的民间手艺登上了艺术的殿堂，旬邑唢呐把北方文化粗犷、亢劲的魅力，推向了世界艺术之林。豳风带给旬邑远久的历史文化，让旬邑人民更加淳朴、生活更加幸福，让旬邑的大地更加美丽！

04
天下第一孝山王顺山

慈母手中线，游子身上衣。

临行密密缝，意恐迟迟归。

谁言寸草心，报得三春晖。

——唐·孟郊《游子吟》

具有"天下第一孝山"美誉的王顺山，位于蓝田县蓝桥镇境内。登高玉皇顶，可东眺西岳俊秀，北望渭水连天，南赏群山绵延，西瞰长安壮观。山中奇峰耸立，沟谷幽深，云海渺茫，森林茂密。它原名玉山，后来因为大孝子王顺担土葬母于山顶故得名王顺山。

王顺山兼有华山险峻之阳刚，黄山秀丽之妩媚的特点，自然山水和地貌特征与安徽黄山相似，因而素有陕西"小黄山"之称。山中有40座奇峰，8座秀岭，12条溪流，11道瀑布，16个水潭，10处溶洞；独秀峰、千指峰、一线天、孔雀梁，各有各的特点，自成一道风景；峰与峰交错相连，岭与岭遥相呼应，又构成了一幅绝妙的山水画，不愧是"天下名山此独奇，望中风景画中诗"。

《孝经》是儒家倡导的伦理著作，传说由孔子整理而成。它指出

"孝"是诸德之本，提倡以"孝"为先，"夫孝，天之经也，地之义也，人之行也"。用孝，国君可以治理国家，百姓可以立身理家。《孝经》首次将"忠君"和"孝亲"紧密联系起来，认为孝悌之至，通于神明，光于四海，无所不通，要做到"孝"，就必须"居则致其敬，养则致其乐，病则致其忧，丧则致其哀，祭则致其严"。"二十四孝"就是严格按此标准创立的。

5月的蓝田，艳阳高照，四周无风，碧蓝的天空中没有一丝云彩，整个大地完全暴露在发威的太阳之下。人在阳光直射下，多少显得有点疲惫，王顺山亦显得恬静了许多，少了一丝活力。

我们在山门前乘坐景区的收费电瓶车，大约10分钟就来到管理处。远远看见一座小山门，山门用钢筋水泥浇筑成了山和树的造型。东西两侧各有一小一大的松树，树冠很小，枝叶全都是假的，显得干枯，没有水色，没有生机。紧挨着山门西侧松树的是一座人造的小假山，没有流水，没有绿色植被，略显光秃，没有光感和色泽度。两棵树的树干顶端之间横架着像木板一样的水泥板，中间部分做成了木头色，上面刻着"王顺山"三个红字。在这个小山门的南面正前方西侧10余米处，一个刻着"王顺山国家森林公园"红色大字的巨石屹立在那，因为是真正的石材，所以生机盎然，与背后的假山、假树相比较，彰显了王顺山的活力，和王顺山真正的山、水、树更能融为一体，把大自然的真、善、美完完全全呈现给我们。

走过小桥进入小山门，也就真正进入了王顺山景区。我们一路拾阶而上，来到仙女湖。虽然仙女湖被称之为湖，但湖面并不开阔，称其为"潭"更为妥帖。西侧有座玉女亭，亭子里坐满了游客，有少女、有中年妇女，当然还有男人。有的是独行侠，有的扶老携幼，有的呼朋引伴，他们或在歇脚，或在谈论。一群女子在湖边不停地摆着各种

pose，五颜六色的衣着，还有五花八门的纱巾在空中摇曳，倩影倒映在湖中，更让这山、这水、这树有了用武之地。湖面呈不规则的三角形，真正的"三扁四不圆"。水面发黄，我原以为是水质变了，仔细一看，原来是因为湖水很浅，直接看到湖底的原因造成的。我蹲下身子，用双手从湖中掬起一捧湖水，这水纯净、清亮，就像玉女的圣洁之心。

相传，当地有一富家女名叫蓝蓝，在山中游玩时，偶遇一位文质彬彬、志向高远、博学多才、不善言谈的田公子，两人一见钟情，相见恨晚，发誓要做一生的伉俪。无奈，蓝蓝的父亲嫌贫爱富，不愿意将自己的心肝宝贝嫁给家境贫寒的一介书生，但他又拗不过女儿。于是，他说田公子只要能拿出一块举世无双、质地上乘的美玉，就把女儿许配给他。在田公子和蓝蓝眼里，这简直就是天方夜谭，老虎吃天无处下手，不要说玉石，就是铜钱他们也没有。他们只好在湖边抱头痛哭。"在天愿作比翼鸟，在地愿为连理枝"，两人相拥跳入湖中。不料，奇迹发生了，他们没有被湖水淹死，而被天上的玉女下到湖中营救了，这就是"玉女湖"的来历。玉女听完二人的叙说，给了他们一颗玉石的种子，让他们种到山上。这样他们就会收获他们想要的玉石了。

事情的结果显然易见。蓝蓝的父亲得到了需要的美玉，田公子和蓝蓝也在天作之合下走在了一起。我在想，田公子他们一定是把玉石的种子种到了王顺山上，所以，这座山才被叫作"玉山"。

怀着美好的憧憬，我们来到"玉女洞"。玉女洞处于半山腰，我们蹬着扶梯爬了上去。玉女洞的洞口低矮，是一个小四方口，我弯腰向里面移动了数步，才直起腰来。洞内一片漆黑，看不到玉女在哪里，我只好打开手机的照明灯去寻找。在灯光照耀下，才发现青石雕刻的玉女孤零零地坐在黑暗的角落。上前仔细打量，发现玉女慈眉善目，富态轻盈，面带微笑，双目微闭，稳稳当当坐在一只凤凰上。虽然洞内潮湿、黑暗，玉女也被铁栏杆围着，但她没有丝毫的怨言。看着玉女，想着四周的环境，我感觉到玉女好像住进了重庆的"渣滓洞"。这样的环境对玉女是绝对不公平的，没有玉女的帮助，哪能有著名的蓝田玉呢？哪能成就一段美好的姻缘呢？好在，玉女像前，不知道是哪位朝拜者摆放了西红柿等贡品，说明还有人惦念着玉女呢。因此，我的心中感到了一丝慰藉。

玉女是伟大的，她具有一颗善良淳朴之心。我怀着对她的敬畏之心，慢慢从洞内走了下来，希望有更多的人去念着她、关注她、尊敬她。这样想着，一路走着，我来到了孝子祠。

孝子祠也叫孝神庙，供奉着孝神——王顺。相传王顺与其母生前居住在此，所以，后人在其居住地建起了"孝子祠"。孝子祠坐东朝西，孝神安详地坐在正殿，北侧是财神庙，南侧是观音庙，整个庙宇建筑物虽然不大，也不够宏伟，但是香火不断，说明了人们对于孝道的尊崇和向往。正是"孝"字，吸引着络绎不绝的游客前来进香。西安未央区有一个村献上了"恒古一孝育后世"的匾额，彰显了孝神王顺的"孝"力。

说到"孝"，还有两则故事。相传有一个儿子对自己的母亲不孝，母亲生病卧床后，他不仅不伺候，反而认为抱病卧床的母亲是累赘、是包袱，便产生了遗弃的恶念。有天，他将母亲装进了竹筐，和自己的儿子一起将母亲抬到野外，扔到深山。临走时，儿子捡起了竹筐和扁担。他不解地问儿子，还要竹筐干啥？儿子说了一句："将来装你时用得着。"这句话让他顿悟，感觉自己做了件猪狗不如的事情。他立马将母亲背回家中，痛改前非，精心伺候。还有一则故事：相传有一个孩子生性叛逆，一直不听父亲的话，遇事从来都和父亲对着干。父亲说东，他偏往西，父亲说南，他偏往北。父亲临终前，将自己的儿子叫到床边，心想，一辈子了，儿子都不听自己的话，凡事都和自己对着干。因此，他希望儿子把自己埋在山冈上，却故意说把希望儿子将他埋在池塘中。父亲死后，儿子内心不安，痛哭流涕，没有一事顺从父亲的心愿。父亲死了，他想听从父亲的遗愿，于是，便将父亲安葬在了池塘里。父亲的遗愿还是落空了。

这两则故事，说明了为人子女要孝顺，不仅要"孝"，而且还要"顺"，这就是为人之本——"孝顺"。

古人云：百善孝为先，论心不论行，论行天下无孝子；万恶淫为首，论行不论心，论心天下无完人。无论如何，我们都要怀着一颗爱心、孝心、善良心，去做人，去做事。王顺就是怀着一颗感恩的心，平日里孝敬母亲。母亲死后，他又听从母亲安排，葬母于山顶。白居易对其有"昔有王氏子，羽化升上玄"的赞美。王顺山半山腰的"望亲石"则是王顺上山打猎、砍柴时，母亲在此守望，期盼儿子平安归来的见证。有人认为，"王顺葬母"没有进入传统意义上的"二十四孝"，王顺山就不能有"天下第一孝山"的美誉。我觉得，这些并不重要，重要的是，王顺的感人事迹充分说明了他是一个有孝心，还有顺意的人，是孝顺的楷模，值得后人学习和尊崇。在义乌，"孝德感乌"的颜乌和王顺一样，同样也没有入选"二十四孝"之列，但他们的精神永放光芒，他们的孝心永存，并感染、激励着一代又一代人，继承和发扬光大善良的心灵以及淳朴的行动。王顺、颜乌的这种精神，永远值得我们尊崇、自豪和骄傲！

孝子祠，蓝田有，湖北的孝感市也有纪念董永的孝子祠，浙江义乌还有纪念"孝德感乌"颜乌的孝子祠。正是因为有了董永、颜乌的孝心，才有了当今的孝感市和义乌市。由此可见，"孝"的种子自古以来就在全国生根、发芽、开花、结果。

小的时候，我就听母亲讲过"丁兰刻母"的故事，说丁兰小时候不听母亲的话，也很不孝顺，整天对母亲非打即骂，母亲无法忍受。有一次，丁兰到地里干活，突然看到羊羔吃奶时跪在地上，天上的小乌鸦给老乌鸦衔来食物。"羊羔跪乳""乌鸦反哺"让他深感羞耻，动物都能如此，他作为一个人为什么做不到呢？于是，他追悔莫及，抱头痛哭，立即奔回家，向母亲忏悔。不料，母亲却撒手人寰。丁兰受到了良心的谴责。安葬母亲后，他按照母亲的形态，用柳木刻了一个"母亲"。从此，他事必躬亲，一日三餐向"母亲"供奉，他出现在哪里，哪里就有"母亲"的身影。他每天向"母亲"早请示，晚汇报，事事和"母亲"商量。他的所作所为，感动了"母亲"，也感动了老天。一年夏天，丁兰在院里晾晒麦子，并将"母亲"放在了一旁。突然，狂风大作，电闪雷鸣，暴雨倾盆，丁兰不顾晾晒的麦子，随手将"母亲"抱起飞奔到屋檐下避雨。丁兰一边紧紧地抱着"母亲"，一边安慰"母亲"不要害怕。等待风息雨停后，丁兰来到麦场，准备收拾被雨淋的麦子时，却发现麦子完好无损，没有受一点雨淋。

我的母亲讲的这个故事是否真实，无从考证，但我们那里的人都是这么讲的、这么传的。她们讲丁兰的故事时，内心的出发点都是好的，希望儿女们能够孝顺。

无论如何，"二十四孝"规劝人们要"孝"字当先，这是做人的起码底线，是正确的。不管它用谁来做范例，我们都要取其精华，剔其糟粕，将"孝"根植于心、落实于行。

在兴平市，有一个子孝村。村里有着"丁兰刻母"和"卖身葬父"的美丽传说，他们也在一代一代讲述着"丁兰刻母"和"卖身葬父"的故事。子孝村的村口有一棵古老的大槐树。相传，"卖身葬父"的事迹感动了玉帝天资聪颖、心地善良、心灵手巧、善事女工的小女儿七仙女。她来到人间要与董永结合，却遭到债主的阻拦和刁难。七仙女和董永到债主家一起干活，来偿还董永的欠债，赎回董永的奴身。债主说，只要七仙女一夜能织出十匹锦缎，便还董永自由身。一夜不要说织出十匹锦缎，常人就是能织出一匹锦缎都是很困难的事情，七仙女却答应了。到了夜里，她的六个姐姐全都下凡，帮助七仙女连夜织出十匹锦缎。第二天，债主看到七仙女将十匹锦缎摆放在他面前时，觉得不可思议，大为惊叹，本想反悔，可人证物证摆在面前，他只好兑现了自己的诺言，清除了董永的欠债，还了董永自由身。

董永和七仙女非常兴奋，在回家的路上，看到了一棵大槐树，于是，他们让槐树做媒，为他们证婚。槐树也被他们的事迹所感动，一时激动，将"百年好合"说成了"百天好合"，让董永和七仙女只享受了"百天"婚约。后来玉帝知道了七仙女的事情，下令让七仙女离开董永，回到天界，否则，董永就会遭天打雷劈，被碎尸万段。七仙女为了心爱的人免遭不测，只好忍痛割爱，离开了董永回到天界。

这虽然是一段凄美的爱情故事，但它无时无刻不在感召着后人。在董永的家乡湖北，有了孝感市，在兴平有了子孝村。2009年2月13日，河南籍文姓青年和陕西籍刘姓青年慕名来到子孝村，他们在当年董永和七仙女喜结良缘的古槐树下，举行了浪漫的婚礼，再现了两千年前神话般浪漫的传说。

我们从孝子祠继续拾阶而上，途经饮翠亭，看到了路边的"鹰嘴石"。鹰嘴石如刀劈一般有棱有角，近看似一只雄鹰的嘴巴向天长啸，就像在呼唤山里的百鸟或在歌颂王顺的孝道。过了鹰嘴石，来到飞天瀑布。我看不到水流的源头，但从水流的痕迹来看，瀑布像是天外飞瀑。因为是淡季，瀑布的水资源不丰，因而看不到其壮观的样子，多少有了一些遗憾。

越往上，台阶越来越陡峭，山路越来越难走。每爬一段台阶，我都会累得气喘吁吁，浑身冒汗，都要歇一会儿才能继续前行。好在王顺山的树林茂密，枝叶繁茂，一路上，让人免受日光的曝晒。登山时，我身上燥热，巴不得穿短衣短裤，可是，一旦停下来歇脚时，彻骨的山风又从人脊背掠过，让人生起凉意。好不容易爬到望谷台，往山下远眺，山谷、树木、村庄、房舍等一览无余。山谷深不见底，山体植物茂密，向阳处一片金黄，背阴处一片青暗。索道从山谷通过，一上一下的座箱，打破了山谷原本的幽静，却增添了整个山脉的活力和生机。

过了望谷台，看到了龙云瀑。龙云瀑为三级瀑布，水从悬崖上飞流而下，跌落在崖壁石穴之中，再从石穴飞跃而起，跌落而下，飞溅起巨大的浪花和水柱。强大的水声，气势浩大，惊心动魄，让整个山峦都在鼓噪。只可惜，这样的美景只能等到秋季水丰的时候才能观赏得到。

走到这里，听下山的人说距离观景台不远了，于是，我们几个人加把劲继续向山顶冲锋。路边，我看到了一棵白背椴。树干不高但很粗壮，需要两个人才能抱得住。树冠很奇特，就像我在天竺山上看到的那棵松树一样，树冠像一张巨大的手掌，上面五个粗大的树干就像人的五个手指头一样分开，人可以坐上去歇脚。白背椴的树干、树冠都要比天竺山松树的树干和树冠大得多，但二者都一个共同点，长在山崖边，所以，凡是上去的人，都不能往下看，否则，会心生恐惧感。

过了此地，就离山顶不远了。这里的山路已经超过了70度，爬时得抓住扶手，否则就有掉下去的危险。就这样走一走，歇一歇，一直到了观景台。观景台只是一座山头，还远远没有到达真正的山顶，所以，站在这里俨然没有"会当凌绝顶，一览众山小"的感觉。要登最高的玉皇峰，看飞来石、孔雀梁和杜鹃王，那还需要花费很多时间和精力。因为时间关系已是不可能了，只能是想一想而已。观景台长满了五角枫、四照花、锐齿栎、辽东栎，还有血皮槭。从这里登高望远，满目都是山花烂漫，青松挺立，怪石嶙峋，奇峰罗列，山峰就像刀砍斧劈似的，高耸入云端。看来，王顺山拥有"华山的峻奇，黄山的秀美"的美名果然不是虚传。

自古以来，民以食为天。不管是尽孝，还是尽忠，不管是达官贵人，还是平民百姓，一日三餐自然是离不开的。蓝田县不仅是蓝田猿人的诞生地，也是全国有名的"厨师之乡"。回想陈忠实先生的《白鹿原》，书中记载，旧社会人们把厨师就叫"勺勺客"，蓝田当地把厨师也叫"勺勺客"。我认为"勺勺客"其实不是贬义，而是人们对掌勺师傅掌勺熟练程度的高度概括。当今是文明社会，"勺勺客"摇身一变成了远近闻名的"厨师"。于是，蓝田在全国就有了这样的美誉。我认为，"孝"与"食"是密不可分的。尽孝，就是为了让老人吃好穿好，健康快乐度晚年，延年益寿享清福。美食，就是为了让自己在老人面前尽到起码的"孝顺"责任，二者是相辅相成的。

那天从王顺山上下来，我们慕名去了县城一家叫作"独秀"的餐厅，听说这里能吃到蓝田正宗的风味小吃。去了，果然如此。这家餐厅店面不大，外面的装饰很有特色，一眼望去，与其他酒店、门店大不相同。大门上面书写了"一枝独秀"四个大字，门上悬挂着的"独立蓝邑厨艺风味，秀盈公王玉乡人情"对联，一语道破了蓝田的风土人情、自然风光和美食文化。

我们品尝了神仙粉、荞面饸饹等风味小吃。鱼鱼面是用铜盆端上来的，和剪刀面的形式一样，只是二者的制作过程有所区别。剪刀面是用剪刀剪成一寸长的细绺绺，鱼鱼面是纯手工搓成有花纹的一寸长的较粗的条状物，比麻食大三四倍，吃起来津津有味，口留余香。"独秀"餐厅还有三件套、六件套和九件套，我们人少，害怕吃不完浪费，所以没点。这里的独特小吃比较多，来吃饭的人大都是慕名而来的。

朋友将这里的特色美食专程打包，说是要带回去让父母品尝。我的鼻子一酸，只有在心头默默祷告父母的在天之灵！子欲养而亲不待，是多么令人悲伤的事啊！

要离开蓝田了，我真心地感受到了"孝"字的意义和价值。真诚希望蓝田县在"孝"字上多下功夫，脚步不能仅仅停留在"天下第一孝山"王顺山上，也不能止步于步道两旁的"二十四孝"雕像上。依我拙见，可以在一定范围内，依托王顺山，举办孝文化论坛，每年举办一次孝文化艺术节，创办孝文化学校，让更多的人学习孝文化，了解孝文化，传承孝文化，从而不断提升王顺山的知名度，将孝文化播种在中华大地之上，让孝文化生根、发芽、开花、结果。

05

天然动物园牛背梁

牛背梁国家森林公园位于有着"终南首邑，山水画廊"美誉的柞水县营盘镇朱家湾村。这里资源丰富，景观秀美，集奇、险、清、幽于一体，汇峰、瀑、溪、林于一处，其茂密的原始森林、清幽的潭溪瀑布、独特的峡谷风光、罕见的石林景观和秦岭冷杉、杜鹃林带、高山草甸构成了牛背梁特有的高山景观。这里常年平均气温17摄氏度，负氧离子在五万个每立方厘米，是名副其实的"天然氧吧"，也是理想的休闲避暑胜地，深得人们的喜爱和青睐。

进入牛背梁，能领略到秦岭不同的高山、峡谷风光。登上秦岭主脊，观赏杜鹃、静闻花草、聆听鸟语，近距离感受自然之美，生态之美。

6月初，受陕西事农果品有限公司总经理叶虹女士之约踏上了去往牛背梁之路。车上，叶女士说事农公司是专门做农产品收购和深加工的，所以，她对大自然的一草一木、一山一水、一花一果比常人就多出了一份敬畏和亲切。我们到了牛背梁景区，目睹了牛背梁的雄姿，观看了山梁上如棉絮般洁白的云朵，微风习习，深感心旷神怡。坐在二楼的平台上，我们还品尝了橡籽凉粉酸酸爽爽的滋味。橡籽凉粉是柞水的特色美食，正如孙思邈所言：它"既不属于果类亦不属于谷类却最益人，凡食者还不能断谷者，吃此物最佳。无气则给予气，无味则给予味，消食止痢，使人健康无比。"

饭毕，我们一行人便走进牛背梁的大门，步入羚牛谷山水游憩区。这是一个近4千米的狭长峡谷，有"三峡六瀑八园十桥三十六潭四十八怪"等景点。我们做好了游览羚牛谷原始森林别致的自然风景的打算，不料，天公不作美，行程过半，天降大雨，彻底打断了行程，只好冒雨匆匆下山。这一次，尽管没能心随所愿，但是牛背梁白潭碧水、幽静亭苑、小桥流水等美景带给我的那份心旷神怡的感觉令我难以忘怀，这也让游览牛背梁成了我的一个心结。我一边走着一边吟诵着"云横秦岭落山巅，遮风蔽日雨连天。绿水环绕牛背梁，漫步倾听溪流欢"，抒发对美好大自然的热爱和眷恋之情。

两个多月后的8月9日，农历七月初七。这一天是中国传统意义上的"七夕节"，我再次登上了牛背梁。一大早，我悠闲地来到了牛背梁。天阴沉沉、灰蒙蒙的，山上的树木花草呈现出一片浅青色，老天还时不时飘起一阵小雨，我站在牛背梁公园的大广场，望着远处的山峦和广场周围，有一种"一片雾岚漫山梁，两树紫薇笑云天"的感觉。

羚牛谷是秦岭造山运动中极为纤巧的造化奇迹，最后又变成了精雕细刻的水上乐园。进入山门后，我在步道上缓慢行走着，看着这遮天蔽日的树木，听着旁边峡谷溪流冲击石头发出的潺潺水声，看着大大小小石头上绿茸茸的青苔，聆听着不远处山峦、树木上的声声鸟鸣，整个身心一下子浸入到大自然的怀抱之中。

进入景区便来到了柞树园。柞树常为乔木，也有少数的灌木，叶子的边缘呈锯齿状。树干奇特苍劲，树形优美多姿，可以做家具、农具，树叶做饲料，用于包装和药用。春夏季节，柞树绿叶茂密，到了秋季，经过秋风的洗礼，绿色的叶子慢慢成了红色、黄色，覆盖整个山峦，形成一道亮丽的风景。

继续行走，便是玉镜潭了。一听这名字，就知道潭水的颜色和形状，碧绿如翠玉，平坦如镜面，犹如黑龙江宁安县境内中国最大、世界第二大高山堰塞湖——镜泊湖一样，只是镜泊湖水域开阔，而玉镜潭水面狭小而已。过了玉镜潭，就是黑龙潭。潭洞较深，内呈黑色，相传有黑龙潜藏。这是羚牛峡的第一个瀑布，是由滴翠潭、龙吟潭、黑龙潭和连理潭等4个壮观的瀑布相接而成，潭潭相依，瀑瀑相连，水声遥相呼应，自上而下形成了由低潮过渡到高潮的景观，酷似神龙飞旋而下，势不可挡。千百年来，黑龙在民间便是雨的化身，所以，每逢干旱季节，人们都会到此祈雨，据说有着十次祈求九次灵验的神奇。黑龙潭犹如镇安县塔云山的"惠风亭"一样，皆为老百姓祈雨之圣地。

羚牛谷的步道不比华山、王顺山等，不是很陡峭，步行起来很舒缓，很惬意，让人能够慢慢地沉醉在大自然的怀抱之中。步道按照山势、水流的方向，一会儿在左侧，一会儿在右侧，有时候还需要过桥。穿过板栗园、核桃园，不一会儿，我们便到了隐牛峡。我虽然看不到羚牛的半点影子，但流传下来的美好传说，也能勾起人们的美好想象。看着那从长满青苔的乱石中缓缓流出来的一汪又一汪清水，不要说羚牛了，就是我也产生了要喝的冲动。于是，我沿着石头慢慢走到水边，用双手掬了一捧清凉甘甜的溪水。看着这清澈的溪水，我又不忍心喝它，但又经不起诱惑，急急地喝了几口，顿时，整个毛孔都打开了，整个心肺都滋润了，我被大自然赐予的清泉陶醉了。

踏着羚牛谷哗啦啦的水声，沐浴着牛背梁上掠过的微微山风，眼前，一条狭长的山谷映入眼帘，这就是葫芦峡。葫芦峡有五六米高，溪水从峡谷中冲出，形成了颇为壮观的小瀑布。它虽然没有黄果树瀑布那么宏大，也没有壶口瀑布那么壮观，但却不失婉约和灵动。拾阶而上，便到了葫芦峡口。一眼望去，峡谷口小内大，恰似一个葫芦。相传，当地一个农夫开垦了一亩山地种葫芦。葫芦寓意"福禄"，所以很受人们喜爱。可是，人算不如天算，一亩多地仅仅长出一个很小的葫芦来，让农夫播种时美好的愿望落空了，懊悔之气油然而生。然而，一个商人得知后，便许以三百两银子购买此葫芦。农夫不解，商人指了指北边的六尺岭说，这颗葫芦是开启六尺岭宝库的钥匙。农夫一听，立即反悔不卖了，自己用这颗葫芦去开启宝库石门。石门打开后，里面出现了一个巨大的金牛，农夫见财眼开，扔掉葫芦去牵金牛。不料，葫芦越变越大，将整个山体撑开了一条大大的口子，农夫哪有能搬动巨大葫芦的力气。瞬间，金牛也随之变大，变得凶猛异常，一使劲逃脱了农夫之手，奔出峡谷。于是，农夫一无所获。这虽说是一个传说，真实性已经无法考证，但是它却告诉了人们一个道理：贪得无厌，必定受罚。

此时，我想起《神笔马良》中那个爱金山、金砖、摇钱树的皇帝，因为贪得无厌而命葬大海。还想起了一个传说：有个人得知天宫里面有很多金子，谁都可以随便去拿。但是，所有人必须在太阳出来前离开，否则，太阳出来后便命丧黄泉。于是，一帮人去天宫拿金子。许多人都是量力而行，很快拿回了所需要的金子。可是，有一个人到了天宫，被满眼明晃晃、金灿灿的黄金所迷醉，喜笑颜开，忘记了临行前的叮嘱。他拿了好多金子，但一时又搬不走，便一点一点地慢慢往出挪动。等到太阳出来了，他才挪动了十几米，最后被火辣辣的阳光灼烧而死。这便是"人心不足蛇吞象"的悲惨结局。

在葫芦峡看着那些蘑菇状的脚下石，我停留了许久，沉思了许久。其实，人生就像这些脚下石一样，或淹没于溪水中，或浮出水面。但不管怎么样，要保持一颗平常心，要沉得住气，静得住心，稳得住行，不要贪得无厌，不要想着一步升天，最终只会落得失败的结局。

　　穿过葫芦峡便是盘谷苑。这是山谷冰川下达山麓地带时，在山前汇集冰流加剧侵蚀作用而形成的大型基岩凹地或盆地，所以，这里地势相对比较开阔、平坦。看着这里的休息亭、小茅屋，还有散落在树下、草丛中的休息椅凳，便想到了《鸡窝洼的人家》，顿时产生了一种隐居的心理。过了盘谷苑，便是寿藤苑。这里长满了古老的紫藤，弯弯曲曲，攀攀节节，或缠绕于树木、树枝之上，或相互交错，看得出来它们的"相爱"之心，倾慕之情。离开这些古老的紫藤，漫步穿过拱形石桥，便是栖心苑。

　　栖心苑是一个由六根圆柱撑起来的茅屋亭。看着亭子的四周，东面是山，西面是水，水的沿岸又是山，南北两面是狭长的羚牛峡谷。人坐在亭中，看着满目翠绿的草、树，听着溪水在河道中潺潺的声音和远处树上秋蝉的鸣叫，整个心都越过了树梢，放飞到了蓝天之上，就像那无拘无束的白云一样，在天空中自由自在地飘荡。今天是七夕，一对男女坐在栖心亭，我听不到他们在谈什么，只能听到女孩子一阵阵会心的笑声像鸟鸣一样，伴随着水声、蝉声，在空旷的山谷中回荡着。这一对现实版的牛郎和织女，漫步过了拱形的石桥，穿过"银河"，在栖心苑里约会。他们让心在这里充分栖息，让情在这里恣意舒张，将一年364天的相思之苦，化作羚牛谷中的溪水尽情倾诉……

　　看着这一对为"七夕"添彩的情侣，我会心地笑了。沿着红色木板铺成的步道，我一路而上，来到了牛齿峡。牛齿峡，顾名思义，就是像牛齿一样的峡谷。这里山势相对于其他峡谷来说，是比较陡峭的。一步一个台阶，拾阶而上，两边是刀劈般的黑色陡峭悬崖，悬崖之间是潺潺流水的峡谷，峡谷中大大小小不规则的石头上长满了青翠的苔藓，白花花的溪水或从石头上漫过，或在石头间穿梭，或呈洁白，或呈翠绿。水击撞在石头上，发出了哗哗的声响，溅起了无数的小浪花。浪花在空中飞舞，就像洁白、晶莹、透明的珍珠。牛齿峡上面有个能够积水的平台，平台侧面直直地和崖底相连接，溪水从高处一缕缕落下，形成了无数大大小小的瀑布。瀑布从高处飞下，砸在崖底两块巨石上，溅起了朵朵白色的浪花。水流下落而成的瀑布，有的像洁白的水幕，有的像小小的银河，有的像一缕缕的水柱。这些瀑布经过两块巨石的拦截，缓缓地流向下面的水池之中，形成了长方形的绿色水面，可爱至极。

登上拉锁龙凤桥，脚下软软的，人在桥面上晃动，感觉像在荡秋天，此时的龙凤桥更像天上搭起的那座让牛郎织女相会的银河桥。站在龙凤桥上，回身向羚牛谷望去，远不见头，唯有陡峭的悬崖、郁郁葱葱的树木、长满青苔的山体和石头，以及峡谷中哗哗哗的溪水。羚牛峡的山体在这里将合未合、将开未开，留下的一线天又被参天的大树遮了个严严实实。美轮美奂的清涧飞瀑唤起了牛背梁的灵性，增添了秦岭的毓秀神韵。人穿梭在如此奇险的峡谷中，行走在苍郁的瓦山水胡桃、山定子、四川木姜子、寿藤、核桃、紫竹、山桃、板栗、柞树等无数古树掩映的步道上，聆听着山泉婉转的流淌声……这如诗如画般的美妙景致，摄人魂魄，扣人心弦，令人神往。

过了龙凤桥，便是四圣潭了。这里绿荫如盖，流水潺潺。相传有一年蟠桃会前，玉帝派福、禄、寿、喜四圣为王母娘娘寻宝。经过商量，四圣下凡到了秦岭山谷，寻找到了大熊猫、朱鹮、羚牛、金丝猴这四宝，希望把它们带到天宫。可是，这四宝过惯了人间的生活，不愿意跟随四圣到天宫去。四圣无奈，只好坐在羚牛峡的溪水边对它们逐一进行开导、劝解。它们的事情被千里眼发现了，它不知道事情的原委，很自负地认为四圣在潭水边戏水，然后把这件事告诉了玉帝。玉帝听后大怒，也不调查，武断地听信了千里眼的谗言，将四圣点为石，永远留在人间。于是，这四块石头围潭而卧，这就是有关四圣潭来历的传说。

四圣潭，是人们对于美好事物的向往，对于福、禄、寿、喜的追求。不过，从这则传说中也看明白一个事实——天神和人的欲望是一样的：一是玉帝也有贪得无厌的一面。他在天宫什么宝贝没有啊？却为了讨好王母娘娘，派遣四圣到人间来寻宝。二是天宫里也有谗言的制造者和听信者。千里眼是谗言的制造者和传播者，玉帝偏听偏信，武断地将四圣点为石，贬在凡间。三是要选好适合自己的平台或者场所。人人都向往过上天宫里美好的生活，可是大熊猫、朱鹮、羚牛、金丝猴能够找准自己的生存空间和平台，宁可留在人间，也不愿意随四圣去天宫生活。在现实生活中，大熊猫被誉为"活化石"和"中国国宝"，是世界自然基金会的形象大使，朱鹮是受国际保护的重点对象，羚牛是不丹的"塔金"国兽，金丝猴被列入《世界自然保护联盟》濒危物种红色名录。

出了羚牛峡，坐上缆车便来到了牛背梁的第二个景区——六尺岭。听说这里有着属于牛背梁独有的天公石、地母峰、冷杉王、万寿龟和花中魁等"五绝"。急切的心情催促着我的脚步，让我在三尺宽的步道上，在浓浓的云雾中踏歌而行。

云雾很浓，能见度只有10米左右。好在步道两侧那些青翠的藤木、白桦林、黑桦林中那些瘦骨嶙峋的龙骨木、鸡骨木，以及翠绿的草丛、娇艳的花朵，都能尽收眼帘。这让我在云海中漫步，在树林花丛里穿梭更加赏心悦目。

转眼间，我看到了右边草丛中耸立的三块紧挨的巨石，这便是骆驼峰。其实三块巨石，每一块都是由许许多多不规则的小石头汇集而成，前面一块像高昂的骆驼头，后面一块便是翘起来的驼尾，中间那一块则是驼峰了。看着骆驼峰，我从心底赞叹大自然的鬼斧神工。我曾去过阿斯哈图石林，那里遍地都是大自然赋予的精美石头，一片一片叠加堆积起来，每一块巨石都是一种人物、神仙的造型，形象逼真。我也到过云南的石林，那里的石头全都是从地下生长出来的，有阿诗玛，有阿黑哥，还有西游记中许多人物、妖怪等造型，所以，那片石林曾经成为西游记拍摄的外景地。

说起骆驼峰，还有一个关于"龙凤呈祥"的唯美传说。相传，在牛背梁脚下的朱家湾村，李大夫的徒弟阿龙和小凤相爱结婚了。本村大财主的儿子贪恋小凤的美貌，欲霸占小凤。阿龙、小凤坚决不从，财主的儿子恼羞成怒，不肯善罢甘休。他见软的不行就来硬的，硬的不行就来横的，要强抢小凤。于是，阿龙和小凤连夜逃往牛背梁躲藏。牛背梁山大沟深，阿龙和小凤藏于其中，很难被人发现。财主的儿子虽然不甘心，但也无能为力。阿龙、小凤藏在大山深处，一方面自己耕种自食其力，一方面凭借在师傅家所学的医学知识，在牛背梁上广采中药材，免费为山下的穷人看病。他们的医术很高，药到病除，很受人们喜爱。岂料，他们的事情很快就被财主的儿子知道了，就派人在牛背梁上四处寻找阿龙和小凤，但找了很久都未能如愿。多年后，人们来到骆驼峰，在阿龙、小凤他们平日生活的地方发现一株很大的椴树，枝繁叶茂，枝丫交错，盘根错节，大家认为这就是阿龙和小凤的化身。于是，人们在椴树下纷纷祈愿，而且很灵验。一传十，十传百，山下方圆百十里的人们都在椴树下面祈愿，每一次，穷人的心愿都能成真，大家都相信阿龙和小凤得道成仙了。这就是"龙凤呈祥"的故事。阿龙和小凤的传说，和阿诗玛与阿黑哥的爱情故事一样，都是相亲相爱的人，却被财主逼得走投无路，最后，得道成仙。所不同的是，最后，阿诗玛和阿黑哥变成了石头，而阿龙和小凤则变成了椴树。

沿着步道继续前行。刚刚下过雨，地面有些湿滑，所以，我只能缓缓前行。步道的一边是峭壁，一边是悬崖。峭壁和悬崖一会儿忽左，一会儿忽右，因为云雾太浓，我看不清峭壁的陡峭，也摸不清悬崖的深度，整个人好像在云雾中漂游，有点像天上仙境的感觉。瞬间，我的心也随之飘飘然了。

雨后的山林显得深沉而又湿润，路边的花草、树木经过雨水的浸润后，显得更加多情。树叶上的雨珠，三三两两落在嫩绿的叶子上，随着微风在叶子里打滚。花瓣上的点点雨珠，犹如晶莹透亮的水晶，而悬挂在枝枝丫丫上的雨珠，又恰似珍珠项链一样明亮。看着它，我煞是喜爱。于是，我拿起手机，边走边拍照，想要将这些美景永远记录下来，牢牢刻于我的脑海中。

一边走一边拍照，转眼间到了天路。天路的左右两边都是悬崖，因为云雾很大，我无法看到这里山峰的雄壮，也看不到峡谷的幽深，只能看到漂浮起来的云海在翻卷着，飞舞着，追逐着。步道从这里向上延伸，一直插入云霄，这便是通往天宫的道路。其实，天路的开始端是"鹊桥"。鹊桥两边各有 7 根 80 多厘米高、小腿粗细的水泥柱子，柱子与柱子间用两道水泥杆子相连接，中间用铁锁链相连，柱子上被游客拴着红布条，都在祝福银河两岸一年仅能见一次面的牛郎和织女。

我们上来得很早，还没有看到有其他游客经过，于是我在鹊桥上任性地走着。云中漫步鹊桥，很有畅游银河的感觉，在我感觉很惬意的同时，也在期盼给银河快快架上一座桥，一座永远不会被拆除、不会垮塌的天桥，让牛郎织女这一对相爱的人通过这座银河上的天桥，永不分离，永远厮守在一起。

一心想着牛郎和织女的恩恩爱爱，我脚下的步履加快了许多，很快，我看到了天公地母庙遗址。相传，人类在洪荒之年时，发生了一场大灾难，天崩地裂，仅剩下牛背梁上的兄妹天宫和地母。他们不结合人类就无法生存，他们一旦结合，就会违背人伦道德。羚牛说，让他们两人各自朝山下扔一块扇形石，如果两块石头不能碰在一起，他们便遵从天意，继续做兄妹，如果两块石头碰撞合为一体，这便是天意，让他们结为夫妻，为人类繁衍后代。随后，兄妹俩各自往山下扔了一块扇形石，结果，两块石头在山下碰撞后结为一体。于是，他们遵从天意，结为夫妻。还有一种传说，羚牛让他们各自站在一个山头上点火生烟，如果两股烟在天空中融为一体，他们便结为夫妻，否则，继续做兄妹。最终的结果大家懂的。所以，从此牛背梁上经年烟雾缭绕，成了云的故乡，心的憩园。点烟的日子便是农历的三月三。于是，农历的三月三便成了中国的"情人节"。

其实，传说有时候是美好的、奇妙的，有时候也是荒诞不经的。按照自然规律，近亲是不能结婚的。所以天宫和地母结为夫妻，仅仅是一种传说而已，并不能完全当真，我们不能一味地迷信它。但牛背梁周边的人还是把每年农历的三月三当作传统意义上的情人节，这无可厚非，说明了人们对于神圣爱情的渴望，对于不离不弃夫妻幸福生活的追求。

人们不仅对爱情向往，更对长寿不老充满期盼。在我的眼前，出现了一棵树形与黄山迎客松神似的"南山不老松"。这是一棵比较粗壮的冷杉，树干粗直，枝叶茂密，极具观赏价值。这里的冷杉通常生长在海拔 2300 米到 3000 米处，属于国家一级保护树种。因为它的名字迎合了人们对于长寿的期盼心理，所以，在树干、树枝、周围的警戒索和介绍牌上，都拴着人们表达祈福、祈寿美好愿望的红色小牌子。远远看去，这一片红与南山不老松黑色的树干、墨绿的叶子形成了强烈的反差，成为一道亮丽的风景。

告别不老松，一路继续拾阶而上。我穿梭在云雾蒙蒙的树林山道中，脚下两边随处可以见到觅食的小松鼠。这里的小松鼠不畏惧游人，因为游客很喜欢小松鼠，时不时地拿出面包、爆米花等零食饲养它。小松鼠看见喜欢的零食，埋下头，一幅憨厚可掬的吃相，煞是可爱。小松鼠都是土褐色的皮毛，脊背从前往后是一绺一绺黑白相间的条纹状毛皮，很是光滑，那一双竖起来的耳朵，好像正在聆听大自然美妙的音符，还有那高高扬起的扫帚似的大尾巴，让人看了很是爱怜。它很贪吃，我都不忍心打扰它，于是，从它身边悄悄地绕开了。

牛背梁的山势很陡峭。但是，我感觉，不论是在羚牛谷穿梭，还是在六尺岭上漫步，它们相对于其他地方都比较平缓。这是因为我是从羚牛谷服务区坐缆车直接到了六尺岭的骆驼峰，所以所有的陡峭山体都已经被缆车替代了。行走在六尺岭上，已经如履平地，不需花费很大的气力了，所以，我很快到了红桦林服务区。

红桦林服务区位于海拔2300米处，是专门为游人提供餐饮、住宿、休憩、购物的场所。我来到之时，已经有三五个人坐在石凳上，享受着桶装方便面的美味，为身体补充着被消耗的能量，为继续前行而加油。这里很开阔，地势相对平坦，因为海拔较高，游人比较少，所以，这里远离了城市的喧嚣。这里，可以感受大自然的静寂，令人心旷神怡，让人有一种"一枕清风醉，半溪明月闲"的隐居享受。

好在我还不累，否则，坐在这里休息，真的会"醉清风"了。到了牛背梁，有种我与天地并生，万物与我同在的感觉，顿时心中少了工作上、生活中的一些烦恼，多了回归大自然、拥抱大自然的几许纯真。所以，我内心更加地喜爱牛背梁，喜爱大自然。一路走着，抬头便是朝天门。朝天门，因"两山对峙，其形如门"而得名。此处峰峦叠嶂，关口狭窄，险阻天成，是通往南天门的最后一道关隘和屏障。据刘肃《大唐新语·隐逸》记载：河北涿州人卢藏用，少以文辞才学著称，举进士后而不得志，便隐居于牛背梁朝天门处，等待朝廷征召，果然灵验。后来，又有隐士马承祯被征召而坚持不仕，想进山继续隐居。卢藏用送他时，指着终南山说："此中大有嘉处。"这便成了"终南捷径"一词的来由。以后，后世的人为了仕途，就会到这里祈愿。

我漫步走过朝天门，心想："官是什么？当官为了什么？"现实中为什么有的人和卢藏用一样，削尖了脑袋一心想当官？但是，不管怎么讲，卢藏用还是属于天资聪颖、心高气傲，"能属文，工草隶、大小篆"的那类人，并不是贪官。

从十八大以来查处的领导干部来看，他们当官，忘记了为人民服务的宗旨，抹去了人民在心中的位置，公权私用、滥用，其目的就是为了贪权、贪财、贪色，最终走向了犯罪的深渊。与人民为敌，将永远被钉在历史的耻辱柱上。我想，他们如果站在"心中装着老百姓，唯独没有他自己"的焦裕禄面前，一定会自惭形秽、无地自容吧！

原保山地委书记杨善洲，用自己的一生书写出了一位清正廉洁、无私奉献，忠于党、忠于人民的共产党员的高大形象。他一生廉洁奉公，两袖清风，忘我工作，一心为民，只为了兑现"为当地群众做一点实事，不要任何报酬"的承诺，主动放弃去省城安享晚年的机会，扎根大亮山，义务植树造林 22 年，将价值 3 亿多元的林场捐赠给国家。他，才是值得我们尊崇的清官、好官！

其实，马承祯的做法也是不对的。他满腹经纶却不愿意为国家效忠，他才华横溢却不愿意为老百姓服务，亲手葬送了自己的才能，白白浪费了自己的才华，这样的人对国家、对人民又有何用呢？还不如红桦林周围漫山遍野的红杜鹃。最起码，红杜鹃在生命的重要关头，迎着阳光，经受风雨，尽情绽放着自己的生命，将最美好、最甜美的形象留在了人间。

杜鹃花也叫映山红，与报春花、龙胆花并称为我国的"三大名花"。每当杜鹃花盛开的季节，红桦林周围的山峰，蜿蜒数千米，都被红、白、粉红、桃红以及淡紫色所覆盖。因为重峦叠嶂，起起伏伏，杜鹃花海也变成了一簇簇、一丛丛的小花海，成为牛背梁上最为亮丽的一道风景。赏杜鹃，闻花香，听鸟语，这些都让人沉醉于牛背梁山巅而流连忘返。

相传，在远古的蜀国，有个国王名叫杜宇，很喜爱自己的老百姓。他禅位后隐居修道，死后化为子规鸟，也叫子鹃鸟、布谷鸟，人们习惯称之为杜鹃鸟。每当春季到来时，杜鹃鸟就会飞来呼唤老百姓："快快布谷！快快布谷！"为了老百姓，它的嘴巴啼出了血，洒落在大地上，染红了花花草草，变成了鲜艳的杜鹃花。诗仙李白当年看见杜鹃花便想起了自己的家乡，触景生情，写出了"蜀国曾闻子规鸟，宣城还见杜鹃花。一叫一回一肠断，三春三月忆三巴"这首脍炙人口的诗篇。

初秋的红桦林周围，虽然不能看到漫山遍野的杜鹃花，但是却让我突然想起了邓玉华老师那首旋律优美、歌词深情、家喻户晓、耳熟能详的《映山红》。这首歌表达了人们对红军的热爱和对英雄的崇敬之情。我的眼前仿佛浮现出了电影《闪闪的红星》中潘冬子的妈妈在烈火中牺牲和漫山红杜鹃的画面。红杜鹃，这是千千万万烈士用生命和鲜血染成的英雄花。

杜鹃花具有顽强的生命力，它一定会盛开在南天门上。南天门已经是六尺岭的尽头，也是进入万亩高山草甸的门户。我站在南天门的平台上，亲身感受着云雾缭绕、遮山蔽树的仙境之美妙。这云雾与两座六角翘檐亭阁和高大的石牌坊浑然一体，恰似天宫圣境。我想，这应该是人们心目中牛郎和织女幽会、享受爱情的绝妙圣地吧。

　　微风吹起了天空中的雨丝，让云雾在头顶、树木和山梁上萦绕。登上南天门，我感受到了八面来风的惬意和万里流云的虚幻，更感受到了八百里秦川的雄浑。蓦然回首，牛背梁真的配得上"南瞻北望峰林琼花天下山水归秦岭，星移斗转白云碧汉牛背日月佑长安"之美誉，是大秦岭中，唯一能让织女铭刻在心无法割舍的美男子。

06

周公故里岐山

　　岐山，是位于陕西西部的一个县，因县域内有岐山而得名。它南接秦岭，北枕千山，渭水、韦水穿境而过，形成了"两山加一川，两水分三塬"的地貌特征。这里水阔地衷，树林茂密，鸟兽繁多，气候宜人，自然环境适宜于人类生存。于是，周部族自古豳州（今旬邑一带）迁徙至岐山南麓，挖沟泄水，整理田埂，种植黍稷，兴盛了农业。这里是炎帝生息、周室肇基之地，是周文化的发祥地，是民族医学巨著《黄帝内经》、古代哲学宏著《周易》的诞生之地。因为历史悠久，文化灿烂，岐山还享有"中国千年古县""青铜器之乡""甲骨文之乡"等美誉。

　　在岐山境内，还有著名的五丈原诸葛亮庙和周公庙等风景名胜区，所以岐山也被评为"中国最具魅力文化休闲旅游县"。

卧 龙 长 眠

　　诸葛亮庙位于三国时巨星陨落的古战场——岐山县五丈原。这里南依秦岭，北俯渭水，三面凌空，两面环水，地势险要。关于五丈原的来历，有三种不同的说法：一是此土原前阔后狭，最狭处仅为五丈；

二是相传秦二世西巡至此，原头上突然刮起五丈尘柱的大风，因而称之为五丈原；三是此原高 50 余丈，因而叫五十丈原，后来因为其绕口，口口相传，便转音为五丈原。无论哪一种传说，皆无从考起。真正的五丈原就坐落在棋盘山北麓，南连秦岭浅山，北邻渭河，东、西两面均为悬崖陡坡，是诸葛亮屯兵之所，并因为"五丈原之战"和"诸葛庙"而闻名。

"五丈原之战"是三国时期，蜀和魏之间发生在岐山县五丈原镇黄土台塬的一场北伐战争。诸葛亮率领蜀军进行第五次北伐，进驻在五丈原。退军就意味着战争的失败，诸葛亮岂能甘心？于是，第四次北伐战争失败后，诸葛亮总结经验，开展了三年的"劝农讲武"，发明创造了"特行者数十里，群行者三十里"，能载重 400 余斤的木牛流马，运送粮草于斜谷口。公元 234 年，经过三年的休整，蜀国兵强马壮，粮草充足，诸葛亮信心百倍，亲自率领 10 万蜀兵进行了第五次北伐战争，由汉中出发，取道斜谷，穿越秦岭，进驻五丈原。

第五次北伐，诸葛亮准备充分，雪耻之心尤切，急于和司马懿交战。司马懿虽然没有诸葛亮的智慧和谋略，但是也非等闲之辈，他反其道而行之，任凭诸葛亮叫阵，派遣使者下战书，送女人的头巾、衣物羞辱，都坐于帐中，无动于衷。双方对峙 100 余天，司马懿的举动让诸葛亮心急如焚，内火攻心，积劳成疾。

据东晋著名史学家孙盛的《晋阳秋》记载："有星赤而芒角，自东北向西南而流，投于亮营，三投再还，往大还小，俄尔亮卒。"这段记载说明，诸葛亮的死是有天兆的。在五丈原的诸葛亮庙里，我看到了这块经过后人修缮的落星石。猛地一看，这块石头像一尊穿着官袍的长者，这可能就是诸葛亮的化身了。

在落星石旁边，便是诸葛亮的衣冠冢。相传，诸葛亮死后，百姓急忙将此消息报告给司马懿。正当杨仪等人整顿军队准备撤退汉中之时，司马懿大举进攻蜀军。在这紧急关头，姜维让杨仪调转军旗，做出佯攻状，待到司马懿收兵之后，杨仪迅速撤兵，一路马不停蹄跑到斜谷口，才发丧汉中，将诸葛亮埋在勉县的定军山。定军山是三国时期的古战场，是兵家争夺的要地，有"得定军山则得汉中，得汉中则定天下"的美誉，因蜀汉大将黄忠于此击毙曹魏大将夏侯渊而闻名。所以，民间流传着"死诸葛吓走活仲达"的谚语。三国末年，蜀军将士为了纪念诸葛亮，便将他用过的衣服、鞋帽等埋葬于五丈原，之后堆土为冢。

在五丈原诸葛亮庙内，称得上内容、书法和刻工为"三绝"的便是诸葛亮《出师表》的石刻了。而最滑稽的则是位于庙门内左右两侧的魏延和马岱的塑像了。魏延和马岱都是蜀汉大将，都是诸葛亮信赖的人。马岱是陈仓侯，封北平将军。魏延是南郑侯，以"善养士卒，勇猛过人"而著称，是征西大将军，是一名骁将，为蜀国屡建奇功。没想到，诸葛亮病故后，魏延与杨仪等人争权夺利，建功心切，不愿意撤退，陈兵斜谷口，阻止杨仪撤兵。杨仪派遣马岱出战迎击，马岱奉诸葛亮的遗言，在斜谷口袭杀了魏延。而现在，两个人各守一方，死后都成为五丈原诸葛庙的门神了。

在八卦阵旁边，有一"月英殿"似的钟楼式建筑物，里面供奉着诸葛亮的妻子——黄月英的雕像。据裴松之为《三国志》作注引《襄阳记》载，黄承彦和诸葛亮是忘年交，黄承彦对诸葛说："闻君择妇，身有丑女，黄头黑发，而才堪相配。"诸葛亮便答应了此门亲事。黄月英是否丑陋无比，不得而知，但据传她帮助诸葛亮制造了木牛流马，成就了诸葛亮的事业。还有一种传说，黄月英本人很漂亮，学识渊博，遭到他人的嫉妒才被丑化。他听说诸葛亮答应娶她为妻，为了试探诸葛亮是否真心诚意，过门那天，故意用红布做盖头，遮住了自己的花容月貌。没想到，入洞房后，诸葛亮没有迟疑，一把掀开了黄月英的红盖头，黄月英的娇容让他误以为娶错了人。所以，这就是"红盖头"的来历。无论黄月英是美无边，还是丑出奇，但是，一个成功的男人背后一定有一位勤劳、智慧的女人。

前不久就有一场米兹是如何赢得 WWE 洲际冠军头衔的争论。凡是看过比赛的人都明白，这与他的老婆、前 WWE 世界女子冠军、法兰西美人玛丽丝是分不开的。没有玛丽丝场外的干扰，米兹是不可能轻而易举夺冠的。我觉得，玛丽丝的人品肯定不能与黄月英相提并论，因为玛丽丝用的是下三烂的手法。

诸葛亮是历史上著名的政治家、军事家，他的"空城计"智退司马懿兵马，"八阵图"可挡十万兵马，"七擒孟获"平定了云南中部……他的计谋很多，因而诸葛亮无疑是一位富有传奇色彩的人物。诸葛亮庙内有许多匾额、碑记、壁画、塑像，庙外还有许多遗迹，诸如诸葛锅、棋盘山、诸葛泉、诸葛田、盘盘道等，都是体现诸葛亮谋略的实物。

出了庙宇，回首望去，"一诗二表三分鼎，万古千秋五丈原"这副醒目的楹联就是对诸葛亮一生的写照。这位堪称"蜀汉础石"的人物，为了蜀汉大业，鞠躬尽瘁，忠诚于君王，付出了毕生的精力。故国不归山河未遂中原志，忠魂长在五丈秋高汉相风。五丈之原，虽然难了诸葛亮心愿，但其精神和这座庙宇一样永存！在广场上，有一尊由六块石头拼接而成的巨型大理石，石面上深深地刻着"心外无刀"四个大字。仔细品读这四个字，其用意是多么的深刻啊！"短兵五丈原，长眠一卧龙"，这"短兵"何处而来，就有了明确的答案。

凤鸣卷阿

从蔡家坡出发，我们一路向北，抵达岐山县城，直到周公庙。《诗经》所言"凤凰鸣矣，于彼高岗"，说的就是周公庙所处的岐山县城西北6千米处的凤凰山南麓。凤凰山由于背靠凤鸣岗，东、西、北三面环山，只有南面是一片开阔地，形状像簸箕，所以称它为"卷阿"，即"有卷者阿，飘风自南"之地。"卷阿"不仅是山名，而且还是《诗经·大雅·生民之什》中的第八篇。

周公庙是为了纪念西周著名的政治家、军事家、思想家周公旦所修建的庙宇。周公旦对中国的贡献是巨大的。近代史学家夏曾佑认为："孔子之前，黄帝之后，于中国有大关系者，周公一人而已。"

周公庙门前的广场很宽阔，庙门前有3棵很粗壮、很古老的唐柏，树干需要两三个人才能抱住。唐柏的树冠已经有一大部分干枯了，显得树冠很小，与树干不协调、不成比例，但留下的一小部分树冠很苍翠，在阳光的照射下，郁郁葱葱，富有生机。老山门东面，一块青色带有白色纹理的巨石横卧着，上面雕刻着"梦见周公"四个红色大字。白色的纹理让这块青色的巨石像一座山峦，巨石、山峦和红字，增添了周公庙的神秘和厚重。在去岐山之前，我知道要去周公庙祭拜的，但是，我却没有梦见周公。我记得，周公庙正殿有一副对联："自古勋劳推元圣，从来梦见有几人？"因为我们是凡人不是圣人，所以没有梦见周公也在情理之中了。

老山门与新建的仿古古卷阿门楼连在一起，构成了周公庙宏伟和壮观的气势。特别是"文武肇岐周拓千秋伟业，礼仪佑华夏开万代英才"的金字楹联，精准地说出了周公庙的过去、现在和将来的深远意义。

跨进大门，便进入了景区大约五六米宽的人行步道。步道两侧用花砖铺成，绿草已经从花砖的空隙中伸出了头，翠生生的一大片。在花砖中间，古老的白蜡树、悬铃木、油松、楸树等既粗壮又挺拔，可谓参天大树。树冠彼此相连，遮天蔽日，人行在其中，顿时没有了阳光直射下的灼热感，唯有阵阵清风拂面，丝丝凉意入身。

穿过步道，迎面便看见九脊歇山顶，高悬清道光时"飘风自南"牌匾的乐楼。其背面是悬山顶，供奏乐演唱的戏台。据说，这样的建筑是研究元代戏曲的最佳建筑，迄今已经不多见了。

继续前行，便是周公庙的主人公——周公旦的汉白玉巨型塑像以及清光绪三十二年（1897 年）建的八卦亭。塑像应该时间不长，但是八卦亭迄今已有 100 余年的历史，可谓历尽沧桑。在"文化大革命"中，周公庙诸如此类的建筑物能逃过这场破坏之劫，说明当地人对于周公是发自内心的尊崇与敬仰。八卦亭是重檐阁亭，中顶悬八柱，连为八角形，顶部彩绘成了八卦。周公的塑像很威严，面容和善，满头黑发整齐地梳成一缕，集中在头顶，用发髻拢在一起。倒"八"字眉毛和细条眼睛显得炯炯有神。耳郭很大，蒜头鼻子很端正，嘴唇宽厚，显得诚实良善。嘴唇上方，胡须整齐地排列着，下方又留着一缕八寸长的山羊胡须。周公的整个面庞就是一副有文化、有内涵的忠厚相。他穿着宽袖长袍，双手紧握书卷，目视前方，似在注视整个华夏。站在周公像前，我沉思良久，只有"厚德载物岐周仰止，穷理研几文明创纪"能够代表我此时此刻的心情。

周公庙很大，有许多以祭拜为主要内容的建筑物，如周公正殿、献殿，太公正殿、献殿，召公正殿、献殿等。周公、太公和召公，被尊称为"周三公"。姜太公是成王姬诵的亲外公，是周文王灭商、武王克纣的首席谋主、高级军事统帅和西周的开国元勋。大凡看过电视剧《封神榜》的人，都会对姜子牙的军事才能有足够的认识。正因为他建立西周的第一功臣，所以，死后他被葬于文王陵旁，这也是对姜太公一生丰功伟绩的最终褒奖。

除此之外，还有姜嫄正殿和献殿、后稷殿、玉皇殿等，这些殿，有的是始建的，有的是后修的。不管怎么说，岐山人民为修复周公庙、抢修周文化做出了巨大的努力。

在玄武洞内，我看到了道教镇北之神、主水的北方玄天真武大帝、真武宗师——玄武的雕像。这其实是中国古时建构的二十八宿，分为四组，每组七个星宿。玄武是四组中的一组。这四组分别代表春夏秋冬四季中天之星，每一季配一种动物和一个方位。春天配东方，其灵物为青龙，代表木，寓意春天的生机、万物生长之气；夏天配南方，其灵物为朱雀，代表火，寓意天气炎热，雀鸟繁多之气；秋天配西方，其灵物为白虎，代表金，寓意枝叶落寞，肃杀来临之气；冬天配北方，其灵物为玄武，代表水，寓意冬眠之际，黑色收敛之气。玄武洞内的塑像是汉白玉雕刻的，右腿弯成90度踩在地上，左腿弯曲盘在体前，坐在一条青龙上，右手持剑，左手紧握放在左腿上，仰面朝天，霸气十足。因为是汉白玉雕刻，整个雕像通体透亮，光滑温润，当地人称之为"玉石爷"。据说，这尊玉石爷是唐武则天年间，一天夜里，雷电交加，大雨如注，山崖塌陷后，从地下闪现而出的，所以具有灵气，能治百病。因此，游人到此洞后，哪里不舒坦，就虔诚地用手抚摸玉石爷的那个部位，祈求手到病除。也因为如此，玉石爷的身上已被游客摸得明光发亮。这次我在洞内看到的玉石爷，不是我30年前看到的那尊雕像，原来的比较小，洞口也没有现在的大。据说，原来的那尊雕像被盗了，这是后来重新雕的。

都说贼胆大，真的如此。此盗贼竟然敢偷盗具有灵气、受人崇拜的玉石爷，说明他不是一般的蟊贼，而是和文物贩子相关联的江洋大盗。

在景区内，我还看到了润德泉。润德泉是一座八角形的泉池，就像周易的八卦。据李时珍《食物本草》记载："润德泉水味甘，主补元气，治痨疾，泄肺邪，通隧道，降痰火。"由此可见，润德泉的泉水就是一剂不可多得的天然良药。据说唐宣宗大中元年（847年），此泉水因风起而涌出，民间盛传此泉水数年一出，数年一涸。时任凤翔节度使崔珙闻言后，派人四处打探，"寻诸乡里"，找到了该泉。百姓说，此泉出水时，时态岁丰，民安乐居。涸水时，天旱无收，兵荒马乱。崔珙认为这是一眼"国润泉"而上报朝廷，唐宣宗李忱接奏后，赐以"润德泉"之名，意为"泽可济时，功宣润下"。

润德泉四周用青砖砌成，青砖底部八周中间位置，都有一个人或物的造型。在1米多高的青砖上方，又竖起了16根石柱，石柱顶部刻有人物造型和动物造型，个个精美，活灵活现。石柱与石柱之间用石板连接起来，形成了八角形。润德泉的水面并不开阔，还泛有黄黄绿绿的颜色。润德泉的水面上有一只"金元宝"，彰显着泉水的金贵。还有一些游人往泉水里扔钱币，纸币浮在了水面，金属币则落在了金元宝上。因为摸不着泉水，我也不知道泉水的深度，更无法了解泉水的奇特功效。润德泉的功效再奇妙，都无法和周公的丰功伟绩相比肩。润德泉，因"水清如镜，味甘如醴"而成为"宝鸡八景"之一，它仅仅滋润了一方人；而周公为周王朝的建立、发展、兴盛做出了不可磨灭的贡献，他所创立的周文化为中国社会的发展、进步做出了名垂青史的贡献。

他辅佐武王灭纣，撰写了举世闻名的《牧誓》："今予发，惟恭行天之罚。"悉数了纣王的弥天之罪，鼓舞了士气。

他，治乱安国。在灭纣后，对于如何处理大量的商纣贵族富商的问题上，周内部各持己见。姜太公认为，前朝贵族，一律杀无赦。召公认为"有罪者杀，无罪者活"。而周公认为，战乱刚刚结束，应当以稳人心，平天下为本，建议物归其主，地归其所，只要拥护周天子，一律给其活路。武王采用周公建议后，得人心，稳局势，赢天下。

他，辅佐摄政，吐哺握发。武王去世后，年仅 13 岁的成王姬诵继位。周公不计较个人得失，以天下为大任，辅佐成王，"一沐三握发，一饭三吐哺"，真是呕心沥血，鞠躬尽瘁。在辅佐成王期间，戡伐武庚，平叛了武王的亲弟弟管叔、蔡叔、霍叔"三监"，再一次稳固了周王朝的政权。

他，制礼作乐，确定刑名。周朝建立政权后，周公用了很大的力气，花费了很多时间，制定和完善了各种典章制度。据《周礼》记载，天官冢宰，就是宰相；地官司徒，掌管土地户籍；春官宗伯，掌管卜祭、礼仪和王族事务；夏官司马，掌管军事；秋官司寇，掌管刑法；冬官司空，掌管公共工程。周公让整个社会的王、卿、士大夫、士有了严格的等级，君臣、父子、兄弟行为举止无礼不规，亲疏、尊卑、贵贱等级制度森严。他不仅用礼乐规范了社会行为，还对老百姓的日常生活行为制定了准则，制定了吉礼、凶礼、军礼、宾礼和嘉礼等"五礼"，严格约束了日常交往的世俗行为。

他，封藩建卫，以藩屏周。周公在辅佐成王时，从中也发现了许多问题，即如何固守来之不易的江山社稷。他除了汲取前朝灭亡的教训外，还辅以自己独特的见解，把国家分为 71 个诸侯国，其中亲兄弟 15 个，姬姓独据 53 个，这样，牢牢地把江山社稷掌控在自己人、信得过的人手中。最终，周朝形成以姬姓为主，以血缘关系为纽带，以"尊祖"和"敬宗"为信条，以"大宗"和"小宗"、"宗子"和"庶子"为根本区别，以嫡长子继承制为核心，以授民和授疆土为主要内容，以"天子——诸侯——卿大夫——士"为主要阶层的严格的宗法等级制度。回想辛亥革命以前，我国的哪个朝代不是尊崇周礼而治理江山社稷的？在封建社会，我国的等级制度是非常严格的。中华人民共和国成立后，毛主席才废除了千百年来形成的森严等级制度，让普通的老百姓翻身得解放，成为国家的主人。从这一点上来讲，周公的"封藩建卫"的等级制度是不合乎中华人民共和国国情的。

周公还营建洛邑，改造殷顽。因而，洛阳人民修建了周公庙以纪念周公。岐山是周室发祥之地，因此岐山也建有周公庙。不论是河南的，还是陕西的，它们共同的作用就是祭拜周公姬旦。"还政成王，威震东方"，在成王成年后，周公便在洛邑举行了隆重的"还政"仪式，后来成王诚心挽留，他便留在成王身边继续辅佐。周公死后，"陪葬文王，陵寝于毕"。在咸阳原上，几座巨大的周陵陵塚，昭示了周文化的悠久和灿烂，在阳光下显得雄伟、沧桑。

周公的功绩在《尚书大传》中有详细的记载："周公摄政，一年救乱，二年克殷，三年践奄，四年建侯卫，五年营成周，六年制礼作乐，七年致政成王。"汉代的贾谊对其作了"文王有大德而功未就，武王有大功而治未成，周公集大德大功大治于一身"的完美评价。所以说，周公是一位值得后人敬仰的先哲。

美 味 飘 香

到了岐山，我们参观了诸葛亮庙和周公庙，领略了诸葛亮的军事才能，了解了周公所创立的周文化。当我们还停留在对周文化的历史回顾时，当我们还停留在三国的硝烟战火中时，一股扑面而来的香味沁入心脾，抬眼望去，这就是肖家十大碗民俗农家院。到了岐山，如果不领略岐山的饮食文化，那肯定是一件非常遗憾的事情。于是，我们一行人停车下马，来品味岐山的饮食文化。

这是一座用青砖青瓦砌成的小院，青砖砌成的院墙用白灰粉刷，显得干净卫生。院墙中间留出了一个很大的长方形墙洞，墙洞用青瓦作为填充物，一片片青瓦做成秦代的钱币状，外圆内方。院墙上方用青瓦覆盖，最下一层是滴水瓦，每逢下雨时节，水落在瓦上，然后沿着滴水瓦下落在地上，不至于淋湿了院墙。这其实与北方的环境和气候有关，北方是黄土高原，尘土较多，遇到起风，尘土飞扬，落在了房前屋后，庭院墙头，遇到下雨，如果没有滴水瓦，水将尘土冲刷之后，便顺着墙头墙体下落，太阳晒后，墙上便一绺一绺的，即农村人所说的"给老爷画胡子"，大煞风景。肖家农家院的墙头有了滴水瓦，便很好地保护了墙体，使墙面不沾一丝水渍污垢。所以，这墙体经年都是白白净净的。这与整体的院墙构成了一个完整的经济发展图案：辛勤的劳作，让洁白的大地上长满了铜钱。

走进这飞脊砌成的门楼，便是肖家农家院的院落。从外表看，这是一座一层建筑，其实，里面却是二层的建筑物，因为靠近大门的是大厅，大厅比较高大的缘故。

肖家农家院的大门，是北方门楼，青砖青瓦，中间还有两根红柱子，红柱子上悬挂着黑底金字的楹联："坐大院观民俗见风情，来肖家品美味话家常。"这就说出了来肖家的目的所在。门楼的顶部，悬挂着"肖家大院"的红字招牌，字旁是端着一碗热气腾腾臊子面的小伙计的画像。小伙计笑容可掬，质朴可爱，头戴红色黄边瓜皮帽，身着红衣黄裤，黑色老布鞋，双手端着木盘，木盘上面有一大碗"十大碗"标志的臊子面，大步向客人送去。两侧外墙由青砖砌成 1 米多高的砖墙，墙的上方是一层玻璃窗户，右边顶部，是一幅红色喷绘图，上面写着："乡党，嘹咋了！青砖灰瓦，小桥流水，木亭小院，风车石磨，返璞归真农家院；西府特产，民俗餐饮，棋牌娱乐，名茶休闲，美食美景美得太。"下面配有陕西风情的"喋粘面""做针线""拉扯面"三幅图案。左边顶部，也是一幅红色喷绘图，上面写着："来了！盘土炕，摞花被，挂红灯，贴窗花，置身老宅里，寻找儿时回忆；长条凳，八仙桌，大铜壶，盖碗茶，在品味和触摸中寻味；民俗十大碗，乡趣盎然，十味十足。"下面配有陕西风情的"碾辣子""烙锅盔""抽旱烟""盖房子""吼秦腔"五幅图案。左右两侧的玻璃上方，张贴着肖家美食和名厨、优秀员工照片。大院的房顶和围墙之间，拉起了一根根铁丝，铁丝上面悬挂着长条形的大红灯笼。这样的布局，将陕西的风土人情、岐山的地域特征、肖家农家院的美食特色全部彰显出来。食客身临其境，不仅有文化的熏陶、美食的吸引，还有一种回归大自然的惬意享受。

我们坐在"大舅屋"，品尝了肖家猪蹄、臊子肉、擀面皮等肖家特色菜，品尝了岐山臊子面。说实在的，岐山臊子面在陕西几乎每个城市里都能发现，咸阳也不例外，有好多家，但是，吃起来远远没有肖家臊子面味道那么纯正。其他地方的面，没有那么筋道，醋，没有那么冽酸，辣子，没有那么香辣。所以，我们一行人，饭量最小的也吃了三碗，还直呼没有吃过瘾。

我对肖家农家院的美食并不是那么在意，因为我本来就不是一个纯正的"吃货"。能引起我注意、能打动心弦的倒是肖家的企业文化。比如："你在别人身上看到的，其实就是你自己。"这句话的内涵很丰富，耐人寻味。生活中，爱指责他人的人实在太多，岂不知，久而久之，自己在指责他人中，已经变成了人人都敬而远之的另类了，可是，自己还蒙在鼓里呢。还有，无数老板天天想做君子，但是天天做的都是小人所做的事。一些人整天以正人君子标榜自己，坐在主席台上大谈特谈反腐败问题，岂不知，自己是主席台上的语言清官，实质上早已变成了贪官。

在肖家农家院里，还有许多企业文化值得我们深思，比如："工作的过程是发现问题，工作的核心是解决问题"；"学习什么都不如学习见识，成长什么都不如成长经历，得到什么都不如得到体验"；

"活着就是为了影响，影响就是为了更好地活着"；"生气不如争气，悔恨不如忏悔"。此外，还有人生的"三舍"："父母舍是最大的孝，朋友舍是最大的福，学习舍是最大的德。"诸如此类激励人、鼓励人、激发人的语言很多。所以，我认为，肖家农家院之所以能发展成为宝鸡餐饮的龙头企业，与管理者的理念、企业的文化、员工的素质是密不可分的。

返回县城时，路过了岐山县北郭民俗村。马路边，有家岐山县北郭民俗村美阳馆。于是，我们又进去品尝美食。

美阳馆的前身是美阳饭店，始建于清朝末年，迄今已经有百年历史，所以人称"百年美阳"。这里是美阳臊子的生产基地。美阳臊子是岐山一绝，陕西名优特产，具有"肥肉吃了不腻口，瘦肉无渣满嘴油，不用牙咬肉自烂，食后余香久不散"之特点。在美阳馆，我看到了各种奖章、奖牌满满地挂在了进门的通道墙上，彰显了美阳馆的美食文化、地域文化和特色文化。我还看到了他们精工细作、包装完成的岐山手工挂面、面皮辣子、岐山臊子、岐山臊子面汤料、农家醋等。据介绍，2014 年 12 月美阳馆还曾经举办过一场别开生面的吃臊子面大赛。这里的岐山臊子是一绝，所以，由此而生成的岐山臊子面也当是一绝吧，所以，吸引了无数的食客，于是主人突发奇想，举办了这场大赛。

赛场很简单，就在美阳馆内。赛桌由几条长条桌连在一起，好像贵州千户苗寨的长桌宴一样。参赛的男女都坐在桌子的一边，在他们的四周围满了举办方人员、媒体人和看热闹的群众。面对镜头和看热闹的人群，参赛人员也很兴奋，就像打了鸡血一样。当经过擀面、切面、呛汤、下面、浇汤等一系列程序之后，一碗碗飘着香味的臊子面摆上了长桌。看着那红红的臊子面，不吃都有一种幸福的感觉，更何况参赛的人呢。经过角逐，最终，男子组以 38 碗夺得冠军，女子组以

21 碗夺冠。据说，这里现在每年都要举办这样的吃臊子面大赛，凡是夺得冠军的人，都可享受全年免费吃臊子面的权利。

我虽然没有看到这样的比赛场面，但是能感觉到这样热烈的气氛还笼罩在美阳馆的四周。尽管是寒冷的冬季，寒风并没有吹散人们积极参与的激情，冰冷也没有封冻人们从四里八乡前来观战的热情，赛场上呼喊声、加油声、欢笑声、鼓掌声……仿佛就在耳边回荡！蓦然回首，我看到"无心细面常缠绕，有意嘉宾总往来"的牌匾挂在庭前。

美阳馆和肖家农家院还有一个共同的特点，那就是将"日塌""么眼色""另干""窝也""泼烦"等陕西的一些方言制成小片或锦旗状，悬挂在房前屋后，便于食客们了解、掌握当地的地域文化。其实，宝鸡人的语言有他们自己的"西府"特色，这主要取决于他们的发音。如：他们把 un 音，读成了 ong 音，比如"棍"字，正常的汉语发音是 gun 音，宝鸡人发音是 gong 音；把 en 音，读成了 eng 音，比如"门"，正常的汉语发音是 men 音，宝鸡人的发音是 meng 音；把 u 音，读成了 i 音，再比如"主"字，正常的汉语发音是 zhu 音，宝鸡人的发音是 zhi 音，因而导致语音发生了变化。无论如何，他们传承民族文化的这种精神值得我们敬佩！

美阳馆的美，承载着周文化的精华之美！美阳馆的阳，来自于卷阿所赋予的凤凰之阳！这就是岐山臊子面的温度！这就是岐山人民的热情！这就是岐山文化带给我们源源不断的热情洋溢的感受！

岐山是一块风水宝地，是中华文化的发祥地之一，也是炎黄子孙最早的栖息地。这里不仅留下了周公、姜公、召公的风脉，而且还留下了诸葛亮的英灵。这里还诞生了唐代天文学家、历算学家李淳风，台湾亲民党主席宋楚瑜的夫人陈万水。岐山人杰地灵，不仅涌现出了多位历史上很有影响的名人，而且还有许多的特产，如色泽鲜亮、蒜体肥大、蒜汁浓粘、味道鲜美、香辣适口的紫皮大蒜，株粗、质密、味辛、葱白长的大葱，色红、味甜、黄芯细小人称"透心红"的红萝卜，还有细长均匀、色泽鲜红、辣味鲜美的红辣椒。这些大蒜、大葱、红萝卜和辣椒不仅畅销境内外，而且还是岐山臊子面必不可少的原材料。如此看来，岐山臊子面和八亩沟的擀面皮、锅盔成为"岐山三绝"也当之无愧了。

　　离开岐山，我深有感触，卷阿上的凤凰和隐居于其中的周公所创造的周文化，才是岐山人文文化的精、岐山特色文化的气、岐山美食文化的神！

07
凤县，将美镌刻在大地之上

我很早就听说过"水韵江南，七彩凤县"。凤县是中国最美小城之一，是宝鸡进入秦岭的第一个县城，也是羌族最早聚居地之一。这次去云南，方知现在居住在泸沽湖畔的摩梭人就是羌族的一个分支，至今仍保持母系氏族传统，是"男不娶、女不嫁"神秘色彩的社会群落。于是，我决定趁着五一假日去一趟凤县，看看凤县的自然风景、风土人情、地域文化以及凤县多姿多彩的夜景。

神灵的消灾寺

我们从西宝高速宝鸡出口出高速后，沿着212省道前往凤县，在距离凤县县城还有10余千米的地方停下，这就是凤县的老县城，现在的凤州镇。

凤州镇有座叫豆积的山，因整座山都是用形如豆状的石头累积起来而得名。它坐落在嘉陵江北岸，与凤州城隔江相望。消灾寺高居山顶，殿宇凌空，若隐云端。东瞧如"蛟龙下岩，观旭日东升，举首入水"，西看似"猛虎卧地，看夕阳西下，起身归洞"，所以人们也称其为藏龙卧虎之宝地。

唐玄宗开元年间，社会经济虽然达到了空前的繁荣，出现了开元盛世，但是，封建经济的发展加速了土地兼并，王公百官以及富豪，相互攀比置办土地，达到了愈演愈烈的地步，以至于出现了"黎甿失业，户口凋零，忍弃枌榆，迁徙他土"的局面，还有各种社会矛盾的交织、激化，于公元755年，最终爆发了"安史之乱"。唐玄宗只好逃出长安，去四川避难。车马行走在马嵬驿，因形势所迫，他不仅杀了杨国忠和虢国夫人，还忍着内心强烈的剧痛，赐给自己的爱妃杨玉环三尺白绫，让其自尽后，才得以脱身。堂堂的一国之君，走到了连一个自己心爱的柔弱女人都保护不了的地步，这是多么的悲惨啊！此后，唐玄宗带人出陈仓、入秦岭、过散关，一路车马劳顿，风尘仆仆，时值六月来到凤州消灾寺。

六月的凤州，白天也是酷暑难耐，加之江山摇摇，社稷晃晃，失去爱妃，唐玄宗陷入深深的悲痛愤懑中不能自拔。此时，听到有人送酒送食，唐玄宗突然感到又饿又饥，便让来人进来。进来的是一老一少自称父子的俩人，老者背着酒篓，少者端着饼盘。老者说，听说皇帝驾临，便将好酒好吃的呈奉皇帝享用。说着，双手递上一碗酒，唐玄宗一口气将一大碗酒喝完，感到酒味醇正，如同甘露，沁入心脾，芳香四溢，满心的惆怅顿时化为乌有。长途的跋涉，车马的颠簸，唐玄宗顿生困意，迷迷糊糊进入了梦乡。睡梦中，他梦见了敬酒的父子，老者说："圣驾此番南行之路，必有贵人保驾，安贼必败，帝可望早日回京。"唐玄宗急忙追问："局势混乱至极，谁能助朕一臂之力？"只见老者用手轻轻指了一下桌子，便不见了踪影。唐玄宗梦中惊醒，看见桌子上留下了一个"郭"字。唐玄宗顿感蹊跷，满腹狐疑，无法释怀，此时睡意全无，立即安排人寻找敬酒的父子。有书记载，唐玄宗此时具有了"置身萧台寺，飘然白云间。六出回崖六根静，四趟跌峨四大空。踞豆积之巅，排达江海；合泰岳之气，镇获山川"的气魄。

听当地老百姓说，那父子俩是猴石沟的石猴所变。唐玄宗觉得离奇古怪，派人细细追问，才知道豆积山有一石猴，形态酷似一对父子，在萧台寺的感化下早已得道，经常帮助老百姓。于是，唐玄宗便到萧台寺烧香，祈福消灾，许下"早除乱党，早结内乱"的心愿。次年九月，郭子仪等人平息了叛乱。第二年正月初九，唐玄宗返回萧台寺还愿，并赐萧台寺"消灾寺"，给凤州百姓人人赐赏钱，凤州百姓举城欢庆。凤州至今还保留着《上九会》的童谣："上九一个会，旗鼓一个队，吾王已开颜，赏你八百钱，让你过好年。"

五一劳动节期间，我们一大家人去凤县途经消灾寺，便入寺览胜。景区紧靠212省道，在路北，从东至西坐落着佛教的"无相门""空门"和"无作门"三门，这三门在佛家具有智慧、慈悲、方便三解脱的意思，还象征着信、解、行三者。消灾寺的门楼十分宏伟，气势不凡，望着三门，我感慨万千，真是"身有因缘一座莲花一座佛，心无造化满眸色相满眸空"。

穿过三门，看见祈福广场上矗立的高达21.9米、全国唯一一座动感观音塑像，在阳光下，金光闪闪，犹如观音法力撒向了人间，庇佑人们健康、平安和吉祥。在她的四周，有四大护法天王将观音从莲花宝座中托着，随着晨钟而起，暮鼓而落。从祈福广场往北，来到了验票处，门前悬挂着"备战中考、高考，祈福加持"红底白字的横幅，在为莘莘学子祈福、助威。我们家一个孙子要高考，一个孙女要中考，希望他们能如愿以偿，梦想成真。

穿过检票处，就要踏上横跨在嘉陵江上的用绳索建造的"福慧桥"，门前"莫急过桥想想前程先把心酸放下，当头是岸开开笑口便将福慧修来"对联提醒着每一位即将过桥的人。是啊，我们在踏上"福源豆积三千丈，慧启嘉陵第一桥"时，一定要放下所有的辛酸，祈福祈慧，愉悦穿过福风源远嘉陵水，迈步踏上慧雨根植豆积山。

过了福慧桥，在桥北头屹立着大势至菩萨像，座基下方两条凶猛的巨龙在戏水。菩萨神态可恭，富态端庄，身披袈裟，双目微闭，面带微笑，左手大拇指与中指尖贴在一起，放在胸前，为天下人祈福，我在心中也为菩萨献上了自己的崇敬之意。沿着山间小径，我们一路向东，看到了从天而降的不老泉瀑布。这瀑布，虽然没有黄果树瀑布的宽阔、高大，但因为它属于消灾寺，所以，便也具有了其他瀑布不能比拟的神灵之韵。它细长，象征着福德、智慧的源远长流；它恬静，告诫着每一个来者都要保持一颗平静的心态；它洁白，象征着佛家普度众生的良善之心。瀑布从山顶的不老泉而下，愿它永远年轻不老、恩泽后世、赐福于人。

在不老泉瀑布的东面 100 余米处，有一座"万佛林"。万佛林，其实就是在直径四五十厘米的石头上，刻上一个大大的红色"佛"字，将这些石头安放在山中而形成的景观。到了万佛林，感觉到这样的设置很有创意，很有用意。突然想到了"放下屠刀立地成佛"的典故，想到了雪窦寺那个能听见蚯蚓呼叫、因为偷懒杀死蚯蚓被师傅责令到雪窦寺东三里的千丈崖舍身赎罪、因自己害怕痛哭流涕没有勇气跳下去的小和尚，最终成全了杀死 3000 多头猪的屠夫。屠夫深感罪孽深重，放下屠刀，趁着小和尚还在痛哭之时，便纵身跳下万丈崖。刹那间，千丈峡谷万里晴天，鼓乐齐鸣，祥云从峡谷中徐徐升起，屠夫踏着一只洁白美丽的白鸽，恰若闲庭信步般地朝着金碧辉煌的南天门飞去……这一幕，让小和尚追悔莫及。

在豆积山上，我看到了高 14.5 米、长 10 米的八十八面佛的光影壁画，整个画面气势宏大，色彩浓厚，金色浮雕经文整齐有序。八十八面佛在经文中寓意为消灾之王。凡礼拜、供养、恭敬者，都可以把自己身上所有的罪过全部消除掉，善良之根快速生长，福德、智慧齐聚，护佑人健康、平安、幸福、吉祥。一路走着，我看到了药王殿，殿内供奉着药师佛、日光菩萨、月光菩萨等。我国的药王山很多，各有不同的供奉。铜川的药王山供奉的是药王孙思邈；浙江衢州药王山传说炎帝曾在此采药、炼丹，留下了"神农谷""神农炼丹"遗址，李时珍、扁鹊、华佗都在此采过药；镇坪因为山上有一尊巨大的酷似人形的石头，加之当地人祖祖辈辈采药为生，认为是这个巨石人所护佑，因而也有了药王山。西藏也有药王山，它供奉的是药王菩萨。不管供奉的是谁，但是我们须记住"心病最难医巧借机缘为药引，品行真可改且将慈念作前提"。

　　我们一行 7 人中有一个还不到 6 岁的我的孙女，她年幼，但是身体素质好。尽管如此，爬到半山腰也累得气喘吁吁，直说不想爬了。在大家的帮助、鼓励下，她最终勇敢地登上了海拔 1600 余米的山顶。尽管我们登顶了，但是，豆积山很多景点都因为时间问题而未造访，比如：拯救过唐玄宗的石猴山，供奉张果老的玄通洞，八仙对弈的铁棋亭等，这些都留在下一次光临吧！

　　人生在世，难免有病病灾灾、磕磕绊绊的不幸运、不愉快的事情发生。其实，这些都没有必要斤斤计较，没有必要大惊小怪，必要时，要记住"塞翁失马"的典故。这次我登上了消灾寺，也真诚地希望能借机消除我和家人，还有身边的朋友们的灾痛，且将福德、智慧留下来，造福人类。这就是我的心愿，也是此行的目的。下山后，我看到了山门背面的一副对联："是有缘人下山也许回头望，非无奈事上路不妨放胆行。"这副对联折射出的道理很深奥，耐人寻味。

凤县之美在于质朴上，消灾寺之美在于灵验上。

美丽的凤县

凤县之美，美在骨子里。这座"凤凰之乡，月光之城"让我们见识了凤县的外在美丽以及内在魅力。

凤县地处陕、甘、蜀三省咽喉地带，三国时，诸葛亮六出岐山经过凤县；刘邦进攻项羽、奠定汉代基础的"明修栈道，暗度陈仓"就兵发此地。凤县不仅是远古时代的旧战场，也是革命与反革命鏖战的新领地，还是中国红色革命的摇篮之一，中国工农红军第二十五军、第二方面军、第七十四师都在凤县留下了革命足迹。2008年上映的《黄石的孩子》，讲述的是国际友人新易·艾黎与乔治·何克到双石铺领导开展工合运动，创办培黎学校，用延安精神进行管理的感人故事。这本来是发生在凤县新县城所在地"双石铺"的故事，却因为小小的失误，将艾黎、何克的工作地方张冠李戴、移花接木到了湖北的黄石，让黄石狠狠地火了起来，也让长眠在凤县的国际友人艾黎、何克的革命精神鲜活了起来。这本是一件对得起故人、感动了后人的好事，却让凤县人民纠结了很久，因为，他们失去了宣传自己的好机缘。

从消灾寺下来，我们直奔凤县县城，下榻在凤成大酒店。吃完饭后，我们就在酒店里静静地等待晚上八点的到来，等着观看大型动感水景灯光音乐表演。

在酒店，我翻看了凤县的旅游画册，看到了嘉陵江第一大峡谷、国家首个展示修建宝成铁路主题公园的灵官峡。灵官峡因为杜鹏程先生的《夜走灵官峡》而闻名。通过小男孩成渝的语言、行动，我们看到了铁路工人不分昼夜、不畏艰险、迎风斗雪、舍小家顾大家的无私奉献精神。画册中，我还看到了宋代大英雄吴阶、吴璘兄弟抗击金兵，并取得大捷的和尚塬古战场、有"百公里生态花廊"之称的嘉陵江源头，还有古代屯粮重镇、唐僧取经经过之地的通天河国家森林公园，以及具有"九十二峰、八十二坦、七十二洞"之说的、"原始森林、高山草甸、溶洞暗河"特点的、素有"秦岭空中花园"美誉的紫柏山，当然也包括晚上即将要看的在凤凰湖上映的大型动感水景音乐表演。对于这些旅游景点的介绍，画册可谓是字字珠玑，并通过精美的图片展示，以及绚丽的色彩，成功地做到了吸引人的目的。

我和家人早早来到凤凰湖畔，期待着美景的出现。凤凰湖畔，华灯初现，水波激滟，人头攒动，人群中的呼喊声让本来平静的小县城一下子动了起来。大型动感水景音乐表演通过"开天辟地""生命永恒""天外之声""凤谷欢歌"和"彩凤高翔"五个部分展现了凤州之美、羌族神韵。整个演出是由大型水景灯光表演和音乐喷泉表演组合而成，灯光让喷泉插上了彩色的翅膀，喷泉让灯光增添了鲜活的动力。这样的表演，是由 48 门空中大灯泡、12 台多彩灯、1687 盏水下灯、三台激光器、2970 头互喷组合而成，最终交织出五光十色、动感十足的暖色激情和冷色浪漫。亚洲第一高音乐喷泉，喷射出 186 米的水柱，令人拍案叫绝。凤凰湖和周围的景观交相辉映，空中、水中、地面和长廊、楼房的灯光相交织，蓝色、红色、紫色、黄色、绿色，以及衍生出来的橙色、青色，倒映水中，或呈一片蓝色的多瑙河，或呈红色的火海，或呈金色的世界，或呈一束烈焰、一团焰火，伴随着优美的旋律、悠扬的歌声、粗犷的民歌，灯光与湖水像一对恩爱的小夫妻，难分难舍。湖水和灯光的交融，使整个场面被温情、热情、激情和豪情所笼罩，更增添了神秘的色彩，增添了浪漫的气氛。直射的五颜六色的灯光，就像一把把利剑，刺向天幕，弯弯曲曲的灯光和湖水，演奏出多姿多彩的水波和浪花，像扇面温软可爱，像牡丹妩媚妖娆。各种颜色交汇起来射向天空，犹如一道彩虹，与山上的人造月亮、繁星，构成了一幅令人心醉的画卷，给人如诗如梦般的震撼，心灵涤荡般的感悟，感觉醉酒般的陶醉。这样的七彩美景，更显示出了凤县人民的淳朴、友善、包容、热情、好客，同时也在祝福所有的朋友平安、健康、快乐、吉祥、如意。

20 多分钟的大型表演不知不觉结束了，表演令人回味，也让人有未尽兴之感。回来 10 多天了，我的脑海还沉浸在凤县的美丽之中而无法自拔。

凤县，人美、山美，水也美；凤县，天美、湖美，地更美。凤县之美不仅在于当下，更重要的还保存了相对较为完整的古典之美、传统之美和大爱之美。善良勤劳、勇敢顽强、开拓创新的凤县人民，用大福德、大智慧将凤县厚重之美深深地镌刻在了辽阔的大地之上。

08

掩映在青山绿水的石坊苑

很早我就听说过富平的石坊苑，只是一直比较忙，没有时间去。2016 年 6 月底，受陕西省作家协会副主席王海先生之邀，我有幸光临石坊苑，并受到李军科董事长的热情接待和盛情款待。

石坊苑地处 206 省道东侧富平县的荆山塬上。相传富平的荆山是"禹铸鼎于荆山"的铸鼎之处，是一块"风水"宝地。"风"，因为它坐落在荆山塬上，恩受于禹帝铸鼎的遗风，惠济于新时代的春风："水"则恩泽于郑国渠的千年滋润，得惠于石川河清水的滋养。遗风、古水和新时代的春风，让石坊苑更加靓丽多彩，更加绚烂多姿。

石坊苑的正门牌楼很气派，既有古老的沧桑感，又有现代的灵动气。所用石材全部是李军科董事长自己公司雕刻的，中间是四根方形柱子，两边是悬空的较小石柱，外侧石柱下方各有一尊石雕大象，内侧石柱下方是两只小石狮子，整座牌楼前方，紧靠内侧石柱是一雌一雄两尊石狮子。红色"石坊苑"三个大字镌刻在门楣的石头上，显得格外耀眼。我们没有从这个牌楼进出，而是从南边的侧门进入。

南边第一道门的牌楼是木质的，由四组八根圆木柱子撑起上方横亘的木梁。木梁上方是古朴的由灰色琉璃瓦覆盖起来的双层屋顶。下层屋面正中间，正面一块土黄色的木板上雕刻着"石坊苑"三个红色大字，背面正中间的黄色木板上书写着两行红色的"亲朋相约好地方，自然美丽在石坊"十四个大字。整个牌楼建筑就像一座简易的山寨寨门一样。门柱正面，是两只小石狮子，背面是两只石刻大象。大门前面，是一对两米多高的石刻麒麟，寓意祥瑞。主人在此安放两尊石刻麒麟的用意也就一目了然了。

再往里面走，还有一座掩映在绿色国槐树荫下的石门牌楼。这座牌楼很简单，只有两根石柱子，顶部还是双层屋面。虽然简单，但显得厚重，也很古朴。从三座门牌楼的建筑特色来看，既显示了石坊苑石刻的工艺水平，又显示了李军科董事长对于古老石刻文化的崇尚和追求，令石坊苑增色不少。

通往石坊苑的道路是五六米宽的水泥路，南北走向。在道路两侧安置着经典的"陕西八大怪"的雕塑，每座雕塑下方都有一块立方体的青色基石。或站或蹲在基石上的雕塑，个个形象逼真，体态可人。在基石前面摆放的圆盘大的鹅卵石上，用红色书写出"面条像裤带""锅盔像锅盖"等"陕西八大怪"名称。在路的西面，还有一座假山水池，让石坊苑有了"靠山"，并聚集了四面八方的财运。水池北面不远处，摆放着含有"富"和"平"的红色剪纸雕塑，中间是一个"中国水土保持"的标志剪纸。在"富""中国水土保持"标志和"平"的四周，分别包含着"保持水土""生态文明"和"民生福祉"的小字，彰显了李军科董事长对于绿色、生态、环保和文明的不断追求和崇高向往，对于土地和水资源的珍惜，以及让群众过上美好、富裕、和谐生活的热切期盼和创造精神。

在石坊苑的郑国广场中，矗立着春秋战国时期韩国水师郑国的雕塑：身材消瘦，面庞清秀，不苟言笑，冷峻深沉，眉毛浓密，眼睛炯炯有神，注视远方，鼻梁高挺，嘴巴微闭，须髯飘飘，左手捧竹简，右手半握在腰间，长服垂于鞋面，脚踩仲山石，形成了为水利事业操劳奔波的姿势。脚下的水像瀑布一样，流向石台之下。石台东西两侧，各有三幅雕塑，诉说着郑国入秦、开山修渠、造福百姓，让秦国一统河山的丰功伟绩。

公元前 247 年，郑国受命入秦游说，"引泾注洛"，企图疲劳秦人，无力伐韩。没想到，工程进行之中，计谋被秦始皇识破，要杀郑国。他视死如归，坦诚相告："始，臣为间，然渠成，变秦之利也。"说服秦始皇，继续被委以修建渠堰之重任。据《史记·河渠书》记载，渠首设在泾阳县境内的仲山瓠口（王桥镇上然村附近）处，耗时 10 余载，修建了 300 多千米的渠堰，将泾河之水引入洛河，灌溉泾阳、三原、高陵、富平、蒲城等县田地 4 万余顷，亩产约 100 千克，于是关中"为沃野，无凶年，秦以富强，卒并诸侯，因命曰'郑国渠'"。

很显然，郑国修渠堰的贡献是巨大的，功在当下，利在千秋。据《汉书·沟洫志》记载，当时的老百姓在民间传颂着"田于何所，池阳谷口。郑国居前，白渠启后。举锸为云，决渠为雨。水流灶下，鱼跳入釜。且浇且肥，长我禾黍。衣食京师，亿万之口"的民谣，这就是对郑国功绩的传颂，对郑国渠造福于民的传颂。2015 年，我曾去过泾阳的张家山，脚踩过郑国渠首，看到了郑国渠历经千百年沧桑的变化。兵荒没有摧垮它的躯体，战火没有烧毁它的精神，时间没有消磨它的意志，郑国渠依然发挥着引水灌溉、浇灌田地，让农业增效，让农民增收的巨大作用。但，渠首所在地依然没有郑国的雕像，不免为之惋惜。石坊苑观光农业开发有限公司是一家民营企业，却能如此重视和敬重水利鼻祖郑国，这种做法是可歌可颂的，这种精神是难能可贵的。

　　清晨，圆圆的太阳从东方升起，和煦的阳光沐浴着荆山之巅，石川河在阳光照耀下，水波潋滟，五彩斑斓。我站在郑国雕像前，肃然起敬。同时，内心深处产生了对李军科这位民营企业家的敬佩之意，赞美之情。

　　在广场西北处，有一个小花园。花园的南面和东南角，各有一个分开的"心门"石雕。走进"心门"，能感受到心中的温暖，能觉察到心灵的呼唤，这不仅是对郑国的敬仰，还有对后人的启迪。花园中，有法桐、国槐、雪松、大叶女贞和红叶石楠球，给人一种绿色之美。正中间有一座寓意"福禄寿"的雕塑，显示出对于美好生活的憧憬。

　　绕过朝天阁，来到观景区。从这里居高临下，可以清晰地看到富平县的全貌。夜晚，这里人头攒攒，笑声不断，餐厅、茶坊和亭阁坐满了食客，所有的呼喊声、欢笑声打破了夜晚的宁静。我们坐在茶坊，尽情享受石坊苑的风味小吃，煎饼拌野菜、麻酱凉皮等传统小吃的味道，勾起我儿时的回忆。石烹土鸡蛋是一道现场操作的菜肴，操作者事先把鸡蛋打好、搅匀，然后倒进已经炒热的鹅卵石上，既可以听到滋啦啦的声响，又能闻到清香的味道。操作者用小铲子翻动石头，鸡蛋瞬间由白变黄，不仅勾起了人的食欲，还给人一种美的享受。鸡蛋是石坊苑自产的，鹅卵石是石川河的，所以，这道众人喜爱的"鸡蛋碰石头"就被贴上了正宗农家菜肴的标签。吃着黄灿灿的鸡蛋，一股清香沁入心脾，令人回味。此时，服务员又端上了"习莫汤"。"习莫汤"，是习近平主席在西安招待印度总理莫迪的一道汤，看着并不起眼，但味道酸中带甜，甜里透酸，喝起来非常可口。我一连喝了三碗"习莫汤"，享受着上品佳肴的醇美。

　　清晨的观景区与夜晚相比较，显得寂静。东方的霞光挥洒在山川、河流和大地之上，让眼前的富平更加璀璨夺目。此时我的眼前满目绿茵，高楼林立，公路笔直，桥梁横亘于石川河上。水波荡漾，水光潋滟，所有的高楼、房屋、树木、花草、田野尽收眼底。观景区西边有一个巨型的钢筋水泥做成的古榕树树雕，树干粗壮，树枝遒劲，树须下垂，落地生根。从东面看，这个雕塑就像一个巨鹿。树干旁，有一摞不规则的由小石板砌成的断墙残壁，它和树雕构成了古朴的天然景色。沿着青石板砌成的小路东去，即可见正阳亭、夕照亭、观景亭、望江亭、赏月亭……这些亭子，既有汉民族的色彩，又有着少数民族的元素，既有北方建筑的大气浑厚，又有南方建筑的婉约灵秀。这里有石雕建筑、木质建筑，还有竹子建筑；有四角形，还有六角形；有单层屋顶，还有双层屋顶；有独立为亭的，还有连体成廊的，所有的亭阁楼台或掩映在高大的乔木之下，或围绕在矮小的灌木之中，不时传来清脆的鸟鸣声，让观景区在清晨显得格外清静。我坐在晨光亭中，朝东望去，观赏着早晨旭日东升之美景：东方，那轮升起的太阳就像炼钢炉里正在燃烧的火团，中间洁净明亮，四周逐渐演变成黄色，外围被彩虹笼罩着，撒向人间。阳光普照着大地，金辉撒向石川河中，让千年的石川河焕发了青春的活力。正如旭霞亭碑所写的那样："旭日东升，霞光万丈，阳光明媚"，欣赏如此的景象，心境能不宽阔、能不愉悦么？

　　穿过幽静的观景区，来到了石坊苑的水土保持生态示范园区。邓公曾经说过，水土流失是我国的头号环境问题。石坊苑人正是用自己的实际行动来解决这一问题的，虽然，力量很绵薄，但他们一直在努力地用心去做，而且做得很好，也很成功。他们植树护土保水，"像保护自己的眼睛一样保护生态环境，像对待生命一样对待生态环境"。这里种植了100多亩的树木，有柿子树、核桃树、紫薇树、红叶李等。园区划分为水保林区、经果林区、经果苗圃区、生态休闲区、有机蔬菜区等。沿着青砖铺成的小路穿行林区，大叶女贞的树冠将小路覆盖，没有了阳光的直射，我浑身感受到了凉风扑面掠身的惬意和愉悦，享受着大自然的恬静，聆听着风吹树叶的沙沙作响和小鸟的歌唱，陶醉在弥漫着花草的清香之中。同行者不时提醒，我才迈开大步，继续前行。这里是荆山塬水土保持生态示范区，采取了水平阶和鱼鳞坑整体造林的方式，植树造林，保持水土，优化生态，美化环境。

驱车要离开石坊苑了。车辆在林荫里穿行，凉风习习，石坊苑给人一种美的享受。石坊苑人这种珍爱生命、珍惜环境、营造绿色生态的精神值得称道并应发扬光大，他们身体力行的实践精神更值得学习和赞美。

09
《诗经》开篇诞生地洽川

8 月 15 日，天气晴好，阳光明媚，万里无云，咸阳城里卷起了一阵又一阵初秋的热浪，我们一行从西宝高速公路咸阳入口上了绕城高速，在经过了高温的炙烤，堵车的焦灼等系列"考验"后，历时 4 个多小时的颠簸，终于进入太姒故里——合阳县境内。出了高速收费站，再沿着合（阳）洽（川）公路一路向东驰骋半小时，便抵达此行的目的地——洽川风景名胜区，下榻在莘园酒店。

洽川历史悠久，人文资源丰富，自然风光迷人，多出美女、才女，有人间仙境之称。清乾隆年间关中名士许秉简在《洽川记略》中称"洽阳古莘园地，山有飞浮之异，水有神瀵之奇"，寥寥 18 字，足显洽川山水之神韵。

一早出了宾馆，一路朝东，沿着并不宽阔的水泥路向洽川风景区的方向走去，远远的我就看见一尊雕塑高高矗立在爱情广场，走近细看，是周文王与正妃太姒的塑像。《诗经·关雎》中"关关雎鸠，在河之洲，窈窕淑女，君子好逑"描绘的正是周文王与太姒在此相遇、相识、相爱的唯美爱情故事，至今仍被传为佳话。也正是因为如此，洽川也被称为中国"最早的爱情诗源头"和"最美爱情圣地"。文母（太姒）治内，功绩显赫，声誉很高，和汤妃、太任、禹母齐名，尊称为"四圣母"。

进入洽川风景区，身临处女泉中，划桨于爱情岛内，徜徉于芦苇荡里，登高于观景塔上，我颇有"处身碧绿玄黄彩绘河山天地一时锺濮水，女德幽娴淑善功涵文武圣明三代浴神泉"的感受。在洽川风景区内，有飘香的十里荷塘。8月中旬虽然已经过了赏花期，但是十里荷塘中形如斗笠的荷叶参差错落地高出水面，苍翠欲滴，在阳光的照耀下，都绽放着自己的风采，尽情地舒展着自己的身姿。整个荷塘显得非常娴静，从荷叶之间的罅隙可以看到荷塘里的小鱼摇头摆尾，自由自在地游玩，真是"莲叶何田田，鱼戏莲叶间"。洽川湿地培养出来的莲菜独有特色，每根莲菜不是很粗但很匀称，全部都是中间一个孔、周围八个孔排列整齐的"九孔莲"，加工出来的莲菜色白味美，口感纯正，脆生生略带甜味。

其实，莲花也是"洁身自好"的化身，是"爱"与"情"的象征。宋朝周敦颐《爱莲说》中对莲花进行了高度概括，认为莲花是"中通外直，不蔓不枝，香远益清"的花中君子，具有"出淤泥而不染，濯清涟而不妖"的精神。这万亩荷塘，用点点滴滴，阐释着周文王与太姒爱情的高尚和圣洁。在陕西，姑娘出嫁时，迎娶的男方一定要送上两根带根的囫囵莲菜作为"四样礼"之一送给丈母娘，寓意女儿虽然出嫁了，但是和娘家人亲情不断，藕虽断了丝还连着。

这里有十多万亩、号称"天下第一荡"的芦苇荡，远比宁夏沙湖和河北白洋淀的芦苇荡大。合阳的天瓦蓝瓦蓝的，天上飘浮着羽毛状洁白的云彩。我们乘坐着一叶小舟，在平静的湖面上缓缓而行，船过之后，湖面溅起层层洁白的涟漪。爱情岛的湖水很清澈，很碧绿，不时有比较大的鱼儿在水面翻腾，好像在向我们致意。一簇簇密密麻麻的芦苇在湖边随风摇曳，不时有白天鹅、丹顶鹤从芦苇中飞起，在蔚蓝的天空中飞翔。据说，这里有大鸨、灰鹤等候鸟 70 余种，还有常年驻守的鸳鸯、苍鹭等鸟类 40 余种。这些鸟类、鱼类，与濮泉、湖水、芦苇荡、荷塘构成了洽川独特的风韵。风吹芦苇沙沙响，人行其中心气爽。坐船穿梭其中，让人忘却红尘，流连忘返，进入"浅水之中潮湿地，婀娜芦苇一丛丛。迎风摇曳多姿态，质朴无华野趣浓"之境地。

除了荷塘、芦苇荡，这里还有有"马浇朝邑"之称的夏阳濮、状如北斗七星的王村濮和大小如母子相偎的母子濮等神濮奇泉，但最有名气的莫过于处女泉。相传，处女泉因当地女子出嫁前都要到该泉洗浴而得名。这次，我和 10 多年前来洽川一样，下到处女泉沐浴，亲身感到母亲河水的温柔与娇嫩，整个身体浸到泉水里，有一种飘飘然的感觉，脚下有一丝丝细细的水丝，像针灸一样刺激着脚掌，让人备感舒服。人处在不经意流动的泉水里，周围是一眼望不到边际的芦苇荡，头顶是蓝天，是羽毛状的白云，周边是秋蝉一声接一声撕破嗓子般的鸣叫，如果没有戏水者发出的一声声尖叫，仿佛进入了人间仙境。

在处女泉的西南边与之相通的是"爱情岛"，这是一个隐于原生态湿地芦苇荡中，由濮泉水冲击形成的小岛。自然的风景，幽静的环境，天然的屏障，使这里成为谈情说爱的绝美圣地。我站在爱情岛旁，突然眼前出现了刚刚出浴的太姒与到此巡游的周文王相逢，四目相遇，两人一见钟情，碰撞出了爱情火花的画面。

正是这一地、一泉、一岛，成就了周文王姬昌和洽川女子太姒的一段爱情佳话。

合阳历史悠久，文化积淀丰厚。堪称书法经典之作的《曹全碑》出自合阳，更不要说还有面花、剪纸、戏曲了。戏曲上合阳有我国首批非物质文化遗产——线戏，它属于悬丝傀儡戏。要说傀儡戏，我所知道的还有皮影戏、木偶戏，这些戏在陕西流传得比较久远和广泛。它们的唱腔里除了正常的戏词外，唱者还可以夹杂一些随心所欲的调侃。小时候，生产队盖饲养室，由于受当时生活条件的制约，有一次，生产队给皮影戏团的人吃的是没有用油炒，而是由醋和辣子调和的生蒜苗，引起戏团人的不满。于是，他们在武戏的唱词中加了一句"这一剑下去，把娃的生蒜苗戳了出来"的戏词，极具调侃、讽刺和幽默，让生产队长颇为难堪和尴尬，从此，再不敢怠慢皮影戏团的任何人了，生怕再有啥不好的唱词出来。

芯子，不仅是合阳的社火，也是流传于关中一代古老的汉文化杂耍，每逢过年等喜庆活动，都会有芯子的出现。芯子主要体现周文王与太姒的爱情故事，以及西游记等一些经典传说故事的内容。在合阳最著名的莫过于"血故事"。听这名字就知道它的内容了，它属于一种带有血腥味道的武芯子，以鲜活、逼真、刚烈、恐怖、神秘为压轴而著称，贵在引导人弃恶扬善，极具教育和感召的意义。

不论是合阳的线戏、跳戏、芯子，还是以狂、蛮、怪、狠而闻名的上锣鼓，都无不充分地展示了陕西黄河流域地域文化粗犷古朴的美感，体现了合阳人"质朴、聪颖、勤劳、勇敢"的本质和秉性。在风景区内，我还看了《太娘讲情》这一出线戏。戏中讽刺和调侃的味道十足，将兔娃和蛋花由婚前的相互隐瞒秃头真相，到入洞房蛋花坦诚相见，兔娃被层层剥皮漏出秃头真相这个故事演绎得趣味横生，也让我想到了"文过饰非"的成语和"走马观花"的典故。还有一点让我注意到的是在洽川，不管是哪出戏，哪个景点名，还是鸟类，花卉等，无不贯穿着"爱情"二字。

合阳的饮食也颇具地方色彩。坊镇的踅面、西镇露井的辣子豆腐、南镇黑池的羊肉糊饽、北镇甘井的"甘井"牌苹果都是当地饮食文化的典型代表。羊肉糊饽具有食疗的作用，温中暖胃，腹脘、肚疼下泻，对伤寒、感冒、咳嗽都有疗效，是中老年人冬季的美食，加之物美价廉，油水肥厚，深受百姓喜爱。据说，它是元代的一道美食，经过加工，吸收了蒙古族饮食文化的特点，也传承了汉族饮食文化的色彩，流传至今，让人百食不厌。由此可见，合阳人具有强烈的改革、开拓、创新意识和博大、宽阔、包容的胸襟。

我有幸吃了辣子豆腐。这道菜很像关中的大烩菜，但是又和大烩菜有着明显的差异。在合阳，这是一道很经典的小吃，主料有豆腐、辣面子、白菜、萝卜，经过一番烫、煎、炒，然后在上面浇上用猪油、清油所泼的油泼辣子，红色顿时覆盖了整个表面，既显得红红火火，又让人胃口大开。吃这道菜时要按照当地的讲究去吃，不要心急火燎的，这也应验了"心急吃不了热豆腐"的古语。被油泼辣子覆盖起来的辣子豆腐因为不冒气，看起来不是热菜，其实，所有温度都被猪油、清油覆盖住了，不仅保持了菜品出锅的温度，还让里面的豆腐、各种菜蔬充分入味。所以，吃的时候，要慢慢来，先用小勺将上面的油泼辣子勾上几小勺，放入吃碟内，然后用筷子将里面的豆腐之类的东西夹出来，放在油泼辣子里蘸一蘸。经过这些程序后的豆腐味道鲜美，香味沁脾，吃过无不叫好。所以，在当地有"宁吃一碗辣子豆腐，不吃十全席"的说法。

我觉得这其实只是一种说法而已，辣子豆腐毕竟是一道小吃，比起真正的"十全席"，它逊色不少。十全席不仅可以用来作一般招待，更重要的是它还能登大雅之堂。合阳的"十全席"好比大荔的"九品十三花"和关中的"十三花"，都属于陕菜中的招牌。"十全席"传统有"六肉四菜"之称，"六肉"指的是切成方块状的大红、条子肉的小红、过油肉的大酥以及肘子、鸡肉和肉丸子。"四菜"指的是菠菜、白菜、黄花、豆芽之类的家常菜。肉和菜，做工极其复杂和考究，由此看来，它不是简简单单的十道菜而已，而是内容极其丰富，碗碗都有讲究的当地传统最高规格的宴席。家里有庆典事项，或者来了贵客，才用"十全席"招待。它不仅寓意深刻，表现了主人对尊贵来客的热情欢迎和厚爱，也象征着合阳人民对十全十美、团团圆圆幸福美满生活的向往和期盼。

合阳有着悠久的人文历史和深厚文化，可谓是物华天宝，人杰地灵。在渭北高原，寒冬腊月，西风凛冽，但洽川不仅很少下雪，即使下雪了，雪花在漫天飞舞后，落在地上也很快就会化为雪水，几乎看不到渭北高原冬季白雪皑皑的自然风光。这可能是因为瀵泉水温高的原因吧。

在合阳，我虽然感受了处女泉的恬静阴柔，却因时间短暂，无法领略"四镇八塔"的传统风味小吃，未能亲身感受具有雄浑阳刚水文化的黄河国家水利风景区的旖旎风光，不能目睹"一峰耸翠，万柏环青"，集儒、道、释文化为一体的福山，不能领略"一峰如柱，上接云天"的天柱山和"放鹤手招雷首月，弹琴目送禹门船"的秦驿山的雄姿，颇感遗憾。

静心细想，这次洽川之行确实不虚。我与妻子结婚 26 年了，20多年的风风雨雨，见证了我们的爱情，也见证了我们的执子之手，与子偕老。再过三天，就是中国传统意义上的"情人节"七夕了。比起传说中的牛郎织女、孟姜女哭长城、白蛇传和梁祝这四大凄美的爱情故事，周文王与太姒的爱情故事，不仅显得很真实，而且也很完美。这次洽川之行，也算是我们在中国"最美爱情圣地"提前过了一个情人节，我感受到了爱情的神圣。洽川，这块从"冬天里逃出来的春天"的福地，见证了周文王与太姒的爱情故事，这一中国爱情诗的发祥地无不被爱、被情、被福所包围、所笼罩。洽川是三秦大地最为璀璨的一颗明珠，处处弥漫着《诗经》气息，难怪乎有人发出了"早知有洽川，何须下江南"的慨叹！

写到游历洽川的点滴，我突然想起了著名诗人艾青的诗作《爱情》："这个世界，什么都古老，只有爱情，却永远年轻……"爱情，正像一首优美的歌曲，但这首歌却不容易谱写。然而，洽川用史实，谱写了一曲辉煌壮丽的爱情史诗，描绘出了一幅永垂不朽的爱情画卷。

10

陕北的明珠定边

定边县是毛主席率领中央红军进入陕西的第一站。

人生 50 多年，我是第一次踏上定边的沃土。当天下午，我们驱车来到定边县境内，一幅塞外风光映入眼帘：沙漠、绿洲、蓝天、白云，构成了空旷、厚实的塞外风情。进入定边县城，宽敞洁净的大街、鳞次栉比的高楼大厦令我瞠目结舌，直觉告诉我这不是一个塞上县城，应该为一个市政府所在地。可是，当我来到了定边县政法大院时，出现在我面前的却是实实在在的有明确显示定边县城字样的东西。看来，我的直觉是错误的。定边县位于陕西的西北部，处于陕、甘、宁、内蒙古四省（区）七县（旗）交界处，自古就有"东接榆延，西通甘凉，南邻环庆，北枕沙漠，土广边长，三秦要塞"之说、"旱码头"之称，盛产石油、天然气等，物华天宝，人杰地灵，是一颗璀璨的塞上明珠，有"马铃薯美食""民间剪纸艺术"和"摄影艺术"之乡等美誉。

1935 年 10 月 16 日，毛主席率领中央红军左路军和右路军从甘肃进入陕西定边县境内。18 日，在铁边城镇东张湾子村举行了"铁边城会议"。所以说，定边县在红军长征中具有重要的意义。可是，我百度搜索了一下关于定边县的介绍，却没有找到这段能够被载入史册的辉煌一页。中央红军在定边县白马崾崄遭到了国民党飞机的狂轰滥炸，导致三名红军战士壮烈牺牲，一名红军战士严重受伤。受伤的红军战士后被当地恶势力残忍杀害。这四位不知姓名的红军战士倒在了长征路上，尸骨永远被安放在了这块红色的大地上，受到了后人永远的怀念和铭记。

19日一大早，天上飘着几朵白云，空气比较清凉，我出了宾馆大门，在定边县城散步。整个县城道路上的树木都不大，远远没有关中地区街道上树木的挺拔与茂密，更没法和陕南的树木比较。一边走一边看，半小时后我来到了位于定边县中心地带的定边鼓楼。定边鼓楼原名玉皇阁，是一座30米高的重檐十字歇山顶三滴水三层砖木结构的建筑，属于明代西部建筑风格。第一层为9米高的正方形平面台基，外面是青砖，内置黄土，十字券洞互通。第二层为进深7米多的面阔楼阁，南有拱形门，其他三面为青砖砌墙。第三层四面均为大扇棂花隔窗门。重檐顶覆盖琉璃瓦，脊兽、十字脊中安放宝瓶，脊均置三仙人走兽，兽面勾头蔓草滴水，油漆红挂，旋子彩绘，檐角悬挂铁质风铃。因为鼓楼基座高大，楼阁纤小，正处在道路中央，所以格外醒目。可能由于这是一座古建筑，所以，鼓楼成了定边的一张旅游名片。由于没有开放，所以，我只能围绕鼓楼四周而观了。

定边还有一个面积达3000多万平方米的花马池，在县城西北的盐场堡乡（今盐场堡镇），它是定边"三宝"（皮毛、咸盐和甜甘草）之一。花马池水面晶莹如镜，全池白茫茫一片，池周绿草如茵，野花丛生；池畔坝田毗连，渠道纵横。每当皓月高悬之时，池色波鳞，水光潋滟，景色秀美靓丽，是"定边八景"之一。池盐量大质优，以粒大、色青、味醇而久负盛名。在汉代，定边"有盐池以为利"，在唐代，花马池旁边增添了十多个盐池，有了"唐有盐池十八个"之说。食盐自古以来都是国家管控的专属物资，拥有了盐场，财富就会源源不断，所以，定边自古就很丰庶。定边的食盐被运往各地，因此定边就成了商贾云集之所，是食盐等商品交易流动的"旱码头"。在明代，定边的食盐可以换回矫健的西夏马。西夏马鬃毛华丽，体型矫健，所以人们把大池又亲切地称为"花马池"。

关于花马池还有一种传说。很久以前，在宁夏盐池与定边交界处有一条很长的川地。这里布满了大大小小的水池，就像天上的星星一样，水面平静，四周芳草萋萋。有一年盛夏的一天，最大的水池旁边的草丛中出现了一匹五彩斑斓、扬鬃翘尾的大花马，很得人们喜爱。于是，几个年轻后生就朝着花马靠近，试图驾驭花马驰骋于水草之中。可是他们靠近花马时，花马便朝着他们昂首嘶鸣，眼看着就要抓住大花马了，却无论如何都抓不到，花马好像天边的彩云，追赶不上，也无法抓住。他们继续追赶，眼看着又能摸到花马了，花马却跃入池中，几个后生连衣服都顾不上脱掉，扑通、扑通也跳入了水中。忽然，花马一声嘶鸣，潜入池底。几个后生也钻入池底寻找，找啊摸啊，折腾了半天就是找不到花马的影子，只好叹息而归。

谁知道，第二天人们发现花马却在池边吃草。人们认为这是一匹神马，于是，都远远地观望，而不去打搅花马的生活。转眼间，到了冬季，花马已经膘肥体壮，精神抖擞，嘶鸣声更加洪亮，奔跑速度更加飞快，那身花色鬃毛更加鲜艳。有一天，天空飘着雪花，池面结了一层冰。只闻花马发出一声响彻天空的嘶鸣后，池面的冰层瞬间裂开，池水哗哗地翻卷着浪花。花马纵身跃入池中，水面又恢复了平静，并很快结了一层白花花的冰层。从此花马再未露出水面，而水池却变成了千百年来取之不尽、用之不竭的盐池。人们为了纪念这匹花马，感恩它为后世所留下的宝贵财富，将"大池"更名为"花马池"。

定边，既保存着陕北人的粗犷豪迈，又有着塞外人的刚毅旷达。定边的生活中既保留着陕西人的传统菜肴，又有着塞外人的生活元素。流传了六七百年的荞面饸饹和陕北羊杂碎，都是定边人的最爱。"荞面饸饹黑是黑，筋润爽口能待客"就是当地人对荞面饸饹的赞美。他们在和面时添加适量沙蒿后，就能使饸饹在压制过程不堵塞漏眼，还增添了香味，使饸饹更加细长柔软，吃起来更加筋道醇美。羊杂碎贵在杂和碎，杂指的是多样性，所以，就有了头、蹄、血、肝、心、肠、肚等羊的杂物，统统不弃，烩制而成，所以也叫"羊杂烩"；碎指的是将这些东西不能切成大块，要切得细碎，这样更能入味。因而羊杂碎也有"不杂不碎，吃起没味"的说法。

定边除了这些小吃外，还有许多历史名人。明末农民起义领袖张献忠，被毛主席誉为"光荣历史，国人同佩"，参加过平型关、中条山战役的国民党中将高桂滋等，他们都是定边人的骄傲。

如今的定边已经不再是"上山打了一个莲花落，我的那光景实在难过。回家住的一个烂窑窑，没有衣穿又没有柴烧"的时代了。定边县城一南一北的"凤舞九天"和"天能地源"两个雕塑，就是对当今定边群众和谐安康、生活幸福美满的最好诠释。

11
窑洞建筑在米脂

米脂是一个具有厚重历史的文化名城，这里不仅仅是"四大美人"之一貂蝉的诞生地，还是明末农民起义领袖李自成的出生地。在这块红色的沃土上，还出现了开明人士李鼎铭、民主斗士杜斌丞、抗日名将杜聿明等。

在米脂县东南方向 20 千米处，有个素有"小北京""中南海"之称的山沟沟——杨家沟。这里不仅是党中央、毛主席转战陕北时期的根据地，而且还是陕北最大的地主庄园。当年，毛主席离开这里的时候，深情地对着前来送行的老百姓说："杨家沟是个好地方。"

1947 年 11 月 22 日，毛泽东、周恩来、任弼时等率领代号"亚洲部"的中共中央机关和中国人民解放军总部来到杨家沟，在这里召开了具有划时代意义的"中共中央十二月会议"。会上，毛主席作了《目前的形势和我们的任务》的重要报告，确定了中国革命从战略防御转入战略反攻的重大决策，研究讨论了政治、军事、经济和土改等一系列问题，制定了"十大军事原则"，向全党发出了"曙光就在前头，我们应当努力"的伟大号召。

杨家沟不仅仅是红色的摇篮，还是当年陕北地主庄园比较集中的村庄。1942 年秋冬季节，时任中央政治局委员、中央书记处书记兼中宣部部长的张闻天，带领延安农村调查团进驻杨家沟，通过对杨家沟的情况，特别是典型地主的调查，整理形成了米脂县杨家沟农村地主经济崛起、发展的典型调查报告——《米脂县杨家沟调查》。报告中指出："杨家沟是全国罕见的一个地主经济条件集中地村庄"和"陕甘宁边区的杨家沟，以有'马广裕堂'（地主集团的名称）而闻名陕北。"这份调查报告揭示了中国封建地主阶级剥削农民的奥秘，成为国内外研究封建地主经济极为珍贵的历史文献，被誉为东方的《资本论》，为毛主席、党中央制定正确的土地改革政策，夺取解放区和全国土地改革的胜利，起到了重要的参考作用。

杨家沟的马氏家族，从明朝万历年间开始，迄今已有 400 多年的历史。马氏家族的始祖马林槐在明朝万历末年，从山西永宁州（今离石县）的临邑（今临县），举家迁徙到陕北绥德县的马家山，开始了耕耘沟峁、锄禾山梁、面朝黄土背朝天的艰难农耕之路。清康熙末年，马林槐的五世孙马风云几经辗转，最后迁徙到米脂县杨家沟。马风云叱咤风云，以运输起家，农商并重，发展商业，扩充土地，倡导教育，为马氏家族后来的发展奠定了坚实的基础。

1840 年前后，马风云的三儿子的第四代孙（马林槐的七世孙）马嘉乐，推行"重农抑商"，遵循儒教，耕读为本，勤俭持家，拓展基业。19 世纪中叶，马氏家族已经非常发达，成了当地的名门望族。到了 20 世纪 40 年代，杨家沟约有 240 余户人家，其中地主 55 户，土改时达到 72 户，占有周围四五个县的 18 万亩土地。马嘉乐创建的光裕堂就有 51 户地主。老大家族主要聚居在寨子上，老二、老三的家族则居住在水道旁，老四家族通过抓阄居住在寺沟。几百年过去了，马氏子嗣现在已经传到了 16 代。杨家沟这个陕北最大、全国罕见的地主庄园，已经成为马氏家族创造的文化象征。

　　"开明进步办学堂，英才辈出洋财主"，这是陕北人对马氏家族的评价。"耕为本务，读为荣身"，这便是马氏家族的传家思想。康熙年间，马风云就创办私塾，让自己的子孙全部脱盲。他的这一举动，成为当时封闭落后的陕北农村文化之奇观，也为马氏家族后来的飞速发展、兴旺发达奠定了坚实的文化基础。清道光年间，马嘉乐创办了三个私塾，不仅让自己的子孙能够学到文化，也吸纳了亲朋好友和左邻右舍的孩子走进学堂，读私塾，求功名。仅马嘉乐的子孙，就有正四品 2 人，从四品 2 人，从五品 3 人，因公赏戴花翎者 2 人，还有知县等。他的 25 个曾孙中，18 人取得了功名、官职，3 人出国求学。1915 年，同盟会会员马师承回村开办了陕北最早的女子学校，为马氏家族的姑娘、媳妇起了名字，传授文化。因为马氏的女子相对于一般人家的女子上学较早，这便在马氏家族中涌现出了"米脂婆姨"的时代风采。马家的学堂也为我国培养了西北大学原校长、教育家马润之，《人民日报》原编委、《光明日报》原副总编马沛文，电力及自动化专家马师尚和老一辈无产阶级革命家马明方等优秀人才。据 20 世纪 90 年代的不完全统计，马嘉乐这一支，在科技、经济、文化等方面做出突出成就的达 167 人，厅局级以上干部 143 人，高中级职称 155 人。可以说，整个马氏家族人才济济，遍及中外。

　　汽车在山梁上飞驰，在山沟中穿梭，经过大约 40 分钟的行程，我们驱车来到了杨家沟。这里无愧于黄土高坡的称谓，汽车经过之处便在车后卷起一缕缕的尘土。杨家沟坐落在一架山梁上，周围都是大山和深沟。绿色的植被覆盖在一层层黄土上，让整架山川具有了鲜活的生命力。裸露在外面的黄土，是一层层梯田的陡壁，它的黄，与整架山川的绿色形成了鲜明的对比，更增加了山梁的伟岸、树木和植被的嫩绿、黄土的厚重。

"皇居要看故宫，房子要看乔家，窑洞要看马家。"这是民间流传的一句话。这里的乔家，说的是山西祁县的乔家大院。乔家大院是一座具有北方汉民族传统民居建筑风格的清代民居，整个院落是呈"囍"字型的城堡式建筑，三面临街，四周是 10 余米高的全封闭青砖墙，大门呈城门式的洞状。那里的房屋建筑结构伴随着电影《大红灯笼高高挂》的播出而再次焕发了生机，俨然成为晋商大院的代表。20 多年来，乔家大院吸引了无数的国内外游客。《乔家大院》的热播，再一次勾起人们对这座清代民宅的回忆和向往。所以，每到节假日，乔家大院都会吸引到成千上万的游人。

这里的马家，说的就是陕北米脂县杨家沟的马家。这里的马氏庄园以扶风寨为主，占据着数十个山头、峁梁和沟渠。当年，为了躲避战乱，马嘉乐的孙子马国士，于清同治年间，在西山上修建了扶风寨，以及石坡路、排水沟、水井等建筑设施。山寨内建有大量的私宅，均以窑洞为主，依山而建，既有单排式院落，也有明五、暗四、六厢窑的窑洞式四合院。

到了杨家沟，我们来到了位于"大夫第"的中共中央十二月会议旧址和中共中央后勤部参谋部旧址。这座院落是一座典型的明五、暗四、六厢窑、倒座待客庭的窑洞式四合院建筑，两侧建有对称的圆月门，在陕北属于最高等级的窑洞式四合院。

这座院落的大门口，有一尊很古朴、很庄严的青砖门楼。大门应该是大红色的，可能因为阳光照射、风吹雨蚀、年久失修，颜色已经成为铁锈红。门环是一对金色的狮子头，看起来很凶猛。门框前面的门楼内两侧有对称的"抱石鼓"门当，门楣上方是以蓝色为基调的雕刻和彩绘。彩绘的主色调为白色，土黄色、绿色为陪衬，化成了左右两边对称的云朵、花卉、吉兽等图案。这样的门楼，彰显了窑洞主人身份的高贵，也暗含了"门当户对"的深刻含义。

继续前行，便是一副圆洞式、后面安装有两扇门扇的木质大门。跨进大门，左侧便是三开门四扇窗户的"人"字形房屋，这里就是中共中央十二月会议旧址。房屋对面的五孔窑洞以及东西两侧的六孔厢窑，是彭德怀、汪东兴等老一辈无产阶级革命家曾经居住过的窑洞。

离开这里，我们来到新院。这是马嘉乐的五世孙马醒民亲自设计、监修的一座院落。它坐落在30余米高处的陕北特殊地貌——龙脊地貌上，不论是选址、规划，还是建筑艺术，都蕴含了精深的哲学思维，巧妙地将西方建筑风格和陕北窑洞文化融为一体，既体现了西方建筑艺术的高贵典雅，又反映出陕北窑洞建筑艺术的古朴雄浑，堪称东西方建筑艺术融合的典范，突出了马醒民先生在建筑艺术上的造诣，创新、繁荣和发展了陕北窑洞文化，为后人研究陕北的窑洞文化提供了可鉴之物。它是中华民族窑洞建筑的瑰宝，具有重要的历史意义、艺术技艺和科学价值。

马醒民是陕北早期倡导教育要德、智、体、美全面发展的著名教育家。20世纪20年代，上海同济大学工科毕业后留学日本学习土木工程的马醒民回到家乡，担任扶风小学校长。他在小学讲堂两侧新建六孔窑洞，设立了图书馆，购置了《万有文库》等图书，购买了三棱镜、日光机、直流电机等教学仪器，让学生受到了良好的教育。杨家沟的扶风小学，不仅是马氏家族人才的摇篮，还是马氏子嗣能积极参与民国与新民主主义革命以及社会主义建设和改革开放的熔炉。从1938年起，它为延安抗大输送了23名学员，为中华人民共和国建设做出了卓越的贡献。

　　马醒民还是中国最早的窑洞建筑革新家。据《米脂县志》记载，新院始建于 1929 年。当时，"陕北大旱，赤地千里，政府无力，饥民嗷嗷待哺"。马醒民拿出自己的财力，决定兴建新院，以赈济那些处于贫穷饥饿线上的村民。他的这一决定，让杨家沟周边和当年那些从山西逃难过来的老百姓得以养家糊口。通过修建窑洞，马醒民也实现了自己攻读土木工程、思考窑洞变革、造福桑梓的心愿，还赢得了"恩德不过裕仁堂"的美誉。

　　一路拾阶而上，便是新院。新院的大门和围墙很特别，是一个堡寨式的围墙门洞。门洞上方正中间是马醒民亲自题写的"新院"二字，表达了主人"一新万新"的心声——新的院落、新颖别致的建筑、新的风貌、新的景象、新的起点、新的征程……

　　大门的整体建筑是一个倒斗形，顶部是碉堡式的平台，四周的石墙形成了锯齿状，四个角各有一个锯齿状的豁口，每边各有三个锯齿，这对于放哨观察、隐身、防御外敌入侵能起到有效的保护作用。新院的整体建筑是用陕北的石材专门打磨成石砖砌成的。中间是新院的大门，下面呈矩形，上面是扇面状的窑洞式大门。两扇木门恰好镶嵌于其中，门扇打开后，从里、从外都看不到门扇，既防止了风沙雨雪对于门扇的侵蚀，也不影响大门整体的美观。这两扇大门关闭后还有防盗装置，也就是我们关中人常说的"贼关子"。小时候我们家的大门上也有这样的"贼关子"。它是在门闩的后半部的上端刻一卡槽，当门闩关到一定程度，制作门时已经植入进去的机关就会掉入卡槽内，外面的人用匕首、刀片之类的薄硬物是无法拨开门闩的。即使是主人要打开门闩也需要用坚硬的刀、锥之类的器物，将掉下去的机关从门闩的卡槽中挑上去，才能打开门闩，开启大门。

　　整个窑洞的主体建筑为 11 孔石窑，有放有收，改变了陕北窑洞原有的古板、僵化和呆滞。正中三孔主窑突出，两侧六孔缩进，边侧两孔再前伸。整排窑洞的平面呈倒"山"字形，穿廊挑檐高昂大气，挑石精雕细刻，屋檐紧随窑转，回折联结，檐面青瓦滴水，窑上砖栏花墙。主窑两侧开小门，正面外露四个通天石柱，还有三套仿西式的桃尖窗户。窑洞门前是一个小广场，修建有"观星台"，与院门相呼应。由于"观星台"显要、特殊的地理位置，就在空间构图上起到了画龙点睛的艺术效果，堪称"塞北怡苑"。美国教授克瑞斯特访问过几十个有窑洞的国家后，认为新院在窑洞建筑艺术上是"首屈一指"。

马醒民先生还是陕甘宁边区著名的开明人士。他是一位思想开明进步、积极参政议政、影响广泛的绅士。他是中国共产党在陕甘宁边区建立"三三制"政权中的中间分子，作为中间代表被选为陕甘宁边区参议会参议员，于1941年冬季赴延安参加陕甘宁边区第二届会议。他经过分析形势，建议"精兵简政"。李鼎铭先生采纳了这一意见，作为大会的提案，得到了毛主席和党中央领导的高度重视和赞赏。当年12月，中共中央向全党发出了"精兵简政"的指示，并将其列为我党抗日战争时期的十大政策之一。"精兵简政"成为我党和国家的精神财富。所以，当年毛主席给张思德召开追悼会时指出："'精兵简政'这一条意见，就是党外人士李鼎铭先生提出来的。他提得好，对人民有好处，我们就采用了。"其实，真正提出"精兵简政"建议的是马醒民先生，只是通过李鼎铭将之作为议案提交大会讨论而已。

1947年，马醒民先生得知毛主席和党中央要在杨家沟驻足时，便将耗尽他毕生心血的新院捐献出来。从当年的11月22日到来年的3月21日，毛主席在新院正中央的窑洞里住了四个月零两天，撰写了重要的论著，召开了"十二月会议"、宜川大捷庆祝大会和东渡黄河动员大会。

　　我在新院里驻足了很久，参观了毛主席、周总理的旧居。周总理旧居里的脸盆架上还悬挂了一条白毛巾。我看着这条白毛巾，耳畔突然响了"羊肚肚手巾三道道蓝"这首高亢经典的陕北民歌。我不禁为陕北人的精神而鼓掌，他们巧妙地把生活中的日用品呈现在信天游中，既道出了青年男女之间爱情的圣洁，又道出了男情女爱的缠绵。

12

天下名州绥德

　　绥德，地处陕北黄土高原丘陵沟壑地带，历史悠久，人文荟萃。古老的绥德县城始建于北宋熙宁二年（1069 年），具有"环水跨山"之说。"环水"因无定河、大理河清澈的流水环绕古城而得名，"跨山"因绥德县城坐落在疏属山、嵯峨山、合龙山、二虞山和二郎山等诸山之上而得名。古老的绥德县城众山环抱，群岭为屏，水波潋滟，绿茵如毯，这让古城多了几分天赐的灵气和妩媚。绥德，原名绥州。魏晋南北朝时，为了说明绥州这一地域的社会治理和安定，一定要用德政教化，于是取名绥德。绥，安定、平安；德，德政、德化。寓有"绥民以德"之意。

　　绥德，自古以来就处在秦、晋、宁、内蒙古四省的"十字"要道，历来都是兵家的必争之地。这块古老的土地上也烙印着黄帝、炎帝和尧舜禹三帝开创华夏文明的印记。这里，不仅是一个灵秀的风水宝地，也是守护中原的边关重镇，蕴涵着陕北文化的源流，荟萃着陕北文化的精华。所以，古时称绥德为"上郡古邑"，素有"天下名州""秦汉名邦"和陕北"旱码头"的美誉。

二郎庙的美丽传说

每一个民族都是从神话或者传说的时代走向的文明，绥德自然也不例外。

绥德县城有一座二郎山，二郎山上有一座庙叫二郎庙，它是为了纪念绥德总兵赵二郎而修建的一座庙宇。

相传，某年农历三月二十八日正中午，突然间，电闪雷鸣，乌云密布，上午还高高悬挂在天际的那轮红红的太阳顿时消失得无影无踪。顷刻间，暴雨如注，小小的大理河顿时汹涌澎湃，洪水一浪接着一浪地涌入了绥德古城西城门。小小的大理河多少年来第一次发起了这么大的洪水，满城百姓和官员都被打了个措手不及，这洪水也来得太快、太凶猛了。

当时，绥德总兵赵二郎带兵驻守在仓坊圪挞山顶上，他听说洪水涌入绥德州城，感觉不妙，因为这个时间距离绥德县的暴雨季节相距甚远。于是，他带人立即赶到雕山观云阁的崖畔上查看水情。眼看着洪水不断地高涨，慢慢吞噬着绥德城，满城的老百姓顾不得衣食家具，匆忙带上能拿走的银两，逃往山上，寻求活命。赵二郎看在眼里，痛在心里，思忖着：这哪里是什么洪水？分明是猛兽妖孽在作祟。于是，他将头盔用力地掷向洪峰浪头，并大声训斥道："何方妖怪，立即退却，不能涂炭我州城百姓！"没想到，头盔刚一入水面，水位便猛涨五尺，绥德城内的九贞观、大十字街顷刻就被淹没了。

此时此刻，赵二郎心里豁亮，明白这一定是妖孽作祟。满腔的怒火直冲脑门，他急忙脱下两只斗靴，再此掷向洪峰水头，怒吼："赵二郎在州城，哪路妖孽竟敢到此兴风作浪？"没想到，斗靴落水后，洪水又猛涨一丈。转瞬间，绥德城全被淹没了。赵二郎顺手从腰间抽出佩带的宝剑，纵身从观云阁的崖畔上径直扑入洪水之中，高呼："妖魔看剑！"奇怪的事情发生了，赵二郎刚入水面，只见那凶猛的洪峰浪头立即退却，从西城门回归到大理河中，刚才还在咆哮的大理河转眼间恢复了原来的模样。但是，赵二郎却被洪水卷走了。

后来赵二郎多次给绥德城的老百姓托梦说，那场洪水，原本就是天神特地打发水府神君前来收他回归天府接受封赠，反而连累了绥德城的老百姓，让他十分愧疚。为了能报答绥德城的老百姓，永保绥德百姓四季平安，祈愿在县城为他修建一座庙宇，让他永远镇守绥德，以保百姓的平安。

起初，这样的梦没有任何人在意。后来，先后有许多人都做了这样的梦，于是，绥德城的百姓都相信了这个梦的真实性，确信赵二郎归天成了神仙。明正统年间，大家在赵二郎入水的观云阁所在的山上为他修建了庙宇，命名"二郎庙"。自从二郎庙建成后，绥德无天灾，无人祸，无水怪，州域太平，百姓丰衣足食。后来，绥德的老百姓为了纪念赵二郎，便把此山改名为"二郎山"。据说，当年的二郎庙非常宏伟壮观，里面金碧辉煌，雕梁画栋，神像众多，形态各异。自从庙宇修建而成后，当地的群众每年都会在农历的三月二十八日唱大戏、燃香烛，敬真君神灵。庙会期间，二郎庙锣鼓喧天，唢呐齐鸣，群众踏街转山，送请君神，大搞祭祀活动，人山人海，非常热闹。特别是二郎庙山门口那两根铁旗杆上悬挂的两面彩旗迎风招展，哗啦啦直响。两张旗面上分别写着"雕山御寇"和"理水斩蛟"八个大字，代表着绥德城百姓敬仰、歌颂赵二郎的一片诚心，同时借以表彰赵二郎保佑百姓的大恩大德。只可惜，现在的二郎庙早已被毁坏，往日的踪迹也难以寻觅。

关于绥德的传说还有很多，如黄帝疏属山为民除害，桎梏了"作恶多端、危害百姓、民怨沸腾"的奸臣危；天资聪颖、少年得志、明道达理、精通礼乐的颛顼巡游合龙山；"其人如天、其知如神、就之如日，望之如云"的尧帝定仙岭下祭祖；与黎民百姓情同手足、同甘共苦、垦荒耕作的舜帝二虞山下教稼农耕等，都是绥德远古的不朽传说，让绥德的历史更加灿烂、辉煌。

黄土文化的摇篮

陕北民歌是陕北特定地域产生的独一无二的民间音乐。陕北沟壑纵横，梁峁交错，先天的自然条件决定了其特有的文化现象。在长期生产、生活、劳动的过程中，陕北人民触景生情，即兴编唱，喜也唱，悲也唱，慢慢地形成了高亢、粗犷、豪放，独具特色的陕北唱腔。这是在陕北历史长河中长期磨砺、积累而演变出来的对于苦难生活挣扎，对于美好生活向往的百姓心声。《揽长工》《走西口》《赶牲灵》《跑南路》，人们把自己的心酸苦涩吞咽在肚子里，把爱恨情仇隐藏在心中，却把自信乐观通过陕北民歌挂在了嘴上，把心中的压抑和愤懑抛洒在九霄云外。那苦中带乐的唱腔、唱中带哭的曲调、酸中带甜的歌词、豪中带野的味道，把陕北人的豁达、直率、质朴、粗犷和激情全部表露了出来。这几年，　恩凤、王向荣、王二妮、贺国丰等人用优美、粗犷、近乎狂野的唱腔让陕北民歌响彻了祖国的大江南北，并被传播到国外，深受听众的喜爱。

"提起个家来家有名，家住在绥德三十里铺村。四妹子爱见那三哥哥，他是我的心上人……"这是经典信天游形式的陕北民歌《三十里铺》的唱词。曲调缠绵悱恻，歌词幽怨哀婉，旋律优美动听，情感真挚深沉，细细品味，能让人沉醉其中，刻骨铭心。

据说，这是流传在我国经典民歌中绝无仅有的由真人真事演绎出来而流传于民间，传唱了个半世纪的"信天游"。据说，这首歌是根据王凤英的故事改编而来的。我在绥德展览馆参观时，看到了王凤英老人的半身照片。老人穿了一件无领印花红棉袄，一对银耳环挂在两只大大的耳垂上，头发花白，慈眉善目，饱经风霜的脸上虽然布满皱纹，但还依稀可见老人年轻时的漂亮、聪颖和智慧。青年时的王凤英之所以是"君子好逑"的原因——是因为她是一个非常典型的窈窕淑女。用当今的话说，王凤英就是三十里铺村当年的"村花"了。一枝花盛开之际，必然会引来无数的蜜蜂，围绕在她的周围，她岂能不成为众人瞩目的焦点人物？

展览馆是这样记载的：1927年，王凤英出生于绥德县满堂川乡（今满堂川镇）的三十里铺村。19岁时她嫁到黑家洼村，丈夫黑有才比她年长四岁，是一位忠厚勤劳的庄稼人。婚后，王凤英生了三男两女五个孩子。她是一位普通的农家妇女，因为《三十里铺》而名扬天下，同时也因为这首歌而饱受诟病。一曲《三十里铺》把王凤英的一生推到了撕扯不清的尴尬境地，让她一生饱尝了人间的无奈与苦悲。

还记得中国有句经典的话：成也萧何，败也萧何。讲的是韩信被萧何说服，投靠刘邦，成了大将军。后来，因为韩信的下属密告吕后，说韩信暗中勾结陈稀，图谋不轨，密谋造反。吕后与萧何商议，多次欺骗韩信入宫，韩信始终抱病拒绝入宫。于是，萧何以探病为由，进入韩府，将韩信骗至长乐宫中，被吕后所杀。仔细一想，王凤英的一生，扬名声因为《三十里铺》，坏名声也因为《三十里铺》。正是因为这首《三十里铺》，让王凤英老人尴尬了半个世纪。

三十里铺村当年是个只有20多户人家的小村庄。王凤英是王家的四姑娘，当年，出脱的就像崖畔上盛开的山丹丹花一样耀眼。村上有个叫郝增喜的年轻后生，聪明勤劳，英俊挺拔，是一个很典型的"绥德汉"。据说，两个年轻人相爱了，但却被郝家父母棒打鸳鸯，活生生地拆散了。郝家在给三儿子郝增喜娶亲时，故意大造声势，吹唢呐、扭秧歌，邀请了半个村的人都到他家吃八大碗酒席，唯独没有邀请王家人。这让王凤英的家人感到很没有面子。王凤英长得水灵，不愁嫁不出去。于是家人就托人给王凤英说亲。可是，"四妹子"王凤英听到"三哥哥"郝增喜娶亲的唢呐声，她痛不欲生，撕肝裂肺，从此倒在床上一病不起。整整一个多月，人已经消瘦得变了形。要不是心中感激、牵挂自己的父母、兄弟姐妹，她恨不得一头扎进那条滚滚波涛的无定河中去。

王凤英痛不欲生的心情无人能够理解，却深深地扎入了脚夫常永昌脆弱的心中。我记得有一位哲人说过，对于青年男女之间的爱情来说，有一种奇怪的现象，你爱他，他偏不爱你；她爱你，你偏不爱她；两相情愿的，终究没有好结果。所以，常永昌就是一个剃头担子——一头热的人。他喜欢王凤英，但是王凤英这个女人心太小，仅仅能容下郝增喜，其他人一概不能入眼。这既是陕北女人的优点，也恰恰是陕北女人的缺点。常永昌是个脚夫，常年走西口，人长得眉清目秀，聪明伶俐，又擅唱长信天游，年纪轻轻的，在当地就是个有名的伞头。所以，编唱几句信天游对他来说并不是什么难事。于是，这个脚夫常永昌以郝增喜、王凤英的爱情故事编排了这出《三十里铺》。我想，常永昌本无恶意，谁能料想到"有心栽花花不成，无心插柳柳成荫"了。常永昌最初的本意可能就是真实地再现郝、王之间的爱情故事，谁料到，由此发酵的《三十里铺》一发而不可收，从一两段，演变到30多段，由三十里铺传唱到整个榆林，从榆林传唱到整个陕北，从陕北传唱到全国，从真情演唱演绎到原始本性的流露，直到酸曲、荤曲，到后来，把一个好端端的王凤英演变成了风流成性的浪荡女人。

20 世纪三四十年代，这样的《三十里铺》能入耳吗？人常道：好事不出门，坏事传千里。更何况这样的酸曲荤调，恰恰附和了那些当年不甘寂寞、年轻气盛、迫于生计而走西口的男人们的口味，于是，一传十，十传百，《三十里铺》从绥米、神府一带，一直流传到了口外，成了脚夫们路途消遣的酸曲荤调。

正是因为这酸曲荤调让王凤英名扬绥米，名扬至今，也让曾经的"村花"纠结、尴尬了半个世纪。现在的《三十里铺》是经过加工以后，充分发挥正能量的文艺精品，早已剔除了从前的"酸"和"荤"了。

无论如何，常永昌为陕北民歌所做出的贡献是不能被埋没的。假如，"四妹子"当年能遂了常永昌的心愿，我想我们现在是无法听到《三十里铺》这首家喻户晓、脍炙人口的信天游。真诚地期望《三十里铺》将"三哥哥"和"四妹子"那份纯真无邪的爱情故事演绎得更加美好！让这棵参天的爱情之树长青不老！

文化艺术的宝库

我刚一踏入绥德文化艺术的宝库——绥德展览馆，就被展览馆里的作品震撼了。这里紧扣绥德文化元素，既有原始实物的展现，又有高科技手段对传统文化的再现；既有对绥德远古历史的回顾，又有对现代文明的弘扬。这里浓缩了绥德的人文历史，弘扬了绥德人民热爱自然、征服自然、改造自然的绥德精神。

展览馆共分为四个部分。第一部分的主题是"万象幻化，后土雏成"。它主要讲述的是远古绥德的发展历程，将一个古老的绥德呈现给观众。第二部分的主题是"千秋风云长歌悠远"。它主要把绥德的历史、人物、故事以及发展一览无余地呈现给观众。第三部分的主题是"红色热土峥嵘岁月"。它主要讲述了绥德在中国革命进程中所做出的杰出贡献。

第四部分的主题是"醇厚乡风，技艺繁生"。这一部分是整个展览的核心和灵魂。它将绥德的石雕、剪纸、秧歌、唢呐、民歌等民间艺术精彩地呈现给观众，同时也将绥德人民坚韧不拔、质朴勇敢的特质表现得淋漓尽致。第五部分的主题是"沧桑名州，幸福绥德"。它主要讲述的是中华人民共和国成立后，党和政府对于绥德文化、教育、卫生等事关国计民生项目的条件改善，让绥德人民过上了幸福、美满、祥和、健康的生活。第六部分的主题是"意象绥德，大潮涌动"。这一部分展现了改革开放以来，绥德人民迎着改革的春风，抢抓改革的机遇，顽强拼搏、不怕牺牲，从而为绥德带来的巨大变化；抒发了绥德人民乐观、积极、向上、追求幸福平安生活、敢叫日月换新天的豪情壮志。

在第四部分，一条长长的走廊上面，矗立着一组仿旧时绥德迎亲队伍的雕塑：一位五六十岁的陕北汉子，手牵着一头毛驴，走在迎亲队伍的最前列。他嘴大鼻阔，两只眼睛很传神，下巴留着一缕山羊胡须，头上用白羊肚毛巾扎着"虎豹头"，灿烂的笑容洋溢在饱经风霜的脸上。他的头骄傲地高高昂起，将内心的幸福全部表露出来。队伍中新郎的装扮也很有特点。他上身穿着一件崭新的对门襟棉衣，腰上系了一根红木腰带，棉衣的外面还套了一件翻毛羊皮大衣，一直垂到膝下；在大衣的左上侧还带了一朵大红花，棉裤和棉鞋也是崭新的。他的这一身打扮，充分说明了对这场迎亲的重视程度。他的左手臂随着双脚的移动而自然摆动着，右手则牵着毛驴，信步前行。

新郎身后的毛驴比较矮小，是陕北特有的那种小毛驴。毛驴的头顶上戴着一朵主人用红布扎成的花，欢快地跟着牵它的人。从四蹄来看，这头毛驴也沉浸在迎亲的无限喜悦当中。毛驴的身后是迎亲的乐队成员。乐器共计有一副铜锣，两面胸鼓，两把唢呐。这五个吹吹打打的男人，很尽情、很给力，也很欢快，走在迎亲花轿的前面，旁若无人，只管把欢乐和喜庆带给主家，为新人送上浓浓的祝福。

在吹手的身后，是一个骑着毛驴、满脸欢笑的年轻女子。一身崭新的嫁衣，让她在这帮迎亲队伍中大放异彩。她就是这次迎亲的主角——新娘。新娘的旁边是迎送新人的婆姨、媒人等，紧随她后面的是两顶花轿，还有一群护花轿的年轻后生和炮手们。

虽然没有看到陕北民间传统迎亲的浩荡队伍，但是从这组雕塑中我能真切感受到陕北迎亲礼仪中保存的那份欢庆的喜乐氛围。我想，陕北现在的迎亲，应该已经是由现代化的小汽车代替传统的小毛驴成为迎亲的主力军，应该是一幅新的场景、新的气象、新的风格。但是，陕北旧有迎亲风俗唢呐、礼炮是不能免、不能被替代的。唢呐是陕北迎亲的灵魂，是陕北整个迎亲礼乐中的核心。

一方水土养一方人。在这组迎亲队伍的大型雕塑右侧，是一组绥德传统小吃作坊的蜡像。绥德的传统小吃比较多，最著名的有"雪花"、羊肉面、抿节、洋芋叉叉、油馍馍和油旋等。"雪花"是糕点中的珍品，有"糕点之王"的美誉，其形似月饼，色呈黄白，皮酥而馅香，因吃的时候容易掉渣渣，酷似雪花飞舞，所以被称为"雪花"。绥德的羊肉面在陕北也是很有名的，陕北地区也一直有"米脂的婆姨绥德的汉，清涧的石板瓦窑堡的炭，四十里铺的羊肉面"的说法。抿节由豌豆和麦子磨合，面粉先要调水合成软面团，然后放在密布筛孔的专用床上用手掌下压。下压而成的面节只有寸长，所以叫作抿节。抿节有些像我们关中的饸饹，只不过饸饹比较细长，而抿节比较粗短。这是绥德的一种大众面食，我到绥德连着吃了两小碗，感觉光滑有豆香，沁脾润胃肠。洋芋叉叉是一种蒸食，多年前就已经流行于关中一带，只是因为我不喜欢吃洋芋，所以，对它不甚重视。油馍馍的形状、颜色，酷似我们的油饼，只是它除了白面外，里面还混有土豆、荞面、糖等。油馍馍因为色金黄似铜钱，是富裕吉祥的象征，因而深得大众喜欢。这两年，关中的油饼也成了一道能登大雅之堂的小吃，不管是多么豪华的酒店，都可以看到油饼的身影。吃了油饼，就象征着得到了金钱，浑身都充满了富贵吉祥。油旋的出名，已经不仅仅限于绥德，在整个陕北，绥德油旋都是很有名气的。油旋是一种手工烙制而成的饼子，色泽金黄油亮，薄如羽翼，外脆里酥，油香扑鼻。如果趁热用刀沿油旋的边缘划一道口子，填充上凉拌猪头肉，就又有了一个名字——"狮子大张口"。在陕北的第一站定边县城时，同学就请我吃了绥德油旋，的确好吃不贵。他请我吃的油旋，没有拿刀沿边沿划口，自然也就不会填充任何肉了，所以，我没有吃上"狮子大张口"。

小吃作坊的第一组蜡像是个羊杂碎的小吃摊点。一张低矮的长桌上铺着白里带红花的塑料布，长桌的三周摆放着三把长条凳子，供食客们吃饭时就座。桌上有两碗已经盛好了的羊杂碎。桌子中间放了一个搪瓷小盆，里面装的是油泼辣子。在方桌的另外一边，盘了一口简易的锅灶，上面架了一口尺八的大铁锅，锅里正在熬着羊杂碎汤。汤是白色的，很清亮，上面还有些许红红的辣椒，让人增添了不少食欲。一个30多岁的中年汉子坐在锅灶旁边，留着中分头，褐色上衣敞开着，露出里面雪白的对门襟衬衫。他的脖子上搭了一条白羊肚手巾，穿着蓝裤子、黑圆口布鞋、白色棉布袜子。他的左手拿了一只空碗，右手握着铁勺，正在盛羊杂碎。

他的身后是一个油旋的作坊。一个头戴白色布帽子、腰系白围裙的50多岁的男人，左肩膀上搭了一条白羊肚手巾，两只袖子挽到肘关节上部，弯着腰专心地做着绥德特产——油旋。油旋与羊杂碎应该是最佳的美食搭档，这就相当于乾州的豆腐脑和蒸馍是绝配的美食一样，总能让人食欲大增。

　　紧接着便是卖猪头肉的蜡像。一个 40 多岁留着中分头的男子站在长条木桌后面，长桌上摆放着一个略比桌面小的长方形大铁盘，铁盘内放着一个黑瓷盆，里面放着做好的猪头肉，并被一个比盆口稍大的细高粱秆做成的圆形盖子盖着，旁边放了一个 10 多厘米厚的圆形砧板。这位卖猪头肉的男人，穿着灰色上衣，系白色的围裙，一直垂到半腿部，将他的胸前遮得严严实实，很好地保护了上衣不粘上油污。他右手持把菜刀，左手将一块猪头肉放在砧板上，正在专心切肉。砧板前面摆放了好几块猪头肉，让人眼馋。在长桌的旁边，还摆放了一张低矮的小方桌，小方桌面经过长时间的油渍浸污，显得油光发亮。它的上面，摆放着一个六边形的高粱秆做成的盖板，上面摆放了一些已经切好的猪头肉，供客人前来挑选。看得出来，这是一个很有心计的商家，想得很周到。他一定会招揽来许许多多的顾客，他的生意也一定会红红火火。

　　黑粉摊点坐着一位 40 多岁、留着三七分头、穿着灰布上衣、系着白围裙的男人。他低着头，左手拿着一块豆腐，右手拿着一把单刃长刀，好像一把带木柄的镰刀，很专心地往碗里一块一块切黑粉。他的面前是一个长方形的低矮木桌，一块较大的红底黑方块塑料布从上到下将木桌遮了个严严实实。他面前的桌子上放着一个搪瓷面盆，面盘里面的黑粉仅剩下五分之二了，旁边还有三个小搪瓷盆里面盛着各种调料。长桌的其他三面摆放着三张小长条木凳，供食客们乘坐、歇脚、吃饭。

　　卤鸡摊的蜡像很特别。一个年过 60 的老汉斜坐在凳子上，留着短发，长胡须，几道较深较长的抬头纹横在额头，诉说着他生活中的艰辛和人生的巨变。他穿着蓝色的上衣，灰色的裤子，脖子上挂着一条白围裙。长方形的低矮桌被红底黑方块塑料布覆盖着，一个黑色白沿瓷盆上面盖着一个圆形的高粱秆做成的盖子，桌子的另一侧摆放着一个小长方形的砧板，还有一把剁鸡块用的木柄单刃弯刀，砧板上面摆放着已经切好的卤鸡块。可能是因为这几天生意不景气、没有顾客光临的缘故，所以，摊主显得没精打采，有点迷糊。

他的旁边，是一个糖水摊点。一个端庄秀丽、风韵犹存的半老徐娘坐在马扎上。她穿着蓝色的大襟袄，褐色的裤子，圆口黑布鞋，雪白的布袜子露在外面。一把蒲扇，既可以扇凉，还可以赶走那追蜜的苍蝇。她的面前是一个类似于陕西小炕桌的小方桌。桌面上的铁锈红漆都已经磨损了，好几处都露出木头本来的颜色。桌面上整整齐齐地摆放了六只小玻璃杯，每个杯子都盛满了糖水，并在杯子上面盖着方形的玻璃片。这样的场景，我小的时候见得很多，有的摆放在集市上，有的摆放在村口，一杯水一分钱，加上一点糖、一点茶叶，水的颜色变了，价钱也会上涨一分钱。我曾经在长篇小说《阵痛》中写过这样的事情。有个人不愿意拿出一二分钱喝一杯水，偏要到亲戚家蹭水喝。没料到，亲戚说，来了就来了，你咋还带一捆韭菜呢？这个小气的人，气得水没喝成，还舍了五分钱的韭菜。

这应该是对古绥德商业街的风貌还原。这里除了小吃摊点外，还有当铺、服饰店等。绥德的服饰具有"胡交胡、汉交汉"的特色。服装多为自织布经过染坊染色后手工缝制而成。以前的绥德人平时上身多穿着对门或掩襟上衣，下身穿大裆裤，裤腰上加缝白布裤腰，头上拢着羊肚子手巾，脚穿百纳鞋。这样的穿戴在小吃摊点的主人身上得到了完美的体现。在冬天，绥德人则多穿皮袄、皮裤、毡窝子，戴毡帽或者"西瓜瓜壳"帽子。有钱人家还可以穿绣花绸缎衣服。

当铺从古至今都很普遍，生意也很好。据说乾隆下江南时，与纪晓岚对了一副很有名气的对联："东当铺西当铺东西当铺当东西，南通州北通州南北通州通南北。"这说明清时，当铺林立，生意兴隆，影响很大。一分钱难倒英雄汉。有的人迫于债务或者生计，不得不将家中最值钱的东西拿到当铺去典当抵押，换取很少的一点钱。到时候，按期不能归还，抵押物便归于当铺。这样的场景我们在《走西口》《乔家大院》等影视剧中都能看到。

这里还有与老百姓生活息息相关的粮栈、手工编织店等。商业街的入口右边，就有一个粮栈。粮栈里摆放着斗、升、半升和合，还有称重用的16两旧秤或者24两老秤。交易时讲究"秤平斗满"，多由"牙子"抹斗掌秤，算账则借助于算盘口诀和算盘。在粮栈的一旁，还摆放着许多编织好的笼、筐、筛等。编织方式因为取材和用途不同而异，如柳匠用卧柳就可以编织笸箩、簸箕、纳粪兜，农民用红柳、条桑可以编织成绊连枷、筛、筐、枣笆等，女人用高粱秆编织拍子，用高粱劈皮儿打席子、编席囤，用芦苇秆编织门帘、炕席等。总之，对于编织的能工巧匠来说，都能做到"人尽其才，物尽其用"。

从情景再现的商业街来看，古老的绥德商业繁华，百姓安居，因而具有"旱码头"的美誉。据说，清光绪三十二年（1906年），绥德人口就达到一万多，城池占地4.5平方千米。古城有东门"镇定门"、南门"安远门"、西门"银川门"和北门"永乐门"等四座城门。

穿过商业街，我便看到了陕北的诗意民居——窑洞。这是一种古老的陕北文化元素，是最朴实的民居建筑，最真实、最完整地保留了人类建筑文化渊源的本真。在陕北，米脂杨家沟的窑洞建筑艺术，堪称世界窑洞文化的典范。其实，窑洞在全国、世界上许多地方都存在着，人类的祖先最早居住在自然洞穴中，用以规避风雨、抗御寒暑，更好地生存。到了石器时代，人们用石片等简单工具在土崖上掘洞，铺上软草，用树枝遮挡洞口，防御野兽侵扰。到了先秦时代石窑才慢慢出现，成为达官贵人的居所，而普通人还是以土窑洞作为基本的居住和生活场所。

陕北的窑洞分为土窑、石窑和接口窑。土窑很好理解，见得也很多，就是寻常百姓居住的最普通、最常见的窑洞。它是由人工洞穴发展而来，石窑洞的初级形态。土窑的挖掘一般会选择一个向阳的胶土崖，然后用镢头挖齐崖面，开一个竖条长方形的口子，称为窑口。挖进一两米后，需向顶部及左右拓展，修成拱形洞。土窑的洞口还要安装简易的长方形小门，窑内则用麦糠、黄土和泥粉刷，并用石板、黄土垒灶盘炕。石窑，顾名思义就是用石块、灰砂垒砌而成，它在靠坡或者平地的位置上都可以建造。石窑的窑面子石用皮条或细凿凿成，垒面石则讲究缝隙的横、平、竖、直，错缝有章可循。窑内用黄土、细沙和泥或白灰粉刷。窑顶加砌花墙，窑檐加穿廊挑石，窑口安装新门亮窗，小窗安装玻璃，以增加窑内的光亮度。此外，窑内还要用磨光的石板、石条砌锅台，炕围炕沿，外砌门台，以整齐美观。

接口窑介乎于土窑与石窑之间，是为了加固土窑面和窑口，防止雨水冲刷和塌陷而发展起来的一种窑洞。随着时间的推移，社会的发展，经济的充足，现代的人们为了面子或者安全起见，对老旧的土窑洞进行了所谓的"现代化"改造，于是，就有了接口窑的出现。接口窑是在土窑洞的基础上，将窑口扩大成拱形，按照窑口的大小，加砌三至五尺深的石拱窑面挂面子，做成圆门窗，就成了接口窑。接口所用的石料为不规则石片、石块。接口窑外表像石窑，窑内其实还是土窑，只是比土窑更坚固了，光线也增加了。这就相当于关中人盖房子，旧时候是用泥土筑起来的土房子，后来虽然有了一点钱，但还不足以盖青砖松木的房子，于是，为了面子上好看，讲究个别地方用青砖砌成，如柱子、门头、墙基础部分等，其余部分还是泥土，也是砖土混合的。

后来才有了全部用砖和白灰砂混合盖的房子，再后来发展到了用水泥、钢筋盖平房或者楼房。所以，在关中看房子就知道这家的家底了。在陕北，同样看窑洞也就明白这人家的富有或贫穷了。

在现实生活中，陕北的窑洞建筑艺术与陕北的石狮子是分不开的。那天，我们刚进入绥德县城，在绥德黄土文化风情园就有幸见识了"天下第一狮"的以狮子为主要雕刻艺术的大型石狮子群雕。

群雕的中间有两行大型石狮子的石雕，左右两行各有九个由石头砌成的方形石柱。每个石柱的正下方，都有由石头雕刻成的石头基座，中间是长方形石砖砌柱，在石柱的顶部为一尊尊形态各异、形象逼真、憨态可掬、表情夸张的石狮子。

关于石狮子，还有一段颇具正义感，也颇具悲凉与酸楚的传说。远古时候，陕北境内有狐狸精出没，危害百姓，上山耕地或在家中操持家务的百姓，常常会受到狐狸精的威胁，要么被吃掉，要么被抓伤，吓得人人自危，紧闭门户，不敢出去。一日，一位白发长者来到了郭家庄。他对百姓说，如果遇见狐狸精时可以吞下一枚他手里的石球，就会变成凶猛无比，令狐狸精胆战的狮子。狐狸精退却后，再吞下另一枚还原石球，又可以还原成本人。一位叫郭强的年轻人自告奋勇，勇敢地接下了老者手中的两枚小石球，只身一人，进入荒山老林，寻找狐狸精。几天后，他碰到了狐狸精，于是，吞下了一枚小石球。顿时，郭强变成了威猛、凶悍的狮子。他大吼一声，响彻山谷，地动山摇，令狐狸精惊恐万分，瞬间化作一缕青烟逃遁了。郭强看到狐狸精不见了，正准备吞下那枚还原石球时，却停顿了。他心想，万一狐狸精再来祸害百姓怎么办？于是，他放弃了还原成人的机会，一心要成为专门惩治狐狸精、保护百姓的狮子。从此，郭强永为狮身，守护家园，保佑老百姓四季平安。多年以后，郭强变成的狮子老死于山林，化作一尊伟岸、壮观的石狮子，继续坚守着他的职责。从此以后，人们把石狮子奉为驱妖镇魔的神灵，供奉在家中。所以，后来人们为了表达对郭强的怀念、尊崇之心，在雕刻石狮子时，都会在石狮子的嘴里雕刻一枚石球。

回味着这带着几分悲凉的传说，赞美着舍身为民的郭强，我们继续参观着这些石狮子群雕。在整个群雕靠后的平台处，一左一右，一雌一雄，各有一个特别巨大的凶猛、威严的巨型石狮子，狮子的下面是一只龇牙咧嘴的巨型乌龟。狮子是威严的象征，乌龟是长寿的代表，石狮子与乌龟的巧妙结合，象征着绥德人民的勇敢勤劳、淳朴善良、自强不息、开拓创新，寓意着绥州大地风调雨顺、百姓安康、幸福和谐。这些千姿百态的石狮子，都是那些目不识丁，从未见过真狮子的绥德民间石雕艺人，凭着心灵感应和想象去完成的。特别是群雕里的炕头石狮，是人们为了保护婴儿的生命而创造的一种独具黄土文化意蕴和风格的民间石雕艺术。它们体型玲珑，品种繁多，形态各异，随石取势，不拘一格，件件都是包含人性、兽性、神性于一体的浪漫主义佳作。

在绥德展览馆里，我也看到了许许多多、大小不一、形态各异的精美石雕狮子。这里最少展示了40位绥德石雕艺人的上乘佳作。尽管都雕刻的是石狮子，但是，每一个人对石狮子从不同的角度、不同的侧面去审视、去挖掘，就会有不同的认识、不一样的理解，所以，在雕刻者的心中也就有着自己对于石狮子的独到认识，摆在这里的石狮子，就有了不同的形态、不同的表情。

看过了石雕艺术，映入眼帘的便是大大小小、长短不一悬挂在屋顶上的唢呐。金元时，唢呐从阿拉伯、波斯一带流传至我国，早期是一种宫廷乐器，到了明朝发展成为一种军中号角，激励将士征战疆场、奋勇杀敌、拔城攻寨、镇守边疆。经过千百年的沧桑巨变，唢呐已经演变成了一种民间乐器，成为婚丧嫁娶、逢年过节不可或缺的一种乐器。

真是喜也唢呐悲也唢呐，生也唢呐死也唢呐。

说实在的，我见过唢呐，但从来还没见到过这样的唢呐阵势。悬挂在屋顶上的唢呐从上到下，错落有致，很整齐、很规律地挂了五层。屋顶的中央是人工做成的蓝天白云，蓝天白云之下，横挂着一根两米多长的铜质唢呐，将唢呐与陕北的天、陕北的云，还有陕北人民喜爱唢呐的魂融为一体。无定河宛如一条黄色的飘带在绥德大地上舞动着，滔滔巨浪翻过了绥德的山、绕过了绥德的峁，流淌在绥德的沟沟畔畔，滋润着绥德的树、绥德的大地和绥德的人，养育了一代又一代石狮般雄健的绥德汉子。在他们冷峻、刚毅的外表中，却又蕴含着无定河水的绵绵柔情和细腻情愫，将内心深处的爱恨情仇，通过一曲曲唢呐，吹向了黄土高原，震撼着绥德的山川和峁梁。

在唢呐展览大厅，有一组雕塑。其画面简单明快，构思精巧细腻，五个人、三把唢呐、一堆火、一盘菜、一把酒壶，便将绥德唢呐的山地之腔以及百姓的喜乐展现得淋漓尽致。五个陕北汉子围坐在火堆旁，熊熊燃烧的烈火正是陕北人吹奏唢呐的一片赤诚之心、火热之情。五个汉子，四个头拢羊肚手巾，一个戴着火车头毛帽子。中间的唢呐手应该是他们的主心骨，黑色的棉衣棉裤，外套一件翻羊毛皮大衣，鼓起腮帮子尽情地吹奏着一把唢呐，诉说着心中无限的喜悦。他的一旁，是一个和他一样的唢呐手。还有一个汉子，两手拿着轻巧的鼓槌，一上一下地敲打着鼓面，配合着唢呐的演奏。在他的旁边，放着一把一米多长的唢呐，他应该是一个多面手，关键时候用这把唢呐配合整个的演出节奏，达到一个和声的效果和目的。在另一旁，坐着一个打击钹镲的，还有一个敲锣的。他们的面前，摆放着一个小炕桌，炕桌的上面摆放着几个碟盘，盛着几样下酒的肉菜；还有一把酒壶，几个小盅。这五个陕北汉子喝着酒、吹着唢呐，将心中的苦乐、酒后的心里话，通过唢呐之腔、钹锣之声、皮鼓之鸣，尽情地释放、展现、倾诉……

谈到绥德的艺术，秧歌、民歌和剪纸自然是不能缺少的。秧歌在陕北较为普遍，它起源于祭祀天地诸神，祈保风调雨顺的民间活动，迄今已有几千年的历史，并在明清时期达到了鼎盛。它的起源，一种说法认为是百姓为了解除在田间插秧、拔秧的劳作之苦，所以唱歌曲，渐渐形成了秧歌；另一种说法是起源于抗洪斗争。古代黄河流域河水经常泛滥，百姓在抗击洪水取得胜利后，往往会把抗洪的工具当成道具，蹦蹦跳跳，唱唱闹闹，抒发美好的心情，逐渐就形成了秧歌；还有一种说法是根据《延安府志》中"春闹社，俗名秧歌"，认为它源于社日祭祀活动。无论怎么讲，秧歌与农业生产密不可分。现在秧歌舞队已经成为秧歌的主要表演形式。舞队少则十几人，多则上百人，既有集体舞，也有双人舞、三人舞等。根据角色需要，还会有手绢、伞、棒、鼓等道具。

在咸阳的大街小巷，虽然扭秧歌不如跳广场舞那么普遍，但是，在凤凰广场、咸阳桥下，仍然可以看见一些穿红戴绿的秧歌队伍，将人们心中的舒畅，完完全全、潇潇洒洒地展现在各种舞蹈之中。

剪纸是汉民族的一种古老的民间艺术，具有镂空的特色。绥德的剪纸与其他地方的剪纸相比较，大同中又有小差异，共性中又包含着个性。绥德的剪纸心随意动，手随心转，精剪出来的艺术作品，犹如黄土高原一样大气磅礴，棱角分明，粗犷中包含着精细，精细中蕴涵着淳朴，淳朴中又富有秀丽。在绥德展览馆中，也有一个属于剪纸的艺术空间。长廊里，从地面到屋顶竖起了六块由剪纸作品拼成的红板，好像这个剪纸艺术长廊的屏风一样，让人眼前一亮。四周的墙壁上也悬挂着许多剪纸艺术家的精美剪纸作品。这里用木条装修的屋顶，很有镂空感，两面的墙壁也是由石膏做成的剪纸艺术墙。这屋顶、墙壁和整个剪纸艺术长廊融为一体，浑然成为一个剪纸的艺术世界。在这里，我不禁赞叹绥德剪纸艺术的高超造诣，更惊叹绥德展览馆的奇思妙想，让本来活跃在一张纸上的剪纸艺术富有了鲜活的生命力和感染力，更加生动、更加形象。

"转九曲"，又叫转灯，是黄河流域流传的一种汉民族民俗活动，是陕北正月里人人参与的一种古老习俗。每年的正月十五下午，人们敲锣打鼓，喜开九曲门。浑厚的锣鼓，敲击着千百年来人们的梦想和希望，敲出了黄土地的气势。"九曲"不仅寓意深刻，也象征着黄河的"九曲黄河阵"。当夜幕降临时，360 盏泥制油灯就会同时点亮。它们不仅照亮了人们的脸庞，更照耀着人们美好的心灵，同时也点亮了未来甜蜜生活的灯塔。俗话说："转九曲，消灾驱病，人活九十九"，因此，"九转曲"这一个活动深得老百姓的青睐。在剪纸艺术长廊里，我就看到了剪纸艺人康巧莲的一幅《转九曲》的作品。她通过传统的剪纸艺术，淋漓尽致地再现了陕北的传统民俗"转九曲"。整幅作品的线条简约沉稳，花鸟形象逼真，技艺精湛，立体感强，是不可多得的剪纸艺术精品。

剪纸艺术长廊的剪纸《喜花扣碗》则由石榴、牡丹、仙桃、莲花、佛手以及蛇缠兔、阴阳鱼、马上封侯、双猪发膘、十二生肖组成。"喜花扣碗"是绥德剪纸中常见的一种婚俗题材。它是和、合二圣形象的简约符号，主要祝福的是新人的幸福美满多子多福。《兽面水盆》作品和《喜花扣碗》出自同一个艺人之手，它是由寿龟、聪猴、金鸡、牛头马面、莲花、嘉禾、兽头、兔子等形象组合而成，包括太阳、凤凰、龙、虎等元素，反映了人类早期的自然崇拜。《祈雨》这幅作品出自民间剪纸艺人武燕之手，曾获得"中国·人类非物质文化名录代表作——中国剪纸艺术"的二等奖。这幅剪纸的线条简洁明快，人物惟妙惟肖，反映了人们祈雨归来，满心的喜悦无法言表，杀猪宰羊祭龙王，寓意早下甘露早丰收的美好愿景。

　　行走在绥德大地上，喝着无定河的清水，吃着绥德的小吃，体验着绥德的风土人情，沐浴着绥德的文化艺术，我的心中涌起了对黄土地的无限崇敬。并肃然起敬于这个以德教民的天下第一名州——绥州，崇拜着那些点燃了自己的生命、无私奉献于艺术的绥德人民。

13

秦岭第一仙境塔云山

　　"赤日炎炎似火烧，野田禾苗半枯焦"，用这句古诗形容 2014 年的中伏天，恰到好处。8 月初的一个周末，我和朋友前往镇安避暑。欣慰的是，我们联系到了的警校同学——阮同学家就住在镇安。他不仅热情好客，而且还带我们游览了陕西道教名山——塔云山。

　　塔云山位于镇安县城西 35 千米处的柴坪镇境内，主峰金顶海拔 1665.8 米，曾称"塔儿山"，清代镇安进士晏安澜改名为"塔云山"。山上的建筑由一馆、一塔、一庙、一堂、九殿组成，风格古朴而清雅，至今已有 500 多年历史，为陕西省二级文物保护单位。

　　塔云山堪称秦岭第一仙山，以险绝、奇特、秀美、壮观、神异而著称，不仅具有厚重的道教文化，而且拥有绚丽多彩的自然风光。春天，山花烂漫，百花夺目；夏天，苍翠欲滴，绿浪翻滚；秋天，满山红叶，层林尽染；冬天，银装素裹，分外妖娆。

　　塔云山的山门古朴、雄伟、壮观。"云生圣地道祖日月同辉，伟居塔山神灵天壤共存"的金色楹联在阳光的照耀下，格外耀眼，读后让人立觉塔云山"贯古今一气，庇遐迩万福"的文化内涵。

　　我们首先来到了塔云山的天池。那一汪碧水，是何等的清凌，把山石、树木倒影其中。几只天鹅徜徉其间，激起微波粼粼，如梦如幻。难怪人们说，这是七仙女下凡嬉戏的地方。再看那些矻立的青石构成了一道山的屏障，哗哗的清水从石中流淌而出，亦显现塔云山之灵气。特别是左右的"天池"和"上善若水"石刻遥相呼应，彰显出道教文化的最高境界。

　　一路拾阶而上，来到惠风亭。过去，当地人经常在此祈祷风调雨顺。据说一旦神仙显灵，这里就风从四处起，云从此处生，雨从轿顶落，百姓喜称此地"说风就有雨"。最近，天干地燥，于是，我也在惠风亭前双手合十默默祷告。

　　从惠风亭一路而上，听到了鸡叨崖、轿顶山、雨亭、痴情藤、滴水崖、驼背梁等景点的神奇传说，领略了大自然的奇妙。我仿佛看到了杨八姐追杀鸡魔王到轿顶山的无畏与勇敢，看到了雨亭和痴情藤中缠绵的爱情故事，看到了滴水崖和驼背梁旖旎的仙境。从飞天崖经过时，我探身俯瞰，只见悬崖峭壁，万丈深渊，一眼望不到底。此时，我就完全看不到古时拯救香客生命的那棵藤蔓，那里面究竟藏着什么秘密，一时半会也难以知晓。于是，带着一丝丝的遗憾，我与众人继续拾阶而上，来到了打儿窝。

　　打儿窝是一处距地 3 米、位于柱状巨石上的小石窝，它与 3 棵枝繁叶茂的古树环绕的另一石柱顶的娘娘殿遥相呼应，据说有庇荫后世子嗣兴旺的功效。传说人站立于打儿窝下，面朝娘娘殿，背朝打儿窝抛石子于其中，便有添嗣之喜，很是灵验。此时此刻，我真的希望"凤鸾鸑塔云山下花结籽，麒麟跃圣母殿前竹生孙"，以满足那些祈求者的心愿。

　　离开打儿窝，我们来到了大殿。大殿是塔云山古建筑群中最大的建筑，供奉着被誉为道教创始人李聃和财神等的塑像。大殿东大门上是中国道教协会会长任法融撰写的楹联："紫气东来霞映三千界，祥云西蔚恩泽五百载"，道出了道家思想的精髓和无为的境界。大殿南面是一片开阔的祈福广场，它在警醒人们"求仙方悟人生快乐乃知足，问道才知天地自然是无为"。站在广场，远眺崇山峻岭，顿然感悟出道教文化"秉正缉邪扬清气，降魔卫道镇玄门"之真谛。

沿着陡峭的 200 多个台阶，我们亦步亦趋地爬上了观云台。在此，可观金顶之神姿，可眺群山之逶迤，可望云蒸之霞蔚。可惜，我们这次登塔云山没能看到万千气象、绮丽多姿、变幻无常的云海，没有感受到它雄浑、大气、奔放的气势。这就犹如参加一场盛宴，缺少了一杯甘醇的美酒，多少有些遗憾。阮同学说，来了就要有遗憾，这样你就会经常来，来的次数多了，遗憾就能弥补上了。他提醒我们要看塔云山云雾一定要选择好的时机，一要来得早，早 7 点至 9 点是观赏云雾的最佳时间。二要来得巧，雨过天晴后三四天内，云雾最为壮观、美丽。

阮同学的一席话，让我非常欣慰，心中的愁云和遗憾一扫而光。于是，我们一行人走到了北翅峰。塔云山犹如一只翱翔的凤凰，金顶似凤首，南北两峰似双翼。金顶以南谓之"南翅峰"，以北称之"北翅峰"。北翅峰山势奇峻陡峭，林木苍劲葱茏，风光旖旎，气象万千，令人目不暇接。

之后来到别舅石，不由想到清代塔云山的道士成明达。据说他一心问道，终日居于山中，不肯回家。母亲拜托舅舅和舅母前往劝说，也未能改变他问道的决心。为了躲避舅母的追赶，他藏身于巨石之后，却没能挡住舅舅寻找的目光。甥舅二人四目相对，谁也说服不了谁。正当陷入两难之境时，突然，天空风起云涌，一声响雷将巨石劈裂，把二人分开。舅舅认为这是天意，不能违背。于是，下山而去，成全了外甥成明达一心问道的夙愿。

成明达 15 岁割臂疗亲，21 岁割臂疗舅，25 岁割臂疗兄。44 岁他因眼疾出家，携带私财在塔云山上的道观为主持，烧香礼神，谨守清规，潜心钻研，功德圆满，于 69 岁端坐于缸内圆寂。"半生从未染红尘，自是蓬莱第一人。千古功名垂玉石，念功塔里贮阳春。"这首诗就是对他一生最好的诠释。

怀着一颗崇敬、感恩的心，我们慢慢朝着金顶走去。看到了倚天门，深感"元都百二宫阙起祥光，圣地三千河山凝瑞色"的磅礴之势。跨进倚天门，爬上位于塔云山之巅，面积不足 6 平方米，建于万仞绝壁之上的金顶，顿然有"金顶旋转在九霄，脚踩飞云魂缥缈。果是人间一仙界，天宫胜景独这好"的心境，真切地感受到了道家"树长菩提荫庇人天百岁，花开覆钵香满世界三千"的博大胸襟。

从金顶下来。首先映入眼帘的是镇安籍清末进士晏安澜所写的"道"字。这个"道"字，苍劲有力，气势磅礴，气韵生动，令人思绪万千。

一路下山，转眼间到了天池旁边的清心阁，于是，入内闭目养神，静心深思。这次镇安之行真是"近天池楼台先得月，远尘嚣山光最怡心"。

14
重庆，非去不可

　　一场春雨悄悄地降落，雨滴敲打着窗户的玻璃，我静静品味着李商隐的《夜雨寄北》，眼前却浮现出春节游重庆的情景。

　　2015 年的春节我是在重庆度过的。在重庆的日子里，漫步在山城步道之上，领略了长江和嘉陵江的雄壮与浑厚，品味了商贾林立的磁器口古镇的质朴和厚重，陶醉在这山清水秀的景色中；我还品尝了雾都的麻辣血旺、小炒鸡杂、老麻抄手、重庆小面、酸辣粉等风味小吃，感受到了山城的香麻和火辣味，沉迷在这座城市的美食中。

　　重庆的小吃，莫过于火锅、酸辣粉、抄手和重庆小面。吃惯了陕西清淡的面食，我便不喜欢重庆的抄手和小面，因为它的汤汁有火锅底料的油腻，却缺少火锅的热情和香辣。但我对重庆的火锅情有独钟，油而不腻，麻辣醇香，回味无穷，百吃不厌。它不仅有着红红火火、团团圆圆之意，更具有重庆人"火锅生巴渝涮天下之大观，桥头最相思汇世间百味"那种火辣辣的豪情和香甜甜的柔情。第一顿在重庆的火锅我们选择了位于洪崖洞四层美食街的弘鼎。倚窗而坐，目睹嘉陵江的壮阔和穿梭于大桥上下的汽车，聆听江上船工号子的豪迈和悠扬，细品火锅翻腾滚动时象征的百味人生，我深感"一粥一饭当思来之不易，半丝半缕恒念物力维艰"。第二顿火锅选择在了"家福"，它不仅有着家的情怀，还有着福的喜庆，让人备感亲切。

说完小吃，接下来要讲的就是重庆著名的革命遗迹了。乘坐地铁在烈士墓站下车，我们来到了松林坡。路过"红岩魂"广场，我看到了原四川省委书记罗世文、川西特委军委委员车耀先，以及《西北文化日报》总编宋绮云、徐林侠夫妇等烈士的雕像，他们让我肃然起敬。宋绮云、徐林侠夫妇曾被关押于白公馆、渣滓洞和息烽集中营，受尽了非人的折磨。8 年的狱中生活，历练了他们"我决不能弯下腰，只有怕死才求饶以及人生百年终一死，留得清白上九霄"的革命意志。在松林坡，我们一行拜谒了千古功臣——陕籍将军杨虎城夫妇等先烈们的雕像。看着雕像我回想起张学良、杨虎城两位将军力挽狂澜，为劝谏蒋介石"停止内战，一致抗日"而发动的震惊中外的西安事变，感受到了将军那种"风吹铁马动，还我旧山河"的壮志雄心，也为将军壮志未酬身先死而扼腕慨叹。戴公祠，据说这是戴笠为蒋介石所建的别墅。1946 年 3 月，戴笠死后，他的部下在此搭建灵堂，借以哀悼，从此，这里就成了"戴公祠"。在白公馆山洞中我还看到了陈列的形形色色的刑具，听导游讲，国民党当时的刑具共有 49 类 108 种，其中的酷刑——披麻戴孝更是惨绝人寰，这也让我深切地感受到今天的幸福生活来之不易。缅怀先烈，我们更应该牢记昨天，珍惜今天，憧憬明天。

告别烈士墓，我们来到了解放碑。"人民解放纪念碑"这 7 个大字是十大元帅之一的刘伯承元帅于首个国庆日所题。解放碑不仅是抗战胜利的纪念碑，更是纪念重庆人民解放的里程碑。从 1950 年至今，解放碑就是重庆人民抗战胜利和重庆人民解放战争胜利的历史见证。

从烈士墓到磁器口，从松林坡到渣滓洞，无不记录着重庆人民为抗日战争和解放事业所付出的艰辛和努力，无不昭示着江姐等共产党人为争取中华民族的解放、独立、自由、平等和民主事业所付出的鲜血和生命，它不仅是重庆抗战胜利和解放胜利的纪念碑，更是记录中华民族仁人志士和共产党人抛头颅、洒热血的一座丰碑。夜晚，这里灯火辉煌，五彩斑斓，游人络绎不绝。我不知道这些游人是何种心情，他们是否还会牢记历史、牢记为中华民族独立而浴血奋战的仁人志士？是否会牢记共产党人、牢记为重庆解放事业舍生取义、英勇奋斗、流血牺牲的先驱们？我真切地希望解放碑能成为年青一代励志的丰碑，永远矗立在他们的心中。

除了这些革命遗迹，重庆还有它的另样美丽。在"帆影岚光物资吞吐都是明清江头盈本，龙翔溪带烟火辉煌俨然古镇兜率丹丘"的磁器口，虽然看不到昔日码头的辉煌，却依然能看到"白日里千人拱手，入夜后万盏明灯"的繁荣景色。磁器口始建于宋真宗咸平年间，它的建筑古朴而厚重，它的历史绵延而沉重。在古镇的街道上，我看到了两位孙悟空打扮的人，他们身披袈裟，头戴紧箍咒，手执金箍棒，在街道上猴子般跳跃着，摆着各种猴子的 pose 和游客照相留影。随着时代的发展，磁器口的商品交流不再仅仅限于瓷器，而是五花八门，应有尽有，既有传统的风味小吃，又有现代的酒吧茶秀，既有传统的小把玩，又有现代的小物件。总之，如今的磁器口，充满着历史与现代的元素，显示着古朴与时代的色彩，已被打造成世界级的旅游古镇，吸引着络绎不绝的八方来客。在这里，近年来还拍摄了《烈火中永生》《一双绣花鞋》等家喻户晓的影视作品，演绎出了一段段重庆的历史嘉华。

与磁器口相比，洋人街就显得非常现代化了。这是一座大型的游乐场所。洋人街充分体现了东西方文化的交融，传统与现代的辉映，这里不仅是儿童的乐园，还是水的世界。

此外，我们还游览了山城的第三步道。这是一条最能体验山城特色的健身步道，它串起了沿途抗建堂、菩提金刚塔、仁爱堂、山城巷等独具老重庆味道的景点。步道沿山而建，并不陡峭。刚入步道，便是石板铺成的台阶，两边是郁郁葱葱的树木，遮风蔽日，使山道显得阴暗和潮湿，有的地方都生长了毛茸茸的绿苔。沿着步道一路而行，看到了只有在影视剧里才能看到的鸽子楼和一些低矮、陈旧的小屋。小屋被主人打理得非常干净。这些小屋虽然和现代重庆大都市高楼的格调不能相比，但是它见证了重庆曾经的繁华和厚重的历史，彰显着老重庆的遗风和雅韵。始建于抗战时期原属于四川军阀刘湘下属兰文斌师长官邸的"厚庐"，做工考究，具有上海石库门建筑的特点，它曾经为老重庆增色不少，也见证了重庆抗战和解放的过程。

走过石板栈道，映入眼帘的是漆成鹅黄色的栈道栏杆，十分醒目。它凌空而建，让人身处薄雾袅袅之中。背倚山坡，眺望着嘉陵江和大桥，我由衷地发出"雾雨霏霏绿水朝东波浩渺，烟霞隐隐青山拱北树朦胧"的慨叹。站在步道之上，特别有"天空之城"的感觉，人与山、水与船好似腾云驾雾，随心漂游，呈现出"烟水溪泉争入海，虹桥舟楫共浮山"的美景。而坐在读江亭，则犹如进入仙境一般，让我不禁慢慢融入"逝水长吟金缕曲，赏心小酌玉壶春"的意境之中。闭目养神了一会儿，睁眼便看到了山上的红玉兰、白玉兰，还有繁星似的金黄色的迎春花和粉红色的桃花。它们在阳光的照耀下，更加绚丽，让人生出"沏茶北阁招斜照，采菊东篱话秀山"的惬意。

步道之旅，随处可见山间石缝里生长出来的树木、花卉和绿草。特别是那株黄桷树，它茎干粗壮，树形奇特，悬根露爪，古态盎然。它最大的奇特之处在于每年的落叶之日便是它当初的栽种之日，所以，人们称它为"怀旧之树""记忆之树"。它是重庆的市树，象征着重庆人民吃苦耐劳、坚韧不拔、勇于开拓、勤于进取的美德。

伴着淅淅沥沥的雨声，我写下了这段文字。重庆虽然不是我的家乡，但是，平生第一次在外面过年的我却选择了它。重庆，敞开宽阔的胸怀，以它独有的魅力、包容、大方和热情，接纳了来自全国各地的游客。在重庆，我见到了许多诚实、憨厚面孔的老陕，听到了许多熟悉而又亲切的秦腔。当时的我心想，我们的祖国发生了巨变，来重庆过羊年的陕西人真不少。我为陕西人的富裕欣喜，也深感改革开放给陕西、给全国带来的日新月异的变化。"一带一路"把陕西从国家的"大后方"推到了开放的"最前沿"，八百里秦川丝绸长廊，四千万儿女齐吼秦腔。不久，一个富裕、和谐、美丽的新陕西必将会大放异彩，秦人实现幸福的"陕西梦"指日可待！

15
最美多彩贵州

第一次知道贵州，是从小时候的地理课本和语文课本中了解到的。5年前，我曾经去过一次贵州，只不过去也匆匆，来也匆匆，对贵州的印象并不深刻。这两年，在电视上看到了很多有关贵州的宣传广告，被"走遍大地神州，醉美多彩贵州"这句广告语和电视画面中的黄果树瀑布、荔波的大小七孔等景色，以及苗家山歌舞蹈所吸引，于是，趁着春天去了一趟贵州。

贵州地处中国西南腹地，地貌分为高原、山地、丘陵和盆地四种，素有"八山一水一分田"之说，是全国唯一没有平原支撑的省份。贵州是世界上岩溶地貌发育最典型的地区之一，有绚丽多彩的喀斯特地貌；同时，这里又是一个多民族聚居的省份，少数民族之多，仅次于与其相邻的云南。贵州可以用"三言两语"来概括。"三言"即天无三日晴、地无三尺平、人无三分银；"两语"即黔驴技穷和夜郎自大。

我来这里4天，天天下雨。所到之处看到的全是大大小小的钟乳状山包，亲身领略了"天无三日晴、地无三尺平"的事实，但对"三言"中的"人无三分银"却产生了深深的怀疑。苗族人"以银为灵、以银为美、以银为贵"，他们笃信万物有灵，给银饰赋予了很高的地位和很重要的作用。所以说，仅拿苗族女人的装饰来说，至少的都有三斤三两白银饰品，岂能说"人无三分银"呢？这句话可能是对过去闭塞、贫穷、落后的贵州的描写吧！沿着平坦的高速公路旅行，我真切地感受到了"车在路上走，人在画中游"的意境。贵州是个好地方，春天去了，可以赏花；夏天去了，可以戏水；秋天去了，可以观溶洞；冬天去了，可以泡温泉。

贵州山水

没去过贵州之前，总感觉贵州是"穷山恶水"的代名词。可是，去过之后，才发现自己以前的认识是多么的狭隘和可笑。天河潭、黄果树、陡坡塘、大小七孔等风景名胜，风光旖旎，景色秀丽，令人陶醉。

黄果树瀑布名扬世界。一提起贵州，很多人不由自主地就会想到黄果树瀑布。但是，在这里我不想细说"白水如棉不用弓弹花自散，红霞似锦何须梭织天生成"的黄果树瀑布景区，也不想细说"根笔藤墨绘制千古绝画，风刀水剑刻就万倾盆景"的天星桥景区，尽管天星桥的盆景区、洞景区、水上石林具有天然盆景的鬼斧神工，我只想细说一下具有"黔中一绝"美誉的天河潭 AAAA 级风景区。

天河潭原名天生桥，以芦荻河经暗湖形成竖井深潭，穿天石生桥流出而得名。它位于贵阳市花溪区石板镇境内，自古山清水秀，气候宜人，兼具黄果树瀑布之雄、龙宫之奇与花溪之秀，集飞瀑、清泉、深潭、奇石、怪洞与天生石桥于一身，浑然天成；农舍水车，小桥流水，野趣盎然，清幽宜人。这里曾经是明末清初吴中蕃隐居之地，并留下了许多对其的赞美诗篇。陈毅元帅当年游花溪时，就曾赞美道："真山真水到处是，花溪布局更天然。十里河滩明如镜，几步花圃几农田。"

寥寥四句，就生动逼真地把花溪的特点概括了出来。

刚进入天河潭，便被这里的一山一水，一草一木吸引住了目光。它集山、水、瀑布、深潭和少数民族风情、水文化遗产为一体。清澈见底的泉水由山洞缓缓流出，形成了动与静的风景画，漫山遍野的苍翠植物，隐匿于其中的长廊水榭和观景亭，还有代表古代劳动人民利用水力资源的智慧结晶的水车、传统制香工具香耙车、水文化遗产水碾等恰到好处地分布在景区之中，让人不禁暗暗叫绝。也难怪原国务院副总理谷牧称之为"黔中一绝"。

沿着弯弯曲曲的步道而行，就看到了卧龙湖和卧龙瀑布。卧龙瀑布宽约20米，高约10米。每到沣水季节，水从湖中倾斜而下，水流汹涌，气势宏伟，将这两个景点用水链接。从高处看，就像一条睡卧之龙飞临在大山之间，湖就像龙头，水就像龙身，所以谓之曰"卧龙湖"和"卧龙瀑布"。

当我还沉浸在卧龙飞瀑的壮观之中无法自拔时，人却已经来到了令人遐想的"美人凼"。美人凼是由上游香耙沟里的水长期冲刷而形成的，它是天河潭景区瀑布群中最小的一座，但也具有瀑布的"灵与秀"，是自然景观中山、水、天一色的突出体现。之所以称之为"美人凼"，是因为当地的一个美丽传说，这个传说就好像陕西合阳洽川景区的"处女泉"一样，都与女人有关，只不过"处女泉"是因为女子出嫁前到此泉洗澡沐浴而得名，而"美人凼"是因为女子到此泉洗澡沐浴后会变得更美丽、更动人而得名。当地一首"美人凼，美人凼，凼水碧绿清又香，下到凼中洗个澡，丑女也会变漂亮"的民谣就是最好的佐证。

一下午的天河潭游玩，并没有完全尽兴。更为遗憾的是因为园区正在升级改造，没能进入具有"世外桃源"之称的水洞。水洞又叫崆灵洞，洞中最宽处80多米，最窄处仅有2米。据说进入全长1400余米的洞中，要穿三关，过四门，还能游海螺宫、潮汐潭、木鱼潭等地下暗湖溶潭。因为没有进入洞中，所以不能看到洞后两岸翠竹掩映、清幽绝尘的世外桃源般的河道，多少有些遗憾和酸楚。仔细一想，其实这也未必不是好事，这次留下一些遗憾，也为下一次入黔找到了借口，所以我不快的心情很快就烟消云散了。

稻 雕 文 化

贵定县位于云贵高原东部、贵州省中部，隶属黔南布依族苗族自治州。这里东邻麻江县，东北与福泉毗连，东南连都匀，南与平塘接壤，西南紧靠惠水县，西北与龙里县相挨，北面与开阳县隔河相望，自然条件优越，冬无严寒，夏无酷暑，具有"中国稻雕艺术之乡"的美称。

每年 3 月中旬的贵定县，红土地上开满金黄色的油菜花，绿的如锦，黄的似金；漫山遍开白生生的李子花，白的如雪，所以，人们将此地称为"金海雪山"。由于我们去得晚了，油菜花谢了，李子花败了。虽然没有看到"金海雪山"的盛景，但是我有生第一次看到了贵定县"密境贵州，幸福找稻"稻雕艺术文化园——稻梦空间。

这个文化艺术园占地 200 多亩，分为"12 生肖大道""丰收满园""田间趣景""儿童乐园""九局之光""农耕文化""民族风情"等 8 个展区，总投资 3800 多万元，共有 101 件稻雕艺术品。这些作品，不仅充分展示了布依文化的深厚底蕴和浓郁的民族风情，还充分体现了人与自然的和谐统一。

"十二生肖大道"，将十二个生肖分为两组，伫立在大道的两侧，用它们特有的方式，欢迎着八方来客的参观。它们造型逼真，栩栩如生，活灵活现，趣味十足。从生肖文化来看，我们 56 个民族在这一传统文化上具有共同点，即各个民族都把十二生肖看作自己的护身符和吉祥物。

"丰收满园"和"田间趣景"展区，给人展示了农村的丰收美景和农家的幸福生活，情景再现了田间地头的热闹场景。萝卜、玉米、水稻、白菜、辣椒，耕牛、斗牛、牧牛，磨坊、碾坊，男耕女织等，将农家小院和田间地头点缀得热情洋溢，喜气洋洋，让人真切地感受到了党的好政策为老百姓带来的生活福祉和劳动中的欢乐。"国防天地"展区中的大炮、坦克、导弹等，折射出我国国防事业突飞猛进的发展。"儿童乐园"展区中深受儿童喜爱、大家熟悉的吉祥物和动漫人物、卡通等，让我们仿佛听到了儿童银铃般的欢歌笑语，看到了祖国的花朵、希望和未来。

"九局之光"展区，则通过世界五百强的中国水利水电九局的案例，让我们感受到了改革开放以来中国铁路、公路、水电建设事业的蓬勃发展以及给老百姓生活带来的巨大变化。"农耕文化"展区，则展示了贵州布依族、苗族多彩的传统农耕文化，通过浇水、收稻、推车等，刻画出了春、夏、秋、冬四季劳作的繁忙场景。特别是一排排的风车，把我带到了儿时三夏大忙的紧张收获之中，闻到了小麦的醇香，尝到了汗水的咸苦，听到了丰收的欢笑。"民族风情"展区，使我看到了上帝派到凡间造人造物、创造凡人世界的始祖——高大威武的布洛陀，听到他苍劲有力的歌声"乖咧哎，儿孙们，今天好欢乐，欢乐唱山歌，从前没有歌，今天我开唱，我唱你来和，唱得山歌流成河……"

据说，蚩尤是苗族的祖先，布洛陀则是壮族的祖先，而在这个布依族、苗族占总人口 53% 的中国稻雕艺术之乡的艺术园区，却矗立着布洛陀的稻雕。这尊稻雕，让我们看到了少数民族的团结、和谐、尊重和友爱。而苗族则是通过国家首批非物质文化遗产——"长衫龙舞蹈"的大型稻雕，展示了"东方探戈"的神韵。流传迄今已有上千年历史的"长衫龙"舞蹈，是花苗同胞在传统民族节日里和盛大庆典仪式上祈福驱邪、图腾崇拜的艺术表现形式。最初的长衫龙是苗族男女青年谈情说爱时跳的舞蹈，表演者头插两根野鸡毛，下巴戴一截约半尺长的胡须，口吹芦笙穿梭跳跃，模仿龙舞蹈，一般是两人对演，通过舞蹈以展现苗族男人的阳刚之气。男子吹着芦笙，在姑娘面前模仿龙舞蹈，以赢芳心，后来逐渐演变为传统民族活动。我在西江千户苗寨看到每家饭店的门口，在吃饭的时间段，三三两两，或者更多的男子吹着芦笙，欢迎客人入店就餐。长衫龙舞蹈不受场地和人数的限制，少则两人，多则上百人，在走、跳、跨、旋的动作中，力求的是一种粗犷、豪放的力量之美。高潮时，百十把芦笙同奏一曲，群山共鸣，震天动地，其场面极为壮观，极富感染力。

神奇苗寨

贵州西江千户苗寨地处雷山县东北部，是由于战争、政治和经济的影响，导致苗族在数次迁徙后的最后落脚地。寨子有 1300 余户6000 多人，是目前世界上现存最大、最早、最完好的苗寨。正如余秋雨先生所说的一样，千户苗寨"以美丽回答一切"。

苗族和汉族一样，历史悠久，源远流长。据说苗族的历史可以推到炎帝和黄帝时代。那时候，炎帝和黄帝沿黄河向东推移，与苗族能征善战的领袖蚩尤在涿州发生了一场战争。蚩尤被打败之后，节节败退，最后被迫进行了第一次迁徙。之后，又因为种种原因进行了几次迁徙。

人类对火的认识、使用和掌握，是人类认识自然并利用自然来改善生产和生活的一次实践。火的应用，在人类文明发展史上具有极其重要的意义。苗族人最早生活在山洞中，于是，对于火的需求尤为重要。最有名的莫过于他们的火坑屋。火坑屋，其实就是苗家人居住的山洞，这个山洞比较大，除了睡觉的坑（或者床）外，家里的衣柜、农具等都堆放在洞中或者悬挂在洞壁上。在屋子的中间位置，有一个火坑。

火坑不仅具有除去洞中湿气的功能，还具有烧水、取暖的作用。火炕屋是苗家人重要的精神慰藉，他们多在此聚众议事，年岁祈福及禳疗祛灾。

苗族是少数民族中能歌善舞、勤劳勇敢的民族之一，他们以歌养心，用舞养身，张嘴就能唱歌，抬腿就能跳舞。达亨（苗语：小伙子）口不离笙，达佩（苗语：姑娘）手不离针。这就说明苗族人具备能歌善舞和刺绣技艺超群。据说，芦笙是天帝的女儿勾素为了制作供人间娱乐的乐器而砍下自己的六个手指头和一个手臂做成的，她牺牲了自己的性命，却把欢乐留给了人间。芦笙也是苗族青年男女谈情说爱的工具，是男女互相倾慕的心声表达，是相爱者约会的引线。刺绣，我小的时候见过，母亲和姐姐都绣过。前几天，我还看到了著名作家高鸿先生的妻子所绣的花鞋垫，有孔雀、鸳鸯、丹顶鹤、荷花、向日葵、辣椒等图案，构图精美，颜色鲜艳，做工精细，令人感叹。苗族人的勤劳和善良、淳朴和创新，给传统的刺绣赋予了丰富的想象力和顽强的活力。他们的刺绣十分精美，种类繁多，有平绣、堆绣、贴布绣、挑花绣等12类刺绣技法，每类技法又分为若干种针法。如，锁绣又分为双锁绣和单锁绣，破线绣又分为破粗线绣和破单线绣等。在刺绣图案的选择上，较为传统和固定，大多以龙、鸟、鱼、铜鼓、花卉、蝴蝶和历史画面为选材对象，这些选材，代表了苗族人心中的虔诚和对美好生活的向往。苗族人赋予了刺绣新的韵味，把刺绣文化发展到了极致。

苗族的饮食文化也很丰富。苗族在迁徙的过程中，有时候出于安全考虑会把自己的女孩子留在当地，这些女孩子分别后基本上就很难再见一面，所以，为了表达对她们的思念苗族就有了"姊妹节"。在苗族民间流传着"吃一顿姊妹饭，了却一年相思情"的俗语。"姊妹节"时，苗族人用紫巅、蜜蒙花等树叶和花熬煮成的汁子，将糯米进行浸泡、蒸煮，做成黑、红、黄、绿等五颜六色的姊妹饭。姊妹饭色彩缤纷，芳香可口，苗族人将之相互赠送，以示吉祥。

除了姊妹饭外，苗族招待客人最著名的莫过于"长桌宴"，这也是苗族宴席的最高形式和最隆重礼仪。长桌宴就是将数张或者数十张长条桌"一"字形排在一起，宾客坐右侧，主家坐左侧。宾主相对而坐，便于相互对酒、唱歌，能将酒桌上的气氛推向高潮。所以，长桌宴主要用于接亲、满月等盛大庆典活动。2011 年 2 月 1 日，千户苗寨为了迎接新年的到来，摆起了 280 余米长的"千人长桌宴"，桌上摆满了刨汤、腊拼、古藏肉、苗王鱼、白切鸡、野兔肉、青岩豆腐、韭菜根等苗族的传统佳肴，美味飘香。这次长桌宴饭菜之丰盛，场面之宏大，人数之众多，都创下了苗族长桌宴的记录。

这次我也吃了长桌宴，虽然场面没有苗家人节日时那样热闹，饭菜也没有那么丰盛，但是，我们依旧感受到了苗家人的热情。宴席进行前门口两个汉子拼命地吹着芦笙，声音此起彼伏，悠悠扬扬，如歌如诉，欢迎着我们的到来。

坐定后，身着盛装的苗家姑娘便开始上菜。等到大家吃了片刻，3 个身着苗家盛装的姑娘便开始敬酒。她们一手端着能装一二斤米酒的盛酒器，一手拿着一个小盅，一边唱着《敬酒歌》，"阿表哥来喝酒，阿表妹来敬酒，管你喜欢不喜欢，都要喝……你喜欢，喝一碗，不喜欢，喝三碗，管你喜欢不喜欢，都要喝……"一边给客人挨个敬酒。只要你不喝，姑娘的歌声和小伙子的芦笙就不会停，围着你，让你脱不了身。在此期间，还给你喂菜，就算你面子磨不开，她们也不会让你接酒盅，而是直接给你灌下去。所以到了苗寨，你就没有不醉的理由。

席间敬酒，有个客人被三个姑娘围住了。她们将一个酒碗的小长嘴对准客人的嘴巴，另外一个姑娘将自己手中的酒碗小长嘴对着第一个姑娘所端的酒碗，往里面不停地添酒，第三个姑娘以此类推，直到把客人喝醉为止。这种喝酒方式还有一个很优雅的名称，叫"高山流水"，寓意让客人在高山流水中寻找自己的知音。

此时此刻，我突然想起了《鸿雁》这首歌："鸿雁，向苍天，天空有多遥远，酒喝干，再斟满，今夜不醉不还……"

第二天，我便要离开西江千户苗寨了，我的耳边仿佛又响起了："来到我苗寨，你定会开怀。美酒敬给你，不喝酒莫来……来到我苗寨，鲜花为你开。美酒为你煮，美人为你来"的歌声……

醉美在多彩贵州。醉美之后，我在思考"黔驴技穷"和"夜郎自大"的成语。其实，柳宗元先生已经告诉大家，"黔无驴，有好事者船载以入。"事实上，自然界中，驴，本身就是悲惨结局的代表。最近，网络上流传的关于驴的文章，还有"卸磨杀驴""驴唇马嘴""三纸无驴"等成语、典故，把驴说得一无是处。所谓的"黔驴"的一吼一踢，最终让老虎吃掉了。但是，这头驴，始终发挥的是其本性。驴的本性就是劳动，拉磨、耕地、运东西，生性就没有战斗性。所以，这头驴没有想着如何来打败山中之王的老虎，但是它把自己的那点技能发挥得淋漓尽致。更何况，这头驴还不是贵州出产的，与贵州有何干系？不过，这则典故也告诫我们，不能不学无术，要多才多艺。有则笑话说得好：一只老鼠去粮仓偷粮，被猫发现后，老鼠不慌不忙地学起了猫叫。猫听到后，以为是其他猫来了，所以就放松了警惕，老鼠如愿以偿地偷了粮食。后来，老鼠在总结经验时说："还是多学一门技能好。"假如，这头"黔之驴"除了固有的本领以外，还能再掌握老虎的一些技能，岂能被老虎吃掉？

"夜郎自大"说的是夜郎国的国王见到汉朝的使者后，便问："汉孰与我大？"我认为这恰恰显示出其真诚的一面。国王没有踏出夜郎国半步，不知道"天外有天，人外有人"，更不知道汉朝，所以，才有了这样的疑问，亦显得其纯真、朴实。但是，从夜郎国王这里我们应该清醒地认识到，人不能井底观天，不能故步自封。然而，在我们的现实生活中，一些领导干部并没有什么真才实学，而是靠着花言巧语、投机钻营、阳奉阴违混日子，欺骗组织，糊弄群众。他们坐在一定的位置上，高高在上，刚愎自用，目中无人，我行我素，把党和政府赋予的权力要么不用，要么滥用，把党纪国法全抛到了脑后。这样的人，才是真正的"黔之驴""夜郎"，若不根除，祸国殃民，害人害己。

行程结束前，李导游唱了"哥哥若是来看我，不要从那小路来，小路上的坎坷多，我怕伤了哥哥的脚……哥哥若是来看我，你就从那梦里来，梦里只有你和我，想干什么干什么"的神曲，如诉如说，如痴如醉，勾起了我对贵州的无限留恋。5 年前，在贵阳、在荔波，我喝了中国名酒"贵州茅台"。这一次，我喝了苗寨纯酿的"米酒"。酒不醉人人自醉，我没有被酒的醇香所陶醉，而是被贵州的山水、贵州的文化、贵州的山歌、贵州的风土人情所陶醉。

近年来，贵州通过一系列活动全力打造"多彩贵州"的形象，并致力于让"多彩贵州风"吹遍全中国、吹遍全世界，让"一幢楼（遵义会议旧址）""一棵树（黄果树瀑布）""一瓶酒（贵州茅台酒）"的新品牌形象来代替"天无三日晴、地无三尺平、人无三分银"的旧形象，以提升文化"软实力"，推动贵州经济的大发展、大繁荣。贵州的美酒、山水、山歌、文化不仅陶醉了我，而且陶醉了月亮，陶醉了太阳……

16
大美七彩云南

在这个神奇的地方，它给予我们想要的快乐。许下你最想实现的愿望，跟着我们，穿过这扇憧憬的神奇之门，将你的愿望，留在这盛满五谷的香炉中，留在印象丽江。

——《印象·丽江》主题曲《回家》

杨丽萍老师在接受媒体采访时，曾经很自豪地说："我很庆幸自己出生在云南这个歌舞之乡。"

云南地处我国西南边陲，因为位于"彩云之南""七彩云南"以及"云岭之南"而得名。它的得名，有一种"武帝追梦"的说法。相传，汉武帝夜里梦见彩云，便派出使者追梦，一直追到了今天的祥云县境内，才追到了彩云，于是设置了"云南县"。七彩云南是三国时诸葛亮蜀军安营扎寨的地方。相传诸葛亮第一次擒拿孟获时，天边突然出现七彩祥云，诸葛亮认为这是老天的暗示：必须七擒孟获，才能真正征服此人的心。于是，就有了诸葛亮"七擒孟获"的典故和"七彩云南"的来历。

云南的省会是昆明，一个日月同辉、富有丰富传说的美丽地方。

昆明是一座春城，气候温和，夏无酷暑，冬无严寒，四季如春，气候宜人，具有典型的温带气候特点，年温差全国最小。昆明也是一座花城，四季如春的气候是花草树木生长的最佳环境，鲜花常年开放，草木四季常青。它又是一座龟城，"黔国公"沐英梦见了一个"吃云南，屙四川"的巨大蟒蛇，遂邀请著名的风水先生汪湛海破解。汪湛海建议将昆明修成了具有六个城门的"龟"状：南门为龟头，北门为龟尾，大、小东西门为龟脚。龟蛇相交，刚柔相济，可保国泰民安，护佑江山社稷，恰如"蛟龙升天云为家，灵龟伏地春更新"。

云南是滇族部落的生息之地，是人类文明的重要发祥地之一，也是我国少数民族最多的省份。按照居住 100 年以上、有 5000 以上人口的标准计算，云南有 25 个民族，其中 24 个为少数民族。云南，历史文化悠久，自然风光旖旎，民族风情绚丽，是我国重要的旅游省份之一。没有去过云南之前，我不知道云南的云是什么形状，不知道苍山的山是什么样子，我不知道洱海的海能涌起多大的波浪，更不知道艺术家杨丽萍出生的渔村是什么模样。去了云南之后，才知道云南的云美、水美、山美、情美，人更美，美得让人兴奋，美得让人彻夜难眠，美得让人窒息，美得让人陶醉。

云 美 云 南

沈从文先生的《云南看云》中描述道：云南特点之一，就是天上的云变化得出奇。尤其是傍晚的时候，云的颜色，云的形状，云的风度，实在动人。我踏进云南宝地，抬头就能看到美丽的云彩。天上的云彩就像一块块洁白如玉、晶莹剔透的宝石镶嵌在湛蓝的碧空中。

沈从文先生说，云南的云，似乎是用西藏高山的冰雪和南海常年的热浪，两种原料经过一种神奇的手续完成的，色调出奇的单纯，唯其单纯反而见出伟大。我虽然没有见过卢锡麟先生关于云南云的摄影作品，但我亲身感受到了云南的云。它展示给人的是朴素，"影响到人的性情，也应当是挚厚而单纯"。云南的云在天空中飘舞着，洁白如玉，灰青像烟，乌黑似漆，但是，即使是黑色的云，给人的感觉也没有压抑，反而感觉竟是十分的轻松。这让云南的云有了区别其他地方、专属于自己的个性特征。云在天空上，时而像奔腾的骏马，时而如群猴嬉闹，时而像盘旋的巨龙，时而像卷起的浪花，时而像柔软的棉絮，时而像朦胧的烟雾，还有的像战机在空中飞舞，像羽毛在空中撩拨，像出浴的贵妃般娇柔，像燃烧的火炬般阳刚。

在去丽江的路上，山顶上的朵朵白云就像一个个调皮的小狗，追赶着奔驰的汽车。在大理古城，我看到了厚重的白云飘得很低，似乎伸手便可触及。站在古城墙上，就可以看到苍山顶上翩翩起舞的白云。苍山上的云最著名的莫过于"望夫云"和"玉带云"。望夫云，多见于冬春季节，出现后洱海随即狂风大作，掀起阵阵惊涛骇浪。与之相反，玉带云则妩媚动人，还是白族人心目中丰收的预兆。至今，在大理一带还流传着"苍山系玉带，饿狗吃白米"的谚语。

在洱海、在滇池，我看到了水中摇晃的白云。云南的云，在我们咸阳是无法经常看到的，因为咸阳的天空几乎每隔一段时间都会被雾霾所笼罩。只有2014年8月15日，我在咸阳湖畔拍到了犹如云南的云。那天，天气很炎热，我在咸阳湖畔的柳荫下散步，抬头看到了威武雄壮、洁白如雪的白云，这样的白云，就如同我在大理古城看到的那样，一种颜色，多种姿态，让我迷醉。所以说，"以天空的云彩言，色彩单纯的云有多健美、多飘逸、多温柔，多崇高！"

看云是一种心境，赏云是一种心态。所以说，会看云，"就能从云影中取得一种诗的感兴和热情，还可以将这种可贵的感情转给另外一种人。"于是，我将去年在咸阳湖畔所拍摄的云的照片发到朋友圈里，写道："待我一片蓝天，我将许你白云翩翩；待我一片白云，我将许你蓝天深邃；待我一只雄鹰，我将许你一世勇敢；待我一片静湖，我将许你蓝天白云和雄鹰。"青年诗人蝶梦看到咸阳这么难得的绝美彩云时，从内心深处发出由衷的感叹，写下《我是你的白云》的诗篇："你是我的蓝天，我是你的白云，我们魂灵相依脚步相随。我要和你天天把秦皇拜望，日日把古渡探访，分分秒秒把天宫装扮，让我的家乡咸阳秀丽多姿……"

山 美 云 南

坐在长途大巴上看云南的山，大多数都不是很高，植被显得干枯、低矮，缺乏旺盛的生机，也没有贵州漫山遍野的郁郁葱葱、苍翠欲滴。然而，位于丽江境内的苍山却是一缕翠绿，一缕金黄，远看就像一条金黄与翠绿相间的巨毯覆盖在苍山之上。位于丽江西北、呈南北走向的玉龙雪山确实很高，扇子陡的海拔达到了5596米，是世界上北半球纬度最低、海拔最高的山峰。而位于云岭山脉南端主峰的苍山最高海拔4122米。因为云南地处云贵高原，海拔本来就高，所以，这倒显不出山脉的高度了。

玉龙雪山的十三峰连绵不绝，终年积雪不化，银装素裹，宛若一条巨龙奔腾起舞，横卧山巅，有着一跃而入金沙江之势。它是纳西人民心中的神山，是传说中保护神"三多"的化身。清晨6点钟，太阳还没有出来，天上黑漆漆的，看不到周围的山脉、树木，我们乘坐大巴车，从丽江出发，前往玉龙雪山。

在车上，听导游介绍，玉龙雪山以险、奇、美、秀而著称，气势磅礴，玲珑秀丽。随着一年四季的变化，雪山时而云蒸霞蔚，时而若隐若现，时而碧空万里，时而群峰夺目。它可以分为高山雪域、泉潭水域、森林和草甸等四个风景区。早在清代，纳西族学者木正源就非常形象地归纳出了玉龙十二景，包括"三春烟笼""六月云带""晴霞五色""夜月双辉""金水碧流""白泉玉液"等。天亮时，我们抵达了玉龙雪山的山脚。近看雪山山顶白雪覆盖，山腰黑白分明，听说这是因为山体的岩石是由石灰岩和玄武岩组成的缘故。我们稍作休息，听明白了爬山的注意事项后，便拿着犹如空气清新剂大小的氧气瓶，并租了件红色的羽绒雪袍，乘坐缆车到达玉龙雪山4506米处的观景台。这里并没有我想象的那么冷，也没有我预想的呼吸困难。我顿了顿，便趁游人比较少，在观景台开始散步、拍摄照片。一抬头，映入眼帘的便是耸立云端的山峰，还有那厚厚的积雪。一低头，脚下便是生长着松树的黑白分明的山体，还有依稀可见的洁白积雪。据说，沿着步道，还需要爬174米高度的路程，本想挑战一下玉龙雪山，挑战一下自己的毅力和身体素质，但是，因为积雪较多较厚，山上的工作人员早早地封了步道，不让登高了。走着看着，看着走着，玉龙雪山果然如诗人志岁描写的那样："玉龙名山，终年雪与天齐。云不恋峰，岭岭若洗，巉岩如剑，疑是风劈。"

同玉龙雪山不同，苍山是由19座山峰自北向南组成的，个个山峰巍峨雄壮，与秀丽的洱海风光形成强烈对比。每个峰之间都有一条溪水奔泻而下，汇入洱海，这就是著名的十八溪。苍山雪，是久负盛名的"风花雪月"之最。相传有年苍山脚下流行瘟疫，有两个兄妹用学到的法术把瘟疫赶到山顶，埋在雪里冻死。为了不让瘟疫复生，妹妹变成了雪人峰的雪神，永镇苍山。

此外，在石林，我还看到了犹如树木一样耸立在地面上的尖尖的石头。这是一个典型的以喀斯特熔岩地貌为主的自然风景区，由大石林、小石林等七个风景区组成。景区内的景观都是经过上亿万年的地壳变化而形成的，纵横交错，或独立成景，或连成一片。最典型的莫过于李子菁石林，奇石拔地而起，峰峦叠嶂，参差不齐，千姿百态，鬼斧神工，被誉为"天下第一奇观"。郭沫若曾经面对石林赞叹道："远看大石头，近看石头大。石头果然大，果然大石头。"此处还有一处"钟式"石头，能敲出不同的声音。在这里，不论石头险与奇，都富有灵性和生命。石头有的如犀牛望月，有的如凤凰灵仪，有的如孔雀梳翅，《西游记》里的人物，几乎个个都能在石林里找到与之对应的石头。这些"人物"栩栩如生，形象逼真，惟妙惟肖。远远望去，那一支支、一座座、一丛丛巨石昂首苍穹，直指蓝天，犹如一片莽莽苍苍的黑森林，无不吸引着中外游客……

　　山与水密不可分，泉与水紧密相连。写到这里，我想起小时候看过的电影《五朵金花》，讲述的就是人民公社的副社长金花与白族青年阿鹏之间相互倾慕，在蝴蝶泉约会时发生的一系列的爱情故事。我没有到过蝴蝶泉，但听说蝴蝶泉位于苍山云弄峰下，像一颗透明的宝石镶嵌在绿茵之中。它的绝美之处在于"泉""蝶"和"树"。"泉"：奔泻而出的清泉，水质清冽无污染，已经由过去的一潭变成了四潭，颇为耀眼；"蝶"：是蝴蝶泉独有的特征，每年的 4 月 15 日是白族的蝴蝶会，蝴蝶大的如巴掌，小的似蜜蜂，徐霞客描写道："真蝶万千，连须钩足，自树巅倒悬而下及于泉面，缤纷络绎，五色焕然"，足见蝴蝶的繁多与多彩多姿；"树"："清泉之美在于绿"，蝴蝶泉边，不仅有凤尾竹、圣诞树、松林、柏林、茶林、杜鹃林、毛竹林，而且还有白天花瓣张开如蝴蝶、夜晚花瓣合拢吐清香的合欢树，蝴蝶成了会飞的花朵，花朵成了静止的蝴蝶，蝶花共舞，相映生辉，真假难辨，让蝴蝶泉成了绿色草甸中的一颗明珠。

水美云南

水是生命的源泉。我去过贵州，曾为贵州的山水而惊叹，惊叹于贵州大大小小的飞流瀑布，也曾被"桂林山水甲天下"的真实写照而折服。然而，这一次云南之行，我不仅为"下关的风、上关的花、苍山的雪、洱海的月"的大理四绝"风花雪月"而赞叹，更为那些奇妙的传说而称道。在云南，据说白族人没有见过海，为了表示对海的向往，所以，人们已经习惯把湖、池称作海。

以"孔雀舞"蜚声中外的杨丽萍老师就出生在云南大理白族自治州洱源县双廊镇的一个渔村。她从小酷爱舞蹈，虽然没有进过任何舞蹈学校，但是凭借自己的天赋，13岁就考入了西双版纳歌舞团。"西眺苍山十九高峰，门临洱海万顷碧波"的双廊古镇三面环山，一面紧邻洱海，坐落在洱海的东北岸边，山水秀美，人杰地灵，民族资源丰富，民俗风情浓郁，曾是《五朵金花》《望天涯》等影片的拍摄地。正是洱海的水养育了白族的人民，造就了明代进士、著名山水诗人李元阳，舞蹈家杨丽萍，著名作家苏童，画家赵青等一大批文人、艺术家，他们都是白族人的骄傲。

关于大理"风花雪月"之"风"。据说，因为一个书生与一位美丽的姑娘相爱了，引起了南诏王的不满，于是，他便命令罗荃法师将书生打入洱海之中。姑娘为了救书生，便向观音菩萨要了六瓶风，一心想吹干洱海的水。谁料到，她刚刚走到下关天生桥，一不小心，跌了一跤，打碎了五个风瓶。刹那间，狂风大作，呼啸而来，席卷整个下关，一年四季风吹不断，冬季尤为猛烈，这就是下关的风的来历。有关下关的风还有一种传说：相传观音菩萨装扮成了老妪，行走至下关天生桥，遇到了守桥士兵的盘查。老妪好说歹说，不让士兵打开自己所带的瓶子。越是这样，士兵越觉得好奇，更加怀疑其中必有蹊跷，不听老妪劝阻，执意将瓶子打开。顿时，风从瓶中出来，一发而不可收。所以人们又把下关称作"风城"。关于"月"，据说有一位仙女因为羡慕人间生活，便来到洱海边与一位渔民结婚。她看到渔民打鱼困难，就把一面宝镜放入海底，宝镜把海底的鱼照得一清二楚，从此，渔民打鱼不再困难。后来，那面宝镜在海底变成了金月亮。行近洱海之滨，仰望天空，明月高悬，俯视洱海，地溺银涛，水光接天，一个明晃晃的月亮在海中随风摇曳，令人惊叹不已。我没有看到洱海的月，因为我是白天去的，这多少让我落下了丝丝遗憾和惆怅。当时的心情如同杨朔先生在《泰山极顶》中所写的那样："登泰山没有看到日出，就像一出大戏没有戏眼，味儿终究有点寡淡。"

　　云南的水，不像贵州的水那样随处可见。但是云南的水，相对比较集中，比较有名气的一个就是洱海，一个就是滇池。洱海也叫叶榆水、昆明池等，位于大理郊区，是云南省第二大淡水湖，因为形状像耳朵而得名。明代诗人冯时可在《滇西记略》中描述道："洱海之奇在于'日月与星，比别处倍大而更明'。"每年农历十五，明月之夜泛舟洱海，月亮格外明亮，格外圆润，令人心醉。从上俯瞰，洱海宛如一轮新月，静静地依卧在苍山和大理坝子之间，湖水清澈见底，水质纯净优良，水产繁多富饶，就像"群山间的无瑕美玉"。它位于大理市，滋润着白族的人民，所以它也是白族人民的"母亲湖"。素有"五百里"之称的滇池又叫昆明湖，形似玄月，是我国第六大内陆淡水湖，排在洱海之前。从东面看西山，犹如一位身材修长的美女静卧在滇池之畔，显得雍容华贵，光彩照人。在滇池的周围，有大大小小数十个山峰，山水环抱，天光云影，构成了一幅美丽的天然画卷。正因如此，每年的冬季，滇池便会吸引成群结队的红嘴鸥前来栖息。湖面上翱翔的红嘴鸥已经成为滇池冬季的一大景观，深得昆明市民和游客的喜爱。但也有个别人为了一己之私利，冒天下之大不韪，竟然伤害红嘴鸥，引起全社会的愤怒。例如2014年12月16日黑龙江游客折断红嘴鸥翅膀，导致其死亡的事件成为昆明人心中难以抹去的伤痛。

伴随着完玛三智悠扬、婉约的《蓝月谷》，我从4506米的玉龙雪山下来，进入了水是蓝色、形若月牙的蓝月谷，也就是当地人称作的"白水河"。"多少人曾来过这里，像是在梦里无法苏醒。山顶飞翔的神鹰飞过蓝月谷，心中的梦是香格里拉，带着我们去你的怀抱……"蓝月谷位于玉龙雪山东麓甘海子以北，云杉坪南侧的山谷中，是一条幽深的山谷，谷内树木苍翠，清泉长流，或成潭，或成瀑，静动有致，富有情趣。天晴时，水是蓝色的，下雨时，水就变成了白色。因为河水在流淌过程中受到山体阻拦，又形成了玉液湖、镜潭湖、蓝月湖和听涛湖等四个水面较大的湖泊。那天天气晴朗，白云飘飘，可以看到四种湖水的颜色：湛蓝、雪白、翠绿、淡黄。特别是玉龙雪山和周围的树木倒映其中，如梦如幻，如痴如醉，让人目不暇接，疑是进入仙境。

玉龙雪山就像纳西族的汉子，巍峨、挺拔、刚毅，深情地耸立在女子的心中；而蓝月谷的清水，又恰似纳西族娇柔、婉约、风韵的女子，多情地牵挂着汉子的心。这一山一水紧密融合，就成了纳西人民镌刻在地球上的不朽画卷！

情美云南

"阿妈说了，把我的头发夹在你的马鞭里，你就会一路平安。"姑娘深情地说。"阿妈说了，等我这次回来，我就把你娶回家，她等着抱孙子。"男儿动情地说。"阿妈说了，你身上留下我的印痕，我就是你的人了。"姑娘饱含激情地说，顺便拉住男儿的手，在手臂上狠狠地咬了一口，让男儿从内心深处发出了震撼心灵般的呐喊。这就是《丽江千古情》第三幕"马帮传奇"的一段台词，这段台词将我们带入了远古的丝绸之路之茶马古道。《丽江千古情》是关于丽江文化的大型歌舞剧，通过"纳西创世纪""沽泸女儿国""马帮传奇""木府辉煌""玉龙第三国"和"寻找香巴拉"等章节，将传统的表演艺术与现代 3D 技术完美融合，展现出了一曲曲充满灵与肉、血与泪、生与死、情与爱的悲壮故事。

从玉龙雪山下来，我看了大型实景演出剧《印象·丽江》。这是我们陕西籍导演张艺谋奉献给人们的一顿涤荡心灵、震撼灵魂的文化大餐，包括"古道马帮""对酒雪山""天上人间""打跳组歌""鼓舞祭天"和"祈福仪式"6 个部分。来自 10 个少数民族的刚毅汉子和铿锵玫瑰，来自 16 个乡村的普通农民，500 多个黝黑皮肤的非专业演员，用他们的原生动作、质朴歌声，与天地共舞，与自然同声，气势恢宏，场面壮烈，带给我们的是不同于《千古丽江情》的最为原始、最为质朴的视觉效果和感知古老丽江风土人情的共同呐喊。

丽江又被称为"殉情之都"，这应该与纳西人秉正坚毅、倔强不屈的个性有关。"久命"和"羽排"的殉情故事演绎至今。他们双双殉情，被玉龙第三国的爱神"游主"接纳后，来到了纳西人无限崇敬的十二欢乐山，过上了幸福的爱情生活。后人为了纪念这对殉情的少男少女，便把这里描绘成遍地开满了鲜花，没有痛苦，没有忧伤，有情人可以自由结合，青春的生命永不消失，"白鹿当坐骑，红虎当犁牛，野鸡来报晓，狐狸做猎犬"的理想世界。其实，这只不过是人们对于美好爱情的一种向往而已，是对因爱而不能在一起相守而殉情的胖金妹、胖黑哥的美好祝愿而已。

白云潭坐落在玉龙雪山十九峰之一的白云峰脚下，这里水域宽阔，水质清澈见底，天气晴朗时，白云峰和蓝天、白云倒映水中，浑然一体，美轮美奂。相传，古时候有个段姓马锅头路过此地，傍晚散步时发现潭边有正在浣洗的白族金花，两人四目相对，一见钟情。从此，马锅头只要路过此地，都要滞留数日。时间一长，二人两情相悦，情感深厚，便私订终身。后来，金花的家人发现了两人的私情后，强烈反对，坚决不允许女儿嫁给一个火海中行路、刀尖上舔血的马锅头。家人不顾金花的苦苦哀求，强行将金花嫁给了邻村一户人家。马锅头上门提亲时，方知此事，夜不能寐，郁郁寡欢，不久便撒手人寰。金花知道马锅头提亲不成的情况后，也终日以泪洗面，神情恍惚，不思茶饭，后追随马锅头而去。

到云南的几天时间里，这类关于爱情的悲壮故事每天都能听到。阿诗玛和阿黑的爱情故事也属于这一类。可恶的阿支贪图阿诗玛的美貌，抱定"自己得不到别人也不能得到"的想法，放水溺杀了阿诗玛。阿支的恶毒、卑劣和蛇蝎心肠，让他永远被钉在了历史的耻辱柱上。

爱情是人类社会永恒的话题。在我国，不仅人与人之间有情有义有恨有爱，物也不例外。在大理古城，我看到了两株树冠巨大、树干粗壮的榕树，人们称之为"夫妻树"。在全国诸如此类的"夫妻树"非常多见：宿州来沟镇二郎寺中，传说有朱元璋亲自种植的银杏夫妻树，只不过这对夫妻树并不幸运，一个在寺院，一个在小学院内，就像银河里的牛郎和织女，只能遥远呼唤，而不能紧紧相拥相守；而雅安市全天县二郎山下的一棵石栎夫妻树，它们就非常幸运，200多年来一直紧紧环抱在一起，不离不弃；笔架山下的抚仙湖边有棵夫妻树，传说是一对恋人变的，这就更增添了神话的色彩；还有山西宁武馒头山下的古杨树夫妻树等。树与树之间是否真的有感情，我不能知晓，但是之所以这样传说，其实也恰恰说明了人们对美好爱情生活的向往，借物思人，借物言志，希望天下的有情人成为永恒的眷属。

　　不论是哪个民族，谈到爱情时都是充满着甜蜜的神态，都是洋溢着满脸幸福。在丽江，不管是《印象·丽江》，还是《丽江千古情》，无不涵盖着或轰轰烈烈或凄美惨烈的爱情故事，无不在鼓舞、激励人们去追求属于自己的幸福生活和美好爱情。我在十八里铺驿站的"三道茶"演出剧场，观看了白族讲述爱情故事的传统剧目《小心肝》，还观看了一出《嫁新娘》：新娘的父母都是白裤子，父亲穿蓝色绣白色图案的马夹，母亲则穿红色坎肩，新娘子穿红色衣裤，眼戴墨镜，以遮住自己哭肿哭红的眼睛，胸前还要挂一面辟邪的镜子；新郎身穿白裤子、红马夹，胸前佩戴大红花；场上还有穿着白族喜庆盛装的几位嘉宾，让婚礼的场面更喜庆、更活跃。新郎背着新娘要离开娘家的时候，按照白族的风俗，每个人都要狠劲地掐新娘的脸蛋、屁股，直到掐红、掐紫。正如"一掐喜洋洋，二掐幸福长，掐掐扭扭闹洞房"，掐得越狠，说明祝福得越深。即使掐疼了，新娘也不得翻脸。

　　这出吉庆的戏很滑稽，让人看了捧腹大笑。笑过之后，我想到了开场前白族人赠送的"三道茶"。三道茶茶杯、茶味各不相同。第一道是苦茶，是用一个中等的茶盅斟茶的，第二道是甜茶，是用一个大号的茶碗斟茶的，第三道是回味茶，是用一个小号的茶盅斟茶的。这也就是在告诫人们，人生就是这样，充满了先苦后甜再回味的道理。所以，喝了"三道茶"，就要思考人生的漫漫长路——两头是路，吃一盏各奔东西；四大皆空，坐片刻不分你我。

　　其实，少数民族的少男少女在未成婚前的行为是很自由的，不论是谈情说爱，还是懵懂后的性爱，都有着不受家长约束、属于自己的私人空间，可以随心所欲地和自己喜欢的人在一起。但是婚后，就必须摒弃一切私心杂念，全身心地保护好婚姻的纯洁性、单一性。一旦有外遇，将会受到危及生命的严厉制裁。但白族的婚俗很有人情味。一旦男女双方经过父母之命、媒妁之言成婚后，自己过得不幸福，每年都有三天时间可以与自己心爱的情人通过"转山岭"来寻找自己的真爱。在这三天时间里，男女都可以脱离自己的家庭，与情人在远离人群的山洞等地方约会，倾诉衷肠、同居等，但是，三天过后，就要回到各自的家里，不能越雷池半步，否则就要严加制裁。

丽江古城是一座四面环山、风景秀丽、历史悠久、文化灿烂的名城。它始建于宋末元初，盛于明清，距今已有 800 余年历史。城依山而建，街临水而成，民房群落，瓦房栉比，家家流水，户户垂杨，一街一景，风景独特，是我国罕见的保存相当完好的少数民族古镇，是各民族多元文化和民居建筑文化的集中展示区，也是我国仅有的和平遥古城以整座古城申报世界文化遗产获得成功的古城。听说丽江古城的夜景很美，因此，我特意挑了一个傍晚的时候前去。在丽江古城，我看到了民族特色的玉器、银饰、服饰、乐器、玩件、特产，还有酒店、茶楼和酒吧，看到了如梭的游人，还有穿着民族盛装的男男女女。他们说，去古城酒吧一条街，就会有艳遇。艳遇，就是遇到了美丽。电影《艳遇》讲述的就是一位打拼多年的中国商人在异国他乡与中国留学生司机之间发生的浪漫爱情故事。还有我年轻时候看过的香港电影《巴士奇遇结良缘》，也是讲述了巴士售票员阿义见义勇为，在公交车上帮助了一位遭受扒手欺侮的活泼、美丽少女阿珍后，与其坠入爱河的感人故事。还有秦腔《三滴血》中《虎口缘》一段，秦腔折子戏《柜中缘》等，讲的都是艳遇的故事。真正的艳遇分为草木艳遇、浪花艳遇、金玉艳遇、珍珠艳遇和钻石艳遇等。从字面上来讲，这五种类型的艳遇，一类更比一类厚重、热烈、浪漫，更富有感情上的浓烈色彩。

在丽江古城的酒吧一条街上，我怀着好奇、观赏的心态去转街，不希望有什么艳遇。因为，艳遇是需要缘分的。真正的艳遇是单纯美丽的相遇，是原始情感的暴露，是纯粹感情的碰撞，是两情相悦后的升华，也是高尚情操的融合。在完全商业化的酒吧街上，这样圣洁的艳遇是不可求的。如果"有幸"的话，不是酒托，便是掮客，或者是金钱驱使下的短暂交流、短暂麻醉、短暂迷离、短暂媾和，或者是短暂的晕头转向，短暂的失去理智、令人不齿的一夜情而已。所以，漫步在这里，怀着一颗平常的心态，但且欣赏这里古老建筑与现代元素相结合的建筑，听着从一米阳光、桃花岛、火鸟、相聚等酒吧里传来的阵阵歌声，看着酒吧门前招揽客人的掮客和服务生，然后不以为然地离去……

这座古城为什么不像大理古城那样，拥有城墙？原来明洪武十五年（1382 年），朱元璋赐封丽江古城的土司以"木"姓。土司经过风水先生的指点，知道一旦"木"字被城墙包围，那就成了"困"字，所以，丽江的古城至今没有城墙。木府为丽江的发展做出了巨大的贡献，而也这是因为如此，才有了流传至今的木府故事。

人 美 云 南

谈了云南的云、云南的山、云南的水、云南的情，最最值得一谈的还是云南的人。天上彩云，地上美人。

云南是个少数民族聚集的省份，由于地处云贵高原，山多地少，过去生活条件十分艰苦。改革开放后，这里的人民依靠勤劳的双手、灵活的头脑、超前的思维、坚强的毅力、勇敢的胆识，依山、靠水，不断发展、改变着自己贫穷落后的面貌，创造着富裕的生活。在大理白族，他们把女孩子叫"金花"，把男孩子叫"阿鹏哥"。原来，尽管云南盛产山茶花，颜色有紫色、红色、粉色、白色等，但是直到

1965 年我国才宣布有了金色茶花的消息，这引起了国内外园艺界的震惊。而这也说明，金花稀少、金贵、雍容、华贵、漂亮、妩媚，所以，白族人便称姑娘为"金花"。相传，云南白族一带曾经发大水，大水淹没了村庄、农田，老百姓无法生活，甚至失去了生命。上天知道是水中的龙在作祟，于是便派遣鹏鸟与水龙作斗。鹏鸟每天能吃掉 500 只水龙的眼睛，很快便将水龙降服，一切又都恢复了平静。所以，鹏鸟就是勤劳、勇敢、善良的代名词。于是，人们就把男人称为"阿鹏哥"，希望他能撑起一片天，让家庭过上幸福的生活。

在石林彝族，他们把女人称为阿诗玛，把男人称为阿黑哥。阿诗玛是聪颖、美丽的代表，阿黑是勤劳、智慧的象征。因为彝族的男人常年在外劳作，被强烈的太阳紫外线晒黑了，所以被称为"阿黑哥"。同样，对那些好吃懒做、不务正业、游手好闲，整天不见太阳晒不黑的男人，彝族人称他们为"阿白哥"；把那些朝三暮四、朝秦暮楚、自己挣钱自己花，到了晚上不回家的"花心大萝卜"称之为"阿花哥"。

在丽江，由于当地水质的原因，纳西族男女个个身材消瘦、比较黑，很难见到将军肚、啤酒腹。但他们认为不论男女，只要身材胖，就是健康、有力的象征，所以，纳西族以胖为美，以黑为贵，认为越胖越黑的人越老实，否则就是坏人。娶媳妇、找男友都喜欢黑的、胖的，认为力气大、能干活、挣钱多，所以他们喜欢身材魁伟、胖大的人。于是，纳西族习惯将男的称为"胖黑哥"，把女的称为"胖金妹"。

此次云南之行，我还去了金殿，参观了吴三桂的府邸，看到了陈圆圆的雕塑。金殿位于昆明东郊的鸣凤山，初建于明万历年间，清康熙年间，平西王吴三桂仿照湖北的武当山金殿对原先建筑翻新重建。整个金殿宏伟庄严，美观大方，骄阳之下，熠熠生辉，光彩耀人。

陈圆圆一生坎坷，无疑是一位悲剧人物。她自幼丧母，随姨夫生活，改"邢"姓为"陈"姓。陈圆圆自小天资聪颖，楚楚动人，琴棋书画，样样精通。这些优点反而让见利忘义的姨夫将她卖到苏州梨园。在苏州梨园声名鹊起后，陈圆圆被崇祯帝朱由检的大舅子田弘发现，买下并送给崇祯帝。由于当时国不太平，民不安稳，皇帝无心寻欢作乐，又将她送至田家班。

陈圆圆尽管貌美如花，却不得宠，整天跟随田家班自娱自乐，成了闲人。此后国家战事吃紧，崇祯帝重用吴三桂，启用吴三桂的父亲吴襄，吴家父子一时名震京城，得到了许多达官贵人的青睐。田弘自然也不会落下，殷勤宴请吴三桂到府上做客，并让陈圆圆登台表演。陈圆圆"淡扫蛾眉，轻朱点唇、轻舒长袖，明眸含笑"，将台上的表演功夫尽情显露，把吴三桂迷得神魂颠倒，无法把持。田弘自知其意，便把陈圆圆送给了吴三桂。不料，李自成攻克北京后，陈圆圆又被李自成的部下掳走。这令吴三桂大怒，"恸哭六军俱缟素，冲冠一怒为红颜"，于是，与多尔衮联系，打开山海关之门，打败了陕西籍农民起义领袖李闯王，推翻了短命的大顺政权。

说起吴三桂，大家都在谴责他。其实，自古以来，深仇大恨无非是"杀父之仇、夺妻之恨"。陕西愣娃李闯王一时被胜利冲昏了头脑，利令智昏，逼着吴三桂"引狼入室"，最终刚刚建立起来的稚嫩的政权没过多久便被推翻了。

说实在的，叛徒永远没有好下场！正如《红灯记》中的王连举、《江姐》中的蒲志高一样。吴三桂虽然摇身一变，成了清朝"三藩"之一、镇守昆明的平西王，但这却也滋长了他的野心。然而，康熙皇帝不是李自成，他看清了吴三桂的本来面目，识破了平西王的狼子野心。此后，清政府加强了对"三藩"的政治策反和军事进攻。而叛乱之后的吴三桂也很快失去了天时、地利和人和，于清康熙二十年（1681年）春，被困于昆明，粮尽援绝最终走向了末路。

我想，当年诸葛亮所看到的"七彩"，应该就是我们常说的"七彩虹"。天上一道虹，地上七彩色。云南不仅有红色的土地，还有橙色的果实、黄色的庄稼、绿色的树木、青色的蔬菜、蓝色的湖泊，紫色的花朵，云南真是一个神奇的地方。在这片神奇的红土地上，不仅能种庄稼、长蔬菜，还能产出像"石林"一样的石头。我们来的时候正是收获的季节，一路上都能看到农民们在田间地头收割稻子、油菜、麦子，到处都是繁忙的丰收场景。他们的辛苦劳作，让我们感到无比的敬畏！

到了云南，我真切地感受到了"云南的天，蓝得透明醉人，云南的水，绿得轻柔自在，云南的歌，美得深情入心，云南的爱，浓得色彩万千。"

第 二 章　有 幸 识 君

01
师宗臣先生的茶道情怀

　　咸阳是一座拥有2000多年历史的古都，是秦汉文化的重要发祥地，是古丝绸之路的第一站。这里物华天宝、人杰地灵，孕育了许多杰出的人物。师宗臣先生，就是咸阳这块土地上新一代的杰出代表人物之一。

　　师宗臣先生出生于20世纪50年代，他的老家坐落在五陵原上。优秀文化的熏陶，特别是秦文化的耳濡目染，让他幼小的心灵不"安分"，不愿做一个面朝黄土背朝天的"守己"农民，而是将自己的思维模式用创新的方式体现，用文化的形式展现，用身体力行来回报生于斯、长于斯的沃土。他的骨子里注满倔强，脑子里充满睿智，身体里裹满真诚，在这片肥沃的土地上，为实现自己的人生价值和梦想，义无反顾，一路前行。

　　40多年来，他一心专注养生之道，从成立陕西汇源健康食品有限公司开始，他就一直从事医药、保健品和健康食品的研制和开发。经过10多年的潜心钻研，2013年他研制出了"秦御"牌蛹虫草茯茶，为久负盛名的茯茶融入了新的内涵。在第21届中国杨凌农高会上，"秦御"牌蛹虫草茯茶获得最高奖——后稷特别奖。

　　久闻师宗臣先生大名，但从未谋面。2015 年 4 月 12 日，渭城区作家协会举办文化与企业联谊活动，由陕西汇源健康食品有限公司承办。在这次座谈会上，我有幸见到了师宗臣先生。师宗臣先生很忙，忙着潜心钻研自己的科研，忙着生产车间的检查和指导，忙着与养生专家进行交流学习。他个头不高，约 1.7 米，四方大脸，满脸红光，又黑又长的眉毛，一头乌黑浓密的直立头发，戴着一副黑边眼镜，俨然一个学者。师宗臣先生话不多，说话慢条斯理。但在科研上从不马虎，他对养生之道的研究、对蛹虫草茯茶的开发，倾注了全部的心血。特别是他研制茯茶时，在汇集了传统茯茶制作工艺的精华后，又科学谋划，大胆创新，经过数年坚持不懈的研制，终于开发成功了首屈一指、独一无二的蛹虫草茯茶。

　　和师宗臣先生认识后，一来二往，慢慢的彼此就熟悉了。往来多了，谈话自然也多了起来。说起茯茶，师宗臣先生口若悬河，津津乐道，说得有滋有味，有板有眼。

　　茯茶是一种经特殊工艺制作发酵后的茶，在咸阳已经有 600 多年的历史，因为是在三伏天加工生产，故此得名。还有一种说法，此茶是皇家专卖的产品，所以又称官茶。一般情况下，陈年的茯茶茶汤越容易冲泡出来，香味浓郁，色泽红润清亮，味道醇香爽口，口感绵软温润。特别是发酵过程中，因为外冷内热、外干内湿，于是，就会自然产生一种对人体健康有益的"金花"。金花是一种酵素冠突散囊菌，能分泌淀粉酶和氧化酶，能催化茶叶中的淀粉转化为单糖，催化多酚类化合物质氧化，使茶叶汤色变得棕红，消除粗青味。金花还具有调节人体新陈代谢、降脂、降压、促进身体内脂肪分解的功效。

　　20 世纪 50 年代蛹虫草在我国吉林被发现，经过研究，它虽与冬虫夏草同属，但属于菌类，因此被命名为蛹虫草。蛹虫草一经发现，其独特的药理作用就引起了医学界的高度关注。经研究，它内含的虫草素和虫草腺苷高于冬虫夏草四五倍。师宗臣先生对中医药的研究有独到之处，早年对养生之道也十分重视，因此以后就从事了保健品和健康食品的研究。在研究茯茶的过程中，他脑洞大开，大胆探索，是国内外第一个将蛹虫草巧妙地与茯茶相结合的人。他让蛹虫草素、虫草多糖及 SOD（超氧化物歧化酶）融合在茯茶中，为蛹虫草的开发利用和茯茶创新发展开辟了崭新的思路。金花与蛹虫草都属于菌类生物制剂，菌菌结合，给予茯茶一种全新的生命力，大大提升了茯茶的营养价值和养生价值，也实现了蛹虫草饮用的实用性和便捷性。师宗臣先生在探索蛹虫草和茯茶饮用价值的路上，演绎出了精彩、绚丽的感人华章。

师宗臣先生的接待室在公司大楼的三层，和他的办公室对门，这种布局既方便办公，又方便接待到访的每位客人。接待室里架起了一张宽大厚实的茶海，每每有来访的客人，师宗臣先生便坐在茶海后面，边谈话，边煮茶，边饮茶，边介绍蛹虫草茯茶对人体健康的作用，临末还不忘征求客人饮后的感觉，以及对蛹虫草茯茶的建议。蛹虫草茯茶从外形上看，茶体紧密结合，黑色油润，金花茂盛。冲泡后，茶汤呈枣红色，通体透亮，菌香飘溢，香味浓郁；入口绵润可口，醇厚悠长，口感甘甜，浓淡相宜；下咽后，沁人心脾，一种妙不可言的感觉油然而生。正如余秋雨先生所言："茯茶显得暧昧、含糊、内敛，因此也难以言表，显得陈酽、透润。"

聆听师宗臣先生对蛹虫草茯茶的介绍和他研究养生之道的初衷，从中可以解读他人生的价值。他为何走上研制茯茶之路的精妙回答，让我肃然起敬。他说："中医药是中国伟大的宝库，而茶疗是宝库中的皇冠。医学和茶叶在养生之路上有着紧密的结合点，无论医学也好，保健品、健康食品也罢，都是为了给人一个健康的体魄。但是，茶道有着医学、保健品和健康食品无法比拟、不可替代的独特之处。医学挽救的只是人的身体，而饮茶唤醒的却是人的良知。这正如《孟子·尽心》所言：'所不虑而知也，良知也'。"

师宗臣先生接待室的茶海顾名思义就是茶的海洋，又叫公道杯。公道是一种天道，讲求公正、公平、公允。茶海、茶具、小茶杯，是对良心的衡量，是对良知的拷问。煮出来的茶汁，过滤后倒入一个分茶器皿中，烹茶师再将煮到位、过滤好的茶汁分倒在每位饮茶者面前的小盅盏里。在座的，不分年幼年长、男尊女卑、高低贵贱，一视同仁，一律平等：一样的茶汁、一样的盅盏、一样的情怀……

"我志谁与亮，赏心唯良知。"饮过茶后，就能体味到公道自在人心的道理，这就是师宗臣先生的"茶经"。透过红红的蛹虫草茯茶熬煮的茶汁，便能从中感受到师宗臣先生的世界观、人生观和价值观。这不仅是一种茶道，更体现的是师宗臣先生那种豁达的胸怀、开明的思想、爽朗的个性。

这便是蛹虫小茶舍，宗臣大情怀。

02
老赵的艺术情结

老赵名叫赵玉臣，笔名石苑，祖籍山东，生长于天津。他自幼酷爱书法绘画，毕业于中央美术学院。早年师承董欣武、曹德兆、赵毅等艺术大师，作品被国内外相关机构或个人收藏，多次受到党和国家领导人的接见，是海内外享有盛誉的艺术家。

20世纪90年代末期，一个很偶然的机会，经朋友介绍，我认识了老赵。他体态稍胖，脸阔目圆，声音洪亮，一尺多的长发在脑后扎成马尾，上衣和裤子是很休闲很宽松的样子，很有艺术家的范儿。当时，我在平陵派出所工作，老赵租住在礼泉县城一个民房里。那时候，他虽然生活比较简陋，但是对书画艺术的追求却很执着，宁可少吃一顿饭，少喝一杯酒，也不让书法绘画原料缺少。时光荏苒，变化的是岁月，不变的是老赵对艺术的狂热追求，以及他对待艺术孜孜以求、一丝不苟的精神。

老赵酷爱书法，他在艺术上执着地追求创新，以独特的视野，敏锐的观察力，走进大自然的山山水水，深入秦风汉韵的章章节节，通过自己灵性的感悟和倾心的艺术加工，创造出具有自己特点的书法艺术。他在书法上擅长隶变体，其结体厚重而质朴，其笔墨酣畅而凝重，其章法疏密而有致，其内蕴深沉而旷远。由他题写的"人祖"两字被炎帝陵博物馆收藏；书写的"博古通今"条幅备受行家大师的青睐，被国学大师文怀沙先生收藏，并悬挂在自己的书房内。近日，他又受陕西省作家协会副主席王海先生之托，特意为秦汉文学馆书写了镇馆之作"博古通今"。6月28日下午，老赵约我到他的画室做客，并赠送了我一幅"博古通今"的条幅。虽然我觉得自己与这个条幅上所书的内容之间还有一些距离，但是我还是欣然接受了。因为它不仅仅体现了老赵和我多年的深厚情谊，而且能激励我虚心学习，不断提升自己的修养，陶冶自己的情操。

在书法艺术方面，老赵独树一帜。在绘画方面，老赵虽学的是油画，但他不满足于在传统的油画布上画油画，别出心裁的将绸缎织锦作为油画的画布，这在油画界实属罕见。他把西方的点、线、面、空间，以及光感的特点和东方对线条的要求完美结合，形成了自己神清、骨秀、形美、意悠的画风。

意境是书画的灵魂，老赵的作品饱含诗情画意，以独特的魅力感染人。他在绸缎上画马、画羊、画牛、画猴，画很多动物、植物，可谓"外师造化，中得心源"，做到了借物抒情，借物言志，并使两者完美结合。他画的骏马栩栩如生，膘肥神足，非常可爱，被徐悲鸿先生的夫人廖静文收藏在先生的艺术馆内。他眼中的马和笔下的马之所以不是"西风瘦马"，我认为这与老赵长年驻扎在礼泉有关，他深受唐代对美的认知和"昭陵六骏"的感染。他画的牡丹具有洛阳牡丹画派的细腻，花瓣清晰，枝条分明。他笔下的仕女具有东方传统美女的古朴典雅，嘴巴温润细小，眉目清秀传神，活灵活现，呼之欲出，使人过目不忘。

我和老赵多年的交情使我们达到了无话不说的地步。以前我们见面的次数比较多，后来，因为各自都比较忙，虽然不常见面，但是内心是相通的。偶尔见面与他攀谈时，他总说现在形势越来越好，应倍加珍惜努力，要为人民、为社会多创作好作品，并通过他的作品传递真善美，传递向上、向善的价值观。他画室的那幅绵羊的油画取意为"三阳开泰"，那幅骏马的油画取意为"马到成功"，那幅有细碎裂纹的花瓶的油画取意为"岁岁平安"。老赵10年前所画的邓小平的油画像依然悬挂在墙上，他说要将中国改革开放总设计师的画像永远悬挂在自己的画室内，旨在激励他、鼓舞他在艺术的道路上不断开拓创新。他的画室还悬挂了一幅习近平总书记的油画像，形象、生动、逼真、传神，这应该是他新近创作的一幅作品。他对我说，习大大接地气，知国情，体民意，讲清廉，一定能带领全国各族人民实现中华民族伟大复兴的"中国梦"。

文艺是时代前进的号角，对此，他信心百倍，干劲十足。我相信老赵一定能实现自己的"艺术梦"，不断创作出无愧于人民的好作品。

03

民警老南的人生追求

7月1日一大早，我看到有人在微信朋友圈发了一段名叫《南叔的故事》的视频，本以为是介绍《盗墓笔记》作者南派三叔的，打开一看，原来是陕西机场公安局"两学一做·微视频"，介绍的是我警校同学——南勤郎（下文都称南兄）的故事。他30年如一日，坚持奋战在基层一线，默默无闻，任劳任怨，勤恳工作，无私奉献，在平凡岗位上，抒写了一件件感人的故事。

说实在的，南兄所干的事情真的很平凡，但是，他把这么一件件平凡乏味、缺乏激情的事情，一口气干了30多年，而且还干得有声有色，有板有眼，有滋有味。

视频中的南兄，一身戎装，显得很精神，手中拿的那张"福"字，应该是他春节值班期间对全国公安民警和旅客的真诚祝福。视频中的他起早贪黑，不知疲倦。看到他那忙忙碌碌的身影，一会儿手把手给年轻同志传授工作经验，一会儿带领民警巡逻在机场的各个角落，一会儿为来往的旅客释疑指路……包括他狼吞虎咽的吃饭速度，感觉上班中的他，就像一枚不知停歇的陀螺，旋转、旋转，再旋转……这是工作中南兄的真实写照。他工作中的点滴，是每个警察生活、工作的浓缩和再现，充分体现了警察工作的艰辛和不易。

"又回到最初的起点，记忆中你羞涩的脸，我们终于来到了这一天……"看到南兄忙碌的身影，我耳畔突然想起了《那些年》这首歌。记得 1985 年 9 月，我俩从不同的地方一起到陕西省人民警察学校求学，成了 85 级 6 班的同学，两年的学校生涯就这样开始。我们班 50 人，因为大家都很平常，所以没有留下深刻的记忆。只是他和我一样，比较消瘦，还是同桌，于是，我俩成了好朋友。度过两年的青葱岁月，我们班 50 个同学各奔东西，都有了各自的工作。好在南兄分在陕西机场公安局，家属院恰好在咸阳市区，与我住得很近。我俩本来关系就比较好，于是，一来二往，两个家庭也走得很勤、很近、很亲。每年的春节前后，我们两家人都要聚一聚、聊一聊、喝一喝，这一聚、一聊、一喝，一直坚持到现在。

2010 年春节，我突发心脏病住院治疗。为了不影响亲朋好友的心情，所以，我选择了沉默，没有告诉任何人，只是静静地在医院里打着吊瓶，在医院里度过了一个难忘的春节。于是，那个春节我没能和南兄一家相聚。这令他和嫂子心里直泛嘀咕："芳川今年怎么了？咋不来喝酒呢？"他拨打了我的电话，我能听到他亲切的责备声，我便如实相告。这一说他非常生气，埋怨我，这么大的事情也不告诉他。我在电话这端，都能很明显地感到他语言的生硬，内心的柔软。他挂掉电话，我如释重负，躺在床上继续打吊瓶。谁知道，20 多分钟后，南兄和嫂子站在了我的病床前，带来了我最爱吃的水饺，还有许多水果。

坐在床边的南兄，没有一丝一毫的怨言，唯有老大哥的嘘寒问暖。一边鼓励我，不要把病情放在心上，要鼓起勇气，战胜病魔；一边安慰我好好吃饭，好好配合医生治疗，把健康、快乐放在第一位，再不要当工作中的拼命三郎了。从这天起，不是南兄，就是嫂子，每天都出现在我的病房，陪我度过了医院中最难忘的一段时光。

出院了，我和妻子一起到南兄家里。尽管已经是初十后了，但是我们还继续着当初的约定，在南兄家里欢聚、相聊。看到我健康出院，大家都很开心。这一年，应该是相聚时我唯一一次没有端起酒杯。尽管没有举起酒杯，但是这丝毫没有影响我们多年来培育起来的深情厚谊。2014年1月31日（正月初一），我们又到南兄家过年，在微信朋友圈中我不仅晒出了当天嫂子亲手做的美味佳肴，也写了这样一段话："快30年了，认识南兄的感觉真好！今天再次相聚，才知道认识南太（嫂子）的感觉更好！有吃有喝有菜有肉还有美酒，更有深厚的情感……期盼年年有今朝！"这条图文并茂的消息一经发出，就引起了朋友们的共鸣。

曹操《龟虽寿》中写道："老骥伏枥，志在千里；烈士暮年，壮心不已。"视频中的南兄明显老了。我想此时此刻的他，应该没有"鸿鹄之志"，唯有的梦想就是万家灯火下的平安与吉祥！他依然坚守在基层一线：办公室答疑、航站楼巡逻、接受群众求助、排查治安隐患、调解矛盾纠纷……航站楼内、停机坪上，都会出现他忙碌的身影。特别是最后一幅画面：消瘦的他，身着短袖警服的后背，已经被汗水浸湿了一大片，让我动容。我突然想起了诗人臧克家《老黄牛》中的诗句："老牛自知夕阳晚，不用扬鞭自奋蹄。"南兄应该就是那头奋战在机场公安战线的老黄牛，他所能凭借的就是他对公安工作的挚爱，对党的无限忠诚，对人民的满腔热情！有一张照片，是他与受害人的合影。受害人手捧锦旗，上面写着："一心为民廉洁奉公，热情服务廉明高效。"这应该就是对南兄这个老党员、老警察最好的评价与褒奖！

"唱支山歌给党听，我把党来比母亲。"此时，电视里传来了才且卓玛老师悠扬动听、充满深情厚爱的《唱支山歌给党听》，今天是建党节。在这个特殊的日子里，陕西机场公安局发布的这个微视频，是一份献给建党 96 周年的精美礼物。视频中的南兄用一点一滴、一举一动、一言一行，诠释着一位共产党员、一位公安民警对党忠诚、无私奉献的精神。

"一只鸿雁当空飞呀飞，策马奔腾向前永不悔。抚摸爱的琴弦为你弹奏这一回，如痴如醉真情似流水。"南兄就是那只展翅高飞的鸿雁，为了他钟爱的公安事业，满腔热血，默默奉献，永不后悔。为了机场的安宁，为了旅客的安全，他抚摸着钟爱的公安琴弦，将平安、和谐、安康弹奏了一回又一回、一天又一天、一年又一年。

04
真情在劳山上流淌

　　8月的劳山，静穆庄严，苍翠欲滴。8月的劳山，硕果累累，飘香百里。8月的劳山，和谐幸福，平安吉祥。劳山，地处甘泉县北10千米处，是延安的南大门。1935年毛主席在甘泉象鼻子湾指出："长征是历史记录上的第一次，它将载入史册。长征是宣言书，长征是宣传队，长征是播种机。"著名的"劳山战役"就在此地发生，它是"直罗镇战役"的前奏，是粉碎国民党军对陕甘苏区第三次围剿的重要战役之一，不仅全歼了敌人的有生力量，取得了战争的全部胜利，而且红军留下的"人民至上"等长征精神激励着一代又一代劳山人艰苦奋斗，百折不挠。

　　劳山派出所在210国道旁，所长牛海富是一位清清瘦瘦、白白净净、利利飒飒的35岁小伙子。很难想象这么一个"文弱书生"，是如何利用两年时间改变了劳山社会治安混乱的局面，让劳山派出所成为全省"汪勇式先进集体"。

　　2001年，年仅19岁的牛海富从洛川师范毕业，被分配到甘泉县东沟中学，成了一名数学老师。在三尺讲台上他站了5年。这5年的教学生涯让他受益匪浅，收获满满，很有成就感。他不仅是同事眼中的好同事，而且是学生眼中的好老师；他不仅成了学校的政教主任，而且获得了属于自己的爱情。在学校，他除了数学课外，啥都能带，是"学校一块砖，哪里需要那里搬"的多面手。按理说，他在东沟学校干得如火如荼，风生水起，可是他心里却总有一个无法打开的心结——军人梦。这是他从小的人生梦想，却未能如愿以偿。每当夜深人静之时，他的思想就会发生变化，他的心就会纠结，因为，此时他不能把自己的"军人梦"告诉周围的人，害怕人家说他骄傲自大，说他贪得无厌。正当他整日忐忑不安之时，一个机会出现在面前。2006年延安市招考人民警察，他欣喜若狂，决定报考。他又害怕自己考不中而遭周围人的奚落，于是，一个人悄悄地报了名，最终梦想成真，成为甘泉县的一名警察。当穿上藏青色警服的时候，他内心的喜悦、激动无法言表，全都表现在了他的脸上。穿上警服的他一个人在房子里走来走去，一会儿耸耸肩，一会儿伸伸腰，一会儿齐步走，一会儿正步走，到了晚上，要不是媳妇一再催促，他可能"今夜无眠"了。

　　刚进入公安局，他被分配到石门派出所。石门素有"石门雄关""洛河第一关"之称，地势险要，山陡如刀削，耸立如雄门，自古以来都是兵家必争之地，在这里他工作了6年。记得从警后最能体现他人生价值、最有成就感的第一件事：2007年一位油井管护员的一辆蓝色125摩托车被盗，接到报案后他们到了现场，现场除了留下的摩托车轮胎印外，一无所获。他们顺着轮胎印追踪，却遇到了杂草和乱石，车辙看不到了。他入警不久，没有任何的办案经验，心中的那个焦急，就像胸口添了一把火。急归急，可他还是老虎吃天——无法下手，老同事笑他说心急吃不上热豆腐。没有痕迹物证怎么办？老同志便带着他寻找目击证人和知情群众。到了晚上，还是一点线索都没有，跑了一天的他又饥又饿，还有些丧气。坐在凳子上使劲地搓着手，他心想，当警察真的很累，还不如当教师呢。不过这个念头刚一闪现，就被他当即斩断了。晚饭后，全所人连夜下村入户，开展调查、走访、摸排……功夫不负有心人！很快他们就获得了"下寺湾村的一个50多岁的男子曾到过案发现场"的信息，第二天在下寺湾镇街道上便将其找到，传唤到了派出所。

这个人游手好闲，好吃懒做，家境贫寒，审查时装聋卖傻，一言不发。没有经验的牛海富单刀直入，直奔主题，问他是否到过案发现场时，他突然眼睛一眨，神情有些不自然。这一小小的细节未能逃过曾经当过老师的牛海富的眼睛，当他进一步问摩托车的去向时，这人很吃惊，很快交代了摩托车的下落——被卖到了安塞县。当牛海富和同事们追回摩托车时，他心中的自豪感油然而生。

2014年1月27日，牛海富清楚地记得这天是腊月二十八，他被组织上任命为劳山派出所所长。来之前，局领导找他谈过话，他压力很大。这晚他没有回家，一个人在办公室里思忖着领导的每一句话。是啊，涉法涉诉人员多，案件多发，辖区盗贼比较猖獗，几乎每年都要发生一起针对留守或孤寡老人的命案或事件，这样的混乱局面，局党委如何能安心？领导们怎么能够放心呢？是夜他一宿未眠，思考着如何破解这些难题。

派出所有4名民警，九孔窑洞还是当年农机站的。7月底的一场暴雨，将四孔窑洞的顶端全部浸泡，当时窑洞内水深两尺，至今窑洞潮湿，床铺无法重支。这样的条件，4个民警要管好5个行政村、192平方千米的山区、6000多常住人口，真不是一件简单的事情。如何破解这些难题，牛海富想了不少的好办法、好主意。

他先从辖区"五沟十五企业"入手，由镇政府牵头组织安装监控摄像头。有了政府支持，他信心十足，干劲倍增，逐个走访了所有企业，讲道理、摆事实，一年时间，就安装了 218 个监控摄像头，有效地控制了辖区案件的发生情况。紧接着他又将 210 国道两边的沿街门店纳入安装监控摄像头的范围。这里沿街门店规模较小，都是小本经营，谁也不愿意开这个头，不愿意花这份钱，任凭民警跑断腿、磨破嘴，就是没有一家配合。

在派出所南边 3 千米处的祥和农家院，其老板对于安装监控摄像头就一直没有兴趣，认为这与开饭店做生意没关系，一意孤行，绝不配合。牛海富一看不行，亲自出马谈，发动朋友劝，2016 年 5 月份老板极不情愿地装了 8 个监控摄像头。连他自己都没想到，监控摄像头让他避免了一场纠纷。6 月的一天，有几个人在他店里喝酒，一个人喝多了，出门时头重脚轻，摔倒在地，一头撞在了包间门前的装饰水缸上，县医院诊断为颅内出血，转到了延安就医。人送医院了，家人找到这家老板论理，认为他是被喝酒的或者他人殴打所致。老板当即就让家属看了当时的监控录像，一目了然，大家握手言和。此后，这家老板逢人就讲监控摄像头的好处。至今，沿街门店已经安装了 80 多个监控摄像头。

2016 年 3 月，苏家河村的李老汉两口子下地干活，家中的 4000 多元现金以及一些银圆等被盗了，多亏沟口收废机油店门前的监控录像，才让案件告破，抓获了犯罪嫌疑人杨某彦，追回了全部财物。牛海富是个有心人，破案后，他趁热打铁，没费多少口舌，李老汉就很痛快地给家里安装了监控摄像头。在李老汉的带动下，五个行政村已有七八户安了监控摄像头。

安装监控摄像头的好处有目共睹，2014 年以前，劳山辖区几乎每个月都要发一两起偷盗案，安装监控摄像头后，2015 年至今，辖区仅仅发生 3 起偷盗案。

入警 10 年了，尽管他干得很顺心，但有时候还会产生很大的困惑。今年 7 月 30 日晚上 11 点多，智力障碍者杨某到苏家河小卖部杨老板处买水，杨老板免费给了他一瓶，杨某还要，杨老板不给，二人就此发生争执，在撕扯中导致杨老板身上多处擦伤。派出所出警时，发现杨某是个智力障碍者，于是在征得杨老板的同意后当场进行了调解。之后派出所根据杨某叙述将其连夜送到延安火车站七里铺村，并给了他 50 元钱。本以为此事到此皆大欢喜，谁料，第二天杨老板的儿子认为派出所处理不公，给市局局长信箱投诉，并怂恿其父母等人到派出所纠缠。牛海富劝慰并让其到医院检查，答应所有的医疗费都由他自掏腰包。随后，牛海富处理完其他事务后，迅速赶到医院兑现承诺。杨老板虽然没要钱，他儿子也写了谅解书，但是，牛海富心中很纠结，为什么警察工作这么辛苦还得不到老百姓的理解呢？

让他头疼困惑的事情远不止这一件，但这并没有削弱牛海富的工作热情和干劲。他常说："区区误解难撼志，俯首劳山勤耕耘。群众安危常挂念，不留遗憾于人间。"记得 2005 年，延长县赵某流窜劳山村杀了一个留守老人，抢了方便面、鸡蛋；第二年，林沟村又发生了这样的案子，抢劫 1000 余元。直到 2007 年案件告破，才知道为同一人所为。对此，牛海富带领民警进村入户，摸底调查，将 20 个孤寡老人和留守人员登记造册，落实管控责任，做到派出所、村干部、周围邻居"三管理"。丰足行政村有个 60 多岁的自幼患小儿麻痹症的康某华，其儿子骑摩托摔死了，女儿常年不在家，牛海富经常上门为其送衣服，打扫窑洞，洗碗筷、衣服；林沟村贺某锁，年近 60，还是个老光棍，上有 80 多岁的老父，民警杨延龙主动挑起了管理他的重担，这样的事情还有很多，牛海富和其他民警都是不烦不躁，耐心细致，针对不同的人采取不同的服务方式。经过劳山派出所的不懈努力，两年来，辖区再没有发生一起伤害留守、孤寡老人的案（事）件。

牛海富和他的战友们把劳山当成了自己的家，他们的真情在劳山上流淌，他们的努力换来了劳山的和谐、安康。老百姓看着这幅劳山的平安画卷，愉悦在心中，赞美在言中，美誉着劳山脚下勤劳耕耘的平安牛——牛海富。

此时我脑海里回荡起了刘德华的歌曲《我是一只牛》："我是一只牛……生来就该自己了解自己，任劳任怨，也无怨无忧……"

05
青春在中指原上闪光

当你把工作当成一种乐趣时，生活就成了一种享受。

——题 记

富县，古称鄜州，地域辽阔，资源丰富，素有"塞上小江南"和"陕西小关中"的美誉。至今，富县还流传着"九州不收（收成）鄜州收"的谚语。杜甫"今夜鄜州月，闺中只独看"将富县醉人的美景描绘得如痴如醉。1935 年 11 月 21 日，再一次体现毛泽东军事才能的著名战役"直罗镇战役"在富县打响，我军击毙国民党 1000 余人，加速了国民党的营垒分化，彻底粉碎了国民党对陕甘根据地的第三次"围剿"，为党中央和红军在西北建立和扩大根据地，推动全国抗战，举行了一个奠基礼。

富县又有"五指原"之说，羊泉镇处于中指原，原面开阔，地势平坦，昼夜温差大，是苹果的最佳优生区之一，素有"中国苹果之乡"的美誉。春天，满原盛开着洁白的苹果花；秋天，红红的苹果挂满枝头，微风轻拂，香飘万里，吸引了很多果商前来采购。在这热闹的苹果交易圈的背后，活跃着一群伸张正义的公安——羊泉派出所公安群。他们的中间，有一位曾荣获延安市第十届"优秀青年卫士"——王宏亮。今年 35 岁的他，原本是一名人民教师，2008 年，他离开工作了 5 年的三尺讲台，考入富县公安局，成了一名人民警察。8 年来，他用自己的青春活力、个人魅力和实际行动，在中指原上书写着人民卫士对党的无限忠诚和对人民的无私奉献。

2012 年 5 月初，羊泉镇雷村、安子头村、上立石村接连发生多起夜间入室盗窃苹果袋案件。由于案件没有及时侦破，犯罪嫌疑人有恃无恐，接二连三作案，被盗果袋数量大，涉及村组多，一时间，果农心里极度恐慌，有人不断到派出所催案。这引起了富县公安局和羊泉镇领导的高度重视，责令羊泉派出所限期破案。

此时的王宏亮已经是派出所分管案件的副所长，看着受害果农焦急又无助的表情，想到果农马上就要给苹果套袋的急切心情，快速破案、追回果袋，已成了王宏亮的一块心病。因为他是农民的儿子，家里也有果园，所以面对受害群众，他感同身受。那些天，由于没有一点蛛丝马迹，王宏亮心急如焚，昼不能食，夜不能寐。"与其坐以待毙，孰若起而拯之"，王宏亮带领民警对案发现场再一次逐个进行了仔细勘察和比对，发现雷村一案发现场有新汽车轮胎压过的痕迹，这让他茅塞顿开，立即走访修理厂、4S 店。通过车辙确定车辆，最后，行家一致认为车辙可能是一辆加长版的昌河面包车所留。

查询车辆！于是，王宏亮带着民警每天零点到清晨 5 点在公路上巡逻，盘查可疑车辆。第六天清晨 2 点在一处"L"型路段查获一辆崭新的加长版昌河面包车，车上两名人员杨某彬、唐某平态度嚣张，极不配合。民警分头询问时，两人对晚间行车的目的地和目的说法不一致，民警随后将两人依法传唤至派出所留置盘查。

由于杨某彬、唐某平不配合，案件陷入了僵局。正在这时，两人的手机在前后不到 1 分钟的时间里都被同一个号码呼叫，这引起了王宏亮的警觉。他的直觉告诉他：这两个人就是作案嫌疑人。于是，他拿着强光手电，一个人蹲在面包车旁，把四个轮胎和车内认认真真检查了三遍，没有发现任何疑点。就在他关闭汽车后门的瞬间，派出所院内的灯光让他有了新发现：侧光线照出车内侧面有隐隐约约的附着物——车厢内壁塑料板上留着果袋箱上的褪色颜料。王宏亮急忙找来尺子一量，痕迹颜色、尺寸和果袋箱完全吻合。

　　证据有了，但嫌疑人还在做最后的挣扎。王宏亮结合刚才手机上的电话，设了一个局——让民警在留置室门外故意制造出很大的抓获嫌疑人的动静，让他们误以为抓获了给他们打电话的人，从心理上击溃他们。果不其然，他们上当了，其中一个人很快交代了三人合伙盗窃果袋的犯罪事实。按照嫌疑人的供述，第三个嫌疑人尚某林已经盗窃果袋得手，让他们开车去接。王宏亮开车赶赴现场，抓获了第三个嫌疑人。案子破了，果袋追回来了，看着受害群众领取被盗果袋时开心的笑容和朗朗的笑声，王宏亮发自内心地笑了。

　　2010 年 6 月初，王宏亮到钳二村砖厂登记流动人口时，听见一个 60 多岁的老人对旁边一个人说"作孽"之类的话，这引起了王宏亮的注意。当他再看那个老人时，老人却有意地躲开了王宏亮的视线。这个老人心里没事，为什么要躲开他的目光呢？这里面一定有文章。

　　王宏亮私下里让老板将老人约了出来，和他聊天。刚开始，老人对他还不信任，他说得多，老人只"嗯嗯"地应付着。到了吃午饭时，王宏亮买来了一碗饭，双手递给了老人。老人迟疑了半天，他不相信这碗热腾腾的饭是警察买给他的。王宏亮说："叔，吃饭。"老人一边吃着饭，一边寻思着王宏亮这个人，最后，饭吃完了，他对王宏亮的疑虑也打消了，心里满满的都是信任，一五一十地将他所知道的事情全部倒了出来。原来，砖厂有个 40 多岁的男子李某德，他和一个 18 岁的女子党某云长期住在一起。前段时间，党某云生了一个男孩，这几天孩子突然间不见了。而且最奇怪的就是孩子不见之后，他们不知道哪里来的钱，买了新衣服，而且商量着要离开砖厂。

这样的事，老百姓都怀疑，作为警察的王宏亮能不起疑心吗？他思忖着，为啥母亲几天看不到孩子也不着急？为啥丢弃了原来破旧的衣服买了新衣服？为啥在砖厂干得好好的突然要离开？几个疑问，让王宏亮心里豁亮，一定是孩子出了问题——被卖了。

王宏亮顾不上吃完饭，丢下碗筷，带人飞快赶到砖厂。一看李某德收拾好的箱子还在，一定没有离开砖厂，于是，王宏亮带人就坐在对面的房子里守候，快到晚饭时间，李某德、党某云回来了。王宏亮上前亮明身份，将他俩带回了派出所。几个回合的较量，李某德很快承认，孩子被他卖了。

李某德是个玩弄感情的高手。他和党某云同居期间，得知党某云怀孕后，就四处打听，为未来的孩子找买家。党某云生下男孩后，李某德喜出望外，心想，天助我也。男孩可以卖个好价钱。6 月 1 日，他背着党某云将孩子抱到富县县城，在邮局院子里，以 6.8 万元的价格将孩子卖给了一个安塞人。卖的钱主要用于偿还赌债。王宏亮立即带人连夜赶往安塞，将孩子成功解救。

2015 年 6 月，王宏亮得知自己被抽调到北京作为参加中国人民抗日战争胜利 70 周年大阅兵安保时，心脏急速地跳动起来，高兴得笑成了一朵花，激动得有些手舞足蹈。高兴之后他却犯了愁，整日忙工作，眼看着 9 月份儿子就要上一年级，学校还没有落实。但他知道这么重大的活动，机会难得，一生未必能遇上，失去了将抱憾终生，他必须去！当妻子在电话里知道了他要进京的消息时，鼓励他说："你就是咱家的骄傲！"让他放心去，至于孩子上学的事，电话里飘来 5 个字："那就不是事。"

7 月 5 日王宏亮到达北京，短暂的交接后，他被安排到前门大街派出所。北京的气温远远超过富县，王宏亮必须适应在炎热的天气里工作，熟悉北京的警务模式，学会和外国人、上访人员等各种人员交流，熟悉辖区的每个小巷、制高点，每天对辖区的各类人员进行身份核查。刚开始他跟随北京的民警工作，看着他们在慢条斯理中轻而易举就能甄别出哪些是游客，哪些是小偷，哪些是小贩，哪些是涉访人员时，佩服他们的火眼金睛。他心想，掌握了这门技巧，一定能有效提高今后侦查破案的效率。世上无难事，只怕有心人。在后来的工作中，王宏亮认真观察行人的衣着、神态、表情、走路速度等，接着上前核查，慢慢地总结出了一些规律。

时间过得飞快，每天工作紧张、忙碌，但也很充实。转眼间到了 9 月 2 日，领取任务后，王宏亮心中忐忑，又十分激动，不停地吞咽口水，整个人像打了鸡血一样亢奋，时刻准备着参加第二天的安保工作。3 日清晨 5 点，王宏亮站在天安门广场南地铁口，看着参加阅兵的群众、礼炮车队以及装有和平鸽的车队陆续进入广场，聆听着礼炮震耳欲聋的炸响声、飞机掠过头顶的轰鸣声，目睹了步兵方队整齐有力的飒爽英姿，以及雄壮的坦克、装甲车、导弹车队等，亲身感受到了祖国的强大，军队的强大、人民的强大。这雄壮、美好的一幕让王宏亮对着天安门激动地留下了两行热泪。

2012 年 5 月，王宏亮在羊泉镇肖村王某合家入户走访时，看到院里晾晒着尿湿了的被褥，随口问了句："孩子尿床么？"女主人面露难色，说家里老当家的身体不好。王宏亮一听男主人身体不好，便进去问候。他一只脚刚踏进门里，满屋子的屎尿味就熏得他差点打了趔趄。

他摇晃了一下便稳住自己的身体，深呼吸了几下，平复了心情，径直坐在炕沿上和王某合拉家常。老人年轻时酷爱皮影戏，走村窜街到处给人演戏，没料到老了却下身偏瘫，常年卧床不起。他身材高大魁梧，老伴瘦小体弱，不能照顾他下地，更别说扶到屋外晒太阳了。老人说能出来晒太阳对他来说是一种奢望，可见老人多么希望看到阳光。

王宏亮听到这里，心里发酸。谁都有老的这一天，老人一辈子刚强，老了却连晒太阳的权利都没有了。王宏亮回到单位，一想起这事，就心里发酸，睡觉不安稳，吃饭没味道。他心想，自己没有能力让老人重新站起来，但他完全可以送给老人一把轮椅，实现老人晒太阳的愿望。于是，他跑到县城，找到了县民政局、残联等单位，为老人申请了轮椅。几天后，当王宏亮把崭新的轮椅送到老人家中，并抱起老人坐上轮椅，推着老人到屋外实现了老人"晒太阳"的心愿后，老人流下了激动地热泪。阳光下，老人拉着王宏亮的手激动地说："我随口说说，你咋还当真了。" 4 年过去了，王宏亮一想到"晒太阳"的王某合，心里就有一种说不出的幸福感。

2016 年 3 月，王宏亮到西里村入户走访时，得知十几岁的任某妮很小就失去了父母，外婆辛苦将她带大，现在上高中，学习成绩优异，却没钱继续上学。他和村干部一起去了孩子的外婆家——一座漂亮崭新的四合院出现在他的眼前。这么好的条件，怎能无力供养一个高中生？王宏亮心里直犯嘀咕。后来王宏亮得知原来是家里之前的土坯房子快塌了，房子是去年东借西凑盖起来的，欠了十几万元的债，新房里没有一件值钱的家具，70 多岁的人还在小饭馆当服务员。听到这里，王宏亮对自己说无论如何都要解决孩子的上学费用，从而给老人减轻一些负担，他多方打听，联系到县上给贫困学生发放助学贷款的单位，在相关部门奔走呼吁，给孩子争取到了补助金，解决了孩子的上学问题。

王宏亮的事迹很多，两天两夜都说不完。王宏亮的工作很忙，和儿子连续四天待在一起都是奢望。他说："当你把工作当成一种乐趣时，生活就成了一种享受。"是的！这就是豁达、乐观、积极、向上的王宏亮，他虽然很平常，但是却让自己的青春年华在中指原上跃动、闪光。

06
魏梁山上的坚守

在这个创造了你生命的地方，包容你的一切不幸与苦难，就是生命消失，能和故乡的土地融为一体，也是人最后一个夙愿。

——路遥

人们说陕西的地图像一尊跪着的兵马俑，那么，定边县就是这尊兵马俑的双臂，热情迎接着远方的客人。

定边县公安局白湾子派出所位于县城南部距县城 38 千米处的白湾子镇上，辖区面积 421 平方千米，常住人口 1.7 万多人，派出所仅有 9 名民警。说实话，长期处于关中腹地的我，对定边没有一点印象。这一次，恰好到定边县公安局采访，没料到，采访的对象竟然是我的同学——孙宝强。

1985 年 9 月，我们一起进入陕西省人民警察学校学习，有幸成为舍友。20 多年前，我们见过一面，随后再没有见过面。8 月 1 日下午，我一到定边县公安局大院，就看到了面部黝黑的孙宝强，他的神态一点都没有变，唯一变化的就是容颜的沧桑，让当年的毛头小子变成了 50 多岁的老警察。他身体发福了，头发花白了，额头上的抬头纹多了，但同学间的情感还是那么纯真。

第二天 7 点多，孙宝强早早开车接我，从县城出发，沿着定铁公路向白湾子前行。每到一个地方，他都会给我介绍一些情况，比如，县城南转盘处"凤舞九天"的雕塑，他说这是人们对美好生活的向往；在 8 千米之外的北转盘，还有一尊"天能地源"的雕塑，这象征着大自然赐予定边无穷尽的天然气、石油等能源；南北雕塑相呼应，预示着定边经济腾飞猛进、人民安居乐业、社会和谐发展的良好态势。

他还是 30 年前的孙宝强，不爱说话，不善言谈，总是憨憨地笑。毕业那一年，他回到定边，到了北部与内蒙古接壤的白泥井派出所，随后，在预审科、看守所、纪检、政工、石油稽查等部门工作过。2008 年 7 月，又被调到白湾子派出所当所长，这一来，就是 8 年。我开玩笑说"你不说，难道还'8 年了，别提它'不成？"他憨憨地笑了："那倒没有，等你到了派出所，自己看吧，反正工作 30 年了，我两头都是'白'（白泥井、白湾子）。"我笑着说："你脸是黑的。"

汽车在公路上行驶了大约 50 分钟后，就要驶入白湾子街道了。此时，孙宝强眼前一亮，来了精神，一手握着方向盘，一手指着前面那些房屋，说："到了！那就是白湾子。"顺着他手指的方向，能清楚地看到一些建筑物。很快我们到了街道，在公路尽头往右一拐，便到了白湾子派出所。这是一个很不起眼的派出所，门头很小，仅仅有四五米宽，要不是悬挂着统一的派出所标识，我绝对不相信这里就是派出所。可是，这就是实实在在的白湾子派出所。

从大门进去 10 多米，便到了派出所的院子。孙宝强把我撂到一边，让我自己看，他去找民警，询问相关情况。院子很小，北面是 6 孔破旧的窑洞，还是当年派出所成立时从信用社买的。窑洞西边是户政室，那个女警莞尔一笑，说："每天办理户政的群众很多，从九十点，一直要忙到下午的四五点，工作量很大。"户政室门口有一个矮小的照壁，照壁的北面就是来的路上孙宝强告诉我的水窖。白湾子地处南部贫困山区，严重缺水，派出所没有自来水，仅靠这口水窖储存生活用水，每次都是从外面拉来一罐水存到水窖，这样既不浪费也不变质。我揭开水窖的盖板，朝下看了看：水窖不深，五六米，能看到一团明晃晃的水波在晃动。送过来这么一大罐水需要 800 元，一月一罐水，年花费近万元。

院子南面是 5 间平房，我进去看了看，墙皮都脱落了，办公的桌子还是 20 年前被我们淘汰了的"一头沉"和"两头沉"。一个民警见我皱眉，就说不要小瞧这张破旧的暗红色的"两头沉"，这是"功臣桌"，这两三年用它已采集过 2 万多张照片了。我内心暗暗吃惊，这件老古董的确了不起啊！

窑洞的东头是食堂，我去的时候，民警正在吃早餐，见我过去，都起身相让，我婉言谢绝了。不是因为他们的早餐很简单，而是临来之前，孙宝强大方地请我在县城吃了一个绥德油旋，喝了一碗稀饭，外加一个煮鸡蛋。

之后，我便走进孙宝强的办公室，他没有抬头看我，而是继续忙着给前来办事的群众签字。屋内一张办公桌椅，一张床，两个很简陋的沙发，一个古董式脸盆架上挂着变色的毛巾，还有一个高低柜。办公桌上摆放着办公电脑，低柜子上摆放着一台电视机，我知道电视机是我们公安民警值班后的消遣品。

等他忙完后，我说："条件这么艰苦，你咋不想进城？"他说："谁不想舒适安稳，我咋能不想进城？在农村所虽然时间长，但县局只有两个城关所么。所里年轻民警家里负担重都回不去，自己没负担了，也就不想回城的事了。"他 12 岁时母亲不在了。那时候年龄小，不知道母亲不在了是怎么回事，看着大人哭自己也就跟着哭。后来的生活教育了他，让他懂得了"没妈的孩子像根草"。父亲没有续弦，将他拉扯大。他长大懂事了，本来想好好孝敬父亲，可是"自古忠孝两难全"，他忙了工作，就很难尽孝。1997 年，他任看守所所长不久，发现号舍内出现了以重刑羁押人员为首的黑恶势力"龙虎帮"，干尽了牢头狱霸的各种坏事，殴打并致使一名在押人员肋骨骨折。局里成立以看守民警为主的专案组，一个月不允许回家。他在看守所忙着，老父亲病危也未能回家尽孝，直到父亲离世，他都未能见到父亲最后一面。知道消息后，他不啻当头挨了一棒，感到了内心的空虚和肝肠撕裂。工作再苦再累都没有流过一滴眼泪的 31 岁陕北后生，瞬间像丢了魂一样，长跪在父亲的灵前发自内心地恸哭，谴责自己、诅咒自己，骂自己是个不孝子，希望父亲在九泉之下能够原谅他。

谁都知道，此时的哭声已经无法挽回父亲的生命。好在那位已经下岗多年的妻子韩喜梅能够理解他的苦衷，安慰他、开导他、鼓励他，让他逐渐走出了失去父亲的阴影。说到这里，孙宝强饱含眼泪，有些泣不成声。我默默地递给他一张纸巾，我知道此时我说什么都等于零。

停顿了一会儿，他说："除了对不起父亲，更对不起的就是儿子。"儿子很聪明，很懂事，从上幼儿园开始到小学、初中，学习都不让人操心，总是全年级前三名，这也是他引以为自豪、能告慰父亲在天之灵的事。调到白湾子派出所工作后，为了迅速扭转治安混乱的局面，他很少回家，照顾不上家庭和儿子。人无压力轻飘飘，这段时间儿子骄傲自满不好好学习，成绩一落千丈，等他发现时，距离高考已经没有几个月时间了。于是，妻子韩喜梅什么都不做，形影不离地跟着儿子，那段时间真的是辛苦了妻子韩喜梅。儿子最后考上了宁夏大学，让他的心里好受了一些。

在白湾子派出所，指导员邱鹏玉说他俩搭班子已经 8 年了，没有红过脸，更不用说争吵了。因为孙宝强用实际行动在感染着他、感染着民警。邱鹏玉说："所长工作能力强，写作水平高，在县上都是公认的能人，在他身上有着自己学不完的东西。特别是在处理邻里纠纷、打架骂仗、陈尸闹事等非常棘手的问题上，他所表现出来的冷静、沉稳、老辣和灵活多样的方式方法，让我受益匪浅。不是我俩不想进城，因为我俩都是土生土长的定边人！一方水土养一方人嘛！我俩也经常交谈这个问题，所长对我说，我年轻应该进城照顾家庭孩子，我说他年龄大了应该进城照顾妻子。但每一次到群众家里，看到群众生活的艰辛，都会落泪，比起天天都要在太阳下暴晒的老百姓，我们是幸运的，早该知足了。做人要有良心，最起码要对得起自己的良心，对得起每个月发的工资。

孙宝强开车要带我到派出所南面的魏梁山看看。这是榆林最高的一座山，海拔 1907 米，是定边的脊梁。车在崎岖不平的山路上盘旋着，颠簸着，车后卷起了一股尘土，让我在车内都嗅到黄土的苦涩味。站在山顶，他问我："白湾子美不美？"下面的公路呈"丫"字形，将白湾子街道分开。居高临下，山梁、树木、绿草，岂是一个"美"字能形容和概括。当我正在感慨时，他说："白湾子真的很美，可是你想没想到我们每一次沿着这黄土漫天飞扬的崎岖山路工作时有多么的辛苦和艰难？"他带着我继续走，我看到了山梁上白的、红的荞麦花，还有黄灿灿的油菜花，以及那不知停歇的磕头机（抽油机），这些都让我陶醉在了这大自然的美景中。孙宝强看我出神，说："定边还是红军长征入陕的第一站。"1935 年 10 月 16 日，毛主席带领中国工农红军来到定边，在白马崾崄遭到国民党飞机的轰炸，死伤了 4 个红军战士，至今还不知道他们的姓名、家乡和父母。县委、县政府为了缅怀先烈，让世世代代的定边人牢记长征精神和这些无名英雄，专门修建了烈士陵园。比起这些红军战士，他是渺小的。他坚守在白湾子也是一份责任，因为他热爱这方生养自己的沃土！此时此刻，我明白了"长征精神"才是他坚守阵地的法宝，老百姓才是他心中圣洁的蓝天白云。

蓝天白云之下，荞麦花、油菜花、喇叭花散发出扑鼻的芳香。孙宝强和他的同事们骨子里蕴含的"长征精神"像花儿一样，默默地奉献着自己。他们像蓝天白云一样，渲染着百姓的天空；他们更像那些矗立在山梁的磕头机一样，不分白天与夜晚，生命不息，战斗不止，守护着老百姓的平安！

07
永不凋谢的石竹

年近七旬的石竹老师满头银发，这让他具有专属于自己的个性特点。无论走到哪里，他那满头银发都能引起大家的瞩目。石竹老师，原名卢太运，是一位副研究员。他身体微胖，整日面带笑容，像一尊笑面佛。如果让石竹老师出演弥勒佛，完全不用化妆，直接可以出镜。石竹老师声音洪亮，走路脚底生风，俨然一个年轻小伙子的气势。

我认识石竹老师始于他的长篇小说《天命》。小说以一个男人和三个女人的故事为主线，表现了人物个体在波澜壮阔的社会变迁和历史发展中积极抗争的命运走向，验证了一句"人一生都是为爱而打拼"的俗语。石竹老师的小说如此，他自己又何尝不是为了爱而打拼一生呢？

石竹老师的老伴姓陈，是一位清瘦、干练、稳健，又很健谈的长者。她嗓音洪亮，说一口很接地气的秦腔，对人客客气气，话里话外都能让人感受到热情洋溢的气息。石竹老师去哪里她就会开车送到哪里，不管风吹日晒或雨雪阴霾，不论天寒地冻或酷暑难耐。陈老师除了做石竹老师的专职司机外，她还兼做石竹老师的专职摄影师。2015 年 6月，我们一行去兴平开会，一路上，陈老师就是我们的司机。她的车技相当了得，开得快且稳当。会场上，她又成了一名忙前忙后的摄影师，两手紧握尼康照相机，一尺长的镜头在她的手里不断地转动。她一会儿站着，一会儿半蹲着，一会儿趴在桌子上，一会儿很费劲地侧着身，为的是要抓拍到每一个珍贵的时刻，记录每一个精彩的瞬间。从她的一举一动来看，她是一位热爱生活、脾性耿直，有一副热心肠的大姐。2016 年 10 月 18 日，石竹老师召开长篇小说《哑巴》研讨会。会前，陈老师忙前忙后，事无巨细她都要亲自处理。开车购礼品，酒店布会场，机场接客人，她专心于大会的筹备，精心于大会的细节。大家都称赞她是石竹老师的贤内助，是朋友的贴心人。我想，石竹老师正是为了表达对陈老师的爱，才会在艺术领域里越走越宽。

常言道：家和万事兴。有了陈老师这样的贤内助，石竹老师一家一团和气。石竹老师心中充满了对这个世界、对社会和对人物的爱。在生活中，他淳朴憨厚，平易近人，没有架子。无论长幼、职位高低，他都能一视同仁，从不因人而异，照木下线，另眼相观。我的年龄比石竹老师小 10 多岁，石竹老师却一直称呼我弟弟，让我很是感激。感激之余，在与石竹老师的多次接触中，我留心观察石竹老师的一言一行、一举一动，发现他对周围的人都是如此，怀有一颗博爱的心，深远的情怀，真诚的情感。他担纲陕西书画院咸阳分院院长和咸阳职工作家协会主席时，用自己的人格魅力将领导和会员紧紧地团结在一起，不论是开展征文大赛、书画作品展览，还是与兄弟省市的艺术交流，他总是冲锋在前，率先垂范。他所举办的每次活动参与人数都很多，作品征集的质量、数量也都很高、很多，总之，石竹老师能把各项活动开展得有板有眼，有声有色，善始善终。

石竹老师在文学创作中，首先讲求的是质量。每一次，他都要深入群众中，广泛了解、掌握第一手资料，是一位作风严谨的长者。他钻研艺术一丝不苟，对作品的构思深思熟虑。他的小说集《甘泉河》还荣获了咸阳市"五个一工程"优秀作品奖。石竹老师新近出版发行的长篇小说《哑巴》是一部通过描写关中古镇浓郁民俗风情从而折射时代风云的小说。哑巴的憨厚、老娘的精明、惠生的善良……以人性的复杂和人际的微妙关系唤起人们的思考。贾平凹先生评价说："石竹先生有着深厚的关中农村生活积淀，并用文学的笔触让生活把《哑巴》推了出来，是一部写老百姓自己故事的好书。"著名评论家李星说："《哑巴》是一部寄寓着文化理想的真善美之作。"原鲁迅文学院副院长、作家白描，著名作家崔道怡，著名评论家李国平等文学大腕对该书亦做了精彩点评。

石竹老师虽然年近七旬，但是依然淳朴可爱，兴趣爱好也十分广泛。他痴迷文学，酷爱书法，热衷摄影，兼学楹联，偶尔也吹笛弄箫。

他的书法更是别具一格，早年书写隶变体，现在又侧重具有个性特点的魏碑。石竹老师还爱好摄影，他用坚实的脚板丈量着渭河的长度，用独特的审美和独到的视角，追寻着人世间的真善美。石竹老师的摄影作品多见诸报端，不仅有旖旎的自然风光、表现天伦之乐的情感、龙飞凤舞的书法画卷，还有各种活动的精彩瞬间。石竹老师抓拍的这些精美作品，让人耳目一新，回味无穷。他风趣幽默，童心未泯，常以"石窝水底弄涛浪，竹依山巅逗行云"自嘲，又以"情系山石竹雨松风寻灵印，身居书斋笔墨纸砚蕴精魂"自勉。

石竹老师作品的主题都是弘扬时代主旋律，无论是小说、书法，还是摄影，都是充满正能量的艺术品。此外，石竹老师与时俱进，开拓创新，所带领的老年书法家协会每到重大节假日都要举办座谈会和作品展示等活动，用多种形式歌颂时代精神。微信是这个时代的宠儿，年轻人一天除了睡觉几乎都在玩微信，石竹老师也不例外，他紧跟时代潮流，把微信玩得团团转，他在微信朋友圈所发的作品也深受大家喜爱。

　　石竹是一种鲜花，象征着纯洁的爱，卓越的才能，代表着健康与美好，既有男性的胆略，又有女性的纯美。石竹老师就是一位永葆青春活力、永不凋谢、盛开在艺术之苑的鲜花。

08

致青春

蚕是我的女同学。

20 世纪 80 年代，我们一起走进了陕西省人民警察学校的大门，有幸成为同班同学。两年的警校生活，我们从陌生到认识，从认识到熟悉，从熟悉到了解，进而成为知己朋友，说起来，我们认识也近 30年了。那时候的警察院校男多女少，我们班 50 人，女生凤毛麟角，仅有 4 人。因此，蚕格外引人注目。

蚕是一个美女。她进学校那一年 19 岁，留了一个当时比较时髦的剪发头，头发乌黑发亮，显得很干练。一双大眼睛像两颗黑宝石镶嵌在她娇羞圆润的脸上，鼻子不大不小，嘴巴笑起来就像牡丹园里刚刚绽放的花瓣，很是迷人。她个头很高，有 1.7 米，是 4 个女生中个头最高的。常言道：人靠衣装马靠鞍。蚕这样的女生穿上令人羡慕的警服，更显得亭亭玉立、英姿飒爽，成为当时警校中一道靓丽的风景线。

蚕是一个霸气、强势的姑娘。她的霸气、强势，不是装出来的，是她骨子里与生俱来的。她自信、自以为是、大大咧咧；走路一阵风，说话一口腔，办事很认真，不会因为你是什么人而留面子、讲情面，总是一副公事公办的面孔。有一次我问她为什么叫"蚕"时，她说："不为什么，是婆起的名，得问婆。"见我诧异，她戏说："'蚕'是'天虫'。"然后淡淡地对我讲了她名字的来历。她出生在正月，正月里万籁俱寂，昆虫还在冬眠，唯有蚕已经早早苏醒。婆希望她像蚕一样勤劳、洁白、漂亮，也希望她和蚕一样善良质朴，甘于奉献，得人喜爱。蚕和同学说话，很少面对面地看着对方，表现出一副不耐烦、瞧不起，近乎鄙视的架势，所以，很多人和她想亲近又不敢亲近，想远离又舍不得远离，始终处于一种若即若离的状态。

蚕是一个热情大方的姑娘。她外表看起来很冷，其实有着一腔热血。她是班干部，热衷于班里的各项活动。每一次活动，她都会积极参与，从不掉链子，也不撂挑子。记得我们第一次举办联欢会，她闪亮登场，高歌了一曲《小草》。同学们领略了她的歌喉，那熟悉的旋律至今也一直飘荡在我的心田。

蚕是一个温柔似水的姑娘。说蚕温柔，大多数同学肯定不赞同，因为她给人的第一印象是强势、霸气。其实坚强的她有一颗多愁善感的心。她的温柔可以从她的爱好上感知，她喜欢文学，特别是散文、诗歌。她在散文和诗歌的天地里自由驰骋，将自己的真性情放飞于蔚蓝的天空。要知道，没有柔情似水、荡气回肠的情怀，哪能写出情回路折的散文？哪敢涉足于热情奔放的诗坛？

蚕是一个善解人意的姑娘。她不仅是我的同学，也是我的挚友、诤友，我的"蓝颜"知己，我俩无话不说。记得上学时我生病住院，她鼓励我要战胜病魔，将我落下的课程按照课堂笔记的内容全部抄写一遍，寄给我，让我复习。所以预审课我虽然没有听课，但是得了高分，令老师和同学十分诧异。这里面有我的努力，更有蚕的精神激励和付出。

我们毕业那年，她留在了省城，我回到了老家一个乡下派出所，都没有彼此详细的联系地址。那时候的联络工具很简单，没有电话，没有网络，只有书信。我刚上班的头几个月，一心扑在工作上，接连办理了一系列盗窃、抢劫和拐卖妇女儿童的大案。那时候经常出差，有一次到山东解救受害人，晚上闲下来感觉心里空荡荡的，潜意识里有一种想回家的感觉。返回单位后我告假回家，果然收到了蚕寄往老家的信。她讲述了她工作的情况，并祝我和同学们工作顺利。看着蚕的亲笔信，我心里颇感暖意。

蚕是一位职业女性，有事业心，有梦想，并为之努力奋斗。20 世纪 90 年代，她还不到 30 岁，就是单位的中层干部，相当于县团级。我为她感到由衷的高兴，因为我是她的大哥。

蚕是一个幸福的姑娘。喜欢蚕的人很多，包括我。但我们一直觉得蚕遥不可及，只能将那份淡淡的喜欢深深地埋藏在内心深处，不敢说出来，结果蚕嫁给了我们同级另外一个班的一个男同学。蚕的爱人内敛，脾气好，他们性格互补，生活得很幸福。他们有个帅气的儿子，很有艺术天分，今年刚刚从西安美术学院毕业，自己创业，开了个艺术设计工作室。

时间过得很快，认识蚕已经 30 年了，其间有几年甚至十几年不联系，也有过不愉快的争吵，但不管联系多少次争吵多少次，丝毫没有改变我们的友谊。同学，一个多么纯真的词语。同学情谊，胜似亲兄弟姐妹的情感。人生短暂，能有几个 30 年？人生能逢一知己足矣。很幸运在青春年华里有蚕这么一个同学，很庆幸蚕成为我人生中永远的挚友。

如今，当我在微信同学群里邂逅蚕时，我们相互问候，回忆起了当年的岁月。我不由得感慨万千，于是写下了对蚕的回忆。我将文章用微信发给蚕，问她的观后感，蚕说："好。"我问蚕，"此文可以公布于众吗？"蚕说："完全可以，你我之间纯真的友谊值得致敬！"

谨以此文致我们逝去的青春。

第 三 章 　 人 生 偶 得

01
迟到的父亲节

人过中年，就会被许多事情缠绕。

2015 年 6 月 21 日，是国外所谓的"父亲节"。儿子给我买了一双跑步鞋，让我内心很温暖，于是我写了一篇关于"父亲节"的短文，谈儿子的爱心和孝心。孝心是中华民族的传统美德，应该世世代代继承和发扬。有孝心，天天都是"父亲节"；无孝心，天天都是"负情节"。

国外父亲节的起源，是美国人布鲁斯·多德夫人为了纪念自己的父亲向州政府提议以她父亲的生日作为父亲节，州政府采纳了她的意见，并把日子改成 6 月的第三个星期日。1972 年美国总统尼克松签署正式文件，将每年 6 月的第三个星期日定为全美国的父亲节，并成为美国永久性的纪念日。其实，我们中国也有自己的"父亲节"。早在 1945 年 8 月 6 日，上海《申报》刊文《八八父亲节缘起》，因"父"字形同"八八"，且"八八"读音也与"爸爸"相同，故号召上海市民，一同来过"八八父亲节"。该请求获国民政府批准。后因内战全面爆发，"父亲节"遂被逐渐遗忘。

大家看了这个短文，很多朋友都希望过一个中国传统意义上的"父亲节"，儿子也有此孝心。可是今年的 8 月 8 日，恰逢同学南兄的女儿大婚，所以，就错过了儿子献爱心的机会。不过，婚姻是每个人一生中的大事情，男大当婚女大当嫁，小南出嫁我们这些叔叔阿姨们非常高兴，于是，利用南兄嫁女这个喜庆日子，一帮同学前往助兴，共同见证了这一美好的时刻，为小南送上了美好的祝福和良好的祝愿。同时，我们也回忆了在陕西省人民警察学校上学期间的幸福时光，叙说了 30 年同学之间纯真的友谊，憧憬了今后同学子女结婚再次相见的美好时刻。这一天，就这样在幸福的相见、甜美的叙旧中度过了。

8 月 9 日一大早，儿子起来后就出门，我知道他出门的用意和动机。儿子小的时候就长得虎头虎脑，非常帅气。10 岁那年，他还获得了"世纪之星"全国少儿书法大赛银奖，很是让人欣喜。他今年已经 25 岁了，身高 1.74 米，天庭饱满，本质良善，一双大眼睛因为经常对手机、电脑等电子产品爱不释手而近视。他参加工作 3 年了，外表看起来大不咧咧，其实内心很细腻，对工作认真负责，是一位有头脑、肯吃苦、善用脑、能敬业的好干部，很受上层领导赏识。瑜不掩瑕，他因为年轻，社会经验不足，自身还存在许多毛病和缺点。但是，自从参加工作后，他好像换了一个人，有了很大的进步。

今年 4 月初，我去了他们单位参加社会治安综合治理的会议，正好去他们领导那里坐坐，想听听领导对他的真实评价。他的领导原来在政府办公室工作，因为工作的关系，和我认识快 10 年了，相互比较了解。所以，谈起孩子，领导就会敞开心扉，无所顾忌。他告诉我，自从我的孩子走上中层领导的岗位后，简直像变了一个人，有自己的思想，工作有思路，改革的愿望很强烈，所负责的工作在区上一直名列前茅。唯一的缺点，就是耐心不足，沉淀不下来。说到这里，他的话锋一转，不过，这个缺点是现在年轻人的通病。谈着谈着，半个小时过去了，听了主要领导对他中肯的评价，虽然我内心很是喜悦，但是我还是告诉他的领导，要对他严格要求，从严管理，让他在正确的人生道路上不断进步、健康成长。人常说：严是爱，宽是害。这个道理我还是懂得的。

孩子一天天慢慢地长大了，我内心真的希望他脚踏实地，不辜负家长和领导的期望；也希望他很快找到自己的另一半，开启生活的另一篇；更希望有一天，他和他中意的姑娘也能像小南和她的丈夫一样，走进婚姻的殿堂，肩并肩很好地走下去，朝着幸福的港湾一路前行。如此我们做家长的也就了却了一桩心愿。

儿子开车带我和他妈去了西安，在曲江"海司令"海鲜自助餐厅，点了满满一桌子的菜，小螃蟹、生鱼片、炒虾尾……很是丰盛。1个多小时的用餐之后，又去看了一场《迷城》的电影。走进宽敞的 VIP 大厅，我坐在舒适的沙发里，有了一种陌生感。说实在的，从学校毕业后的 30 年，电影慢慢地淡出了我的视野，特别是近 20 年，几乎没有看过电影。想着想着，就有了一丝丝落寞的伤感。好在电影《迷城》里有一句经典的台词"别让昨天的悲伤，浪费今天的眼泪"，这句话敲打着我的心扉，所以，我就享受着来自儿子在这个特殊日子里带给我的无穷快乐和幸福。

走出电影院，外面淅淅沥沥下起了雨。看着这薄薄的雨丝幕帘，我的心里油然的喜悦，因为，从小到大，我一直很喜欢雨雪天。雨，是万物的精灵；雨，是滋润成长的甘露；雨，还是激起我内心狂热的催化剂。我真心希望儿子经历过雨水后能不断成长、壮大、坚强。雨慢慢下大了，能听到雨点落地的声响，这应该是上苍在为我们鼓掌祝福吧。

一顿午餐、一场电影，这是儿子孝心和爱心的体现，也是为我过了一个虽然迟到但又开心的"父亲节"。我要真诚地祝福全天下的父亲"父亲节"快乐！

02
520，想说不爱都很难

5 月 20 日，本来是一个很平常、没有什么值得纪念的日子。几十年来，我都是平淡无奇地度过这一天。可是自从改革开放后，洋为中用，国外的节日被中国的商家们运用得淋漓尽致，就像什么情人节、圣诞节等。而谐音让"520"这个数字，顿时变得可爱无比，人人喜欢。

一大早，妻子说，你不给发个红包？！听她的口气，虽然带有一种调侃的味道，但是语气中饱含着"必须"二字。于是，我就发了个 5.20 元的红包，以示安慰。她说："你咋这么小气呢？"我笑着说："这就是 520。"她说："这虽然算数，但能不能来个大的？"于是，520 元的红包便顺利地通过网络，从我的微信钱包跑到她的微信钱包了。

看到她高兴的样子和幸福的神态，我心里很坦然。心想，她就是个二百五，我的微信钱包捆绑的是她的银行卡，她啥时候刷这张卡，权力都在她的手中，她却偏偏舍不得刷，非要让我通过微信在这个特殊的日子里给她发。也就是说，我的微信红包是"拿她的锅盔给她咬马"，她心里还美滋滋的。其实，这就是夫妻间的一种平淡而甜蜜的日子。

她端来了已经热好的菜疙瘩，"赶紧吃，吃完了好去领奖。"我接过她手中的碗，趁热吃了起来。我一边吃，她一边看，眉宇间充满着一种期待和热望。一是期待着我吃饱饭不饿，身体健康；二是期待着我精神抖擞去领文学大奖。说实在的，健康是第一位。2009年腊月二十八日上午10点左右，我突发心脏病，心率为240次/分，好在"好人有好报"，送医及时，才得以保住生命。病床上的我，想了许许多多。

医生说，要是我病发在荒郊野外或者飞机上，可能就彻底告别了这个世界，因为，这种病没有可以口服的良药，必须到就近的医院治疗。听了医生的一席话，我明白了"好人一生平安"的道理。于是，我将一切都看得很淡，把身体健康放在第一位。

"人之发肤，受之父母"，我们没有任何理由不去珍爱它。正月初六做手术时，医生把妻子叫到一边，把手术中可能出现的一切问题都毫不保留地对她讲了一次，唯恐有一丝一毫的疏漏。试想，当一个妻子面临对丈夫生死存亡的艰难选择时，她如何能拿得起笔来签这个字？我知道她是痛苦的，她用哗哗不断的泪水告诉我她心中的痛苦与不安。我笑着说："有啥呢，我福大命大造化大，我和猫一样有九条命呢。"她说："你说得轻巧，万一有个三长两短，你让我们娘俩今后咋活呢？"她说的是大实话，也是大白话。故而我再怎么劝她，她就是不去签字。我对医生说让我签字，医生不允许。最后，在我的再三劝说下，她才忐忑不安、哆哆嗦嗦地签了字。为了让他娘俩安心，我推掉护士送来的轮椅，拒绝坐轮椅去手术室的医嘱，迈开双腿走入手术室。

事后，同事、朋友们开玩笑，说我那天很勇敢，就像英勇就义般的刚强，大义凛然，视死如归。我笑了笑，唯有我自己明白当时的痛苦。说真的，那天如果下不了手术台，他们娘俩今后该咋办呢？

"吃快点！想啥呢？"妻子的提醒让我走出了回忆，回到了继续吃菜疙瘩，品尝美味的现实之中。

今年是我们家吃菜疙瘩最多的一年，虽然往年都吃，但没有今年吃得多。春天，老家的三嫂在地里挖好野菜，摘捡好，一大袋一大袋地托人送来。那么多的野菜，妻子蒸成菜疙瘩，然后打成一小包一小包后，放入冰箱冷冻。吃的时候再拿出来，或炒或用电烤箱加热，就成了香喷喷的佳肴。除了蒸菜疙瘩，妻子还将一大部分野菜在开水锅里一焯，然后用凉水浸泡一下，挤干水，丸成一团，装入保鲜袋再冷冻，需要的时候取出来加工，或凉拌，或拌成饺子馅，又成了一道道美味佳肴。

三嫂是一位善良的农家妇女，小的时候因为家穷，不仅没有上过一天学、念过一天书，而且每到开春的时候，家里生活拮据，她还要带着弟弟讨饭。有人曾经说，知识和文化决定着一个人的素养。我觉得这句话不能作为定论，更不能作为放之四海而皆准的真理。最起码，在我三嫂身上它被颠覆了。三嫂虽然目不识丁，但是她心存善念，淳朴、勤快、大度、大气，骨子里永远装着一份亲情和感情，她用实际行动将自己对世界、对家人、对亲人和周围人的爱做了最为精彩的诠释。每当我们兄弟姐妹携家带口回到老家，她总是体现出无比的淳朴和善良，房间打扫得干干净净，炕席被褥铺得整整齐齐，馍蒸了几大锅，菜做了一大桌，生怕大家吃不饱。即使你吃饱了，临走时，她还会大包小包让你拎着走。让你高高兴兴地回来，满心欢喜地回家。曾经有一次，我同学和妻子去我老家，亲身经历后，感动得泪水哗哗往外流。

吃过菜疙瘩，我便乘坐萧爱女士的车来到燕园宾馆。今天，当代检察文学研究会、《检察文学》杂志社要在这里举办"第三届金剑文学奖"颁奖典礼。几天前，赵新贵社长邀请我参加。

赵新贵社长是一位检察官，和我有着二三十年的交情。但是，真正走到一起还是因为我的长篇小说《阵痛》。

那是 2014 年 6 月 15 日，在我长篇小说《阵痛》的研讨会上，有幸邀请到了赵新贵社长。会上，他言语不多，会后却是第一时间在《检察文学》杂志上发表了研讨会的盛况，让我非常感激。我们渭城区作家协会有什么会议，都会邀请赵新贵社长参加，他也是逢邀必到。检察文学社有什么活动，我也会逢场必到。因此，我们因为文学走得更近了。

我的长篇小说《阵痛》节选章节《县长之死》，曾经刊登在《检察文学》杂志上，经过评审委员会的评审，获得了当代检察文学研究会、《检察文学》杂志社举办的"第三届金剑文学奖"。站在领奖台上，拿着一樽奖杯，几本书籍，虽然没有奖金，但是我的内心充满了深深的敬意。随后，我将获奖的信息发在了微信朋友圈，与朋友们分享交流。微信朋友圈一下子被引爆了，点赞的、祝贺的、加油的、鼓励的……让我深受感染，备受鼓舞。这些都激励着我在文学的道路上迈开双腿大步走，撸起袖子加油干。

在这个特殊的日子，获得如此殊荣，再次感谢当代检察文学研究会、《检察文学》杂志社和社长、高级检察官赵新贵先生！

5.20，在今年这个值得纪念的日子里，真的想说不爱都很难！

03
天问

2008 年 5 月 12 日下午 2 时 28 分，具有"天府之国"美誉的四川发生了 8.0 级强地震，地震强度之大、范围之广，是中华人民共和国成立以来十分罕见的一次。此后几天，四川便沦为地震的"肆虐地"，强烈地震所引发的余震不间断地在这片肥沃的大地上发生，给四川本来就已经受伤的躯体不断带来新的创伤。我们远在千里之外，也能听到四川震中群众那撕心裂肺的呼喊，看到那场灾难中凌乱的场面和深受地震之害而倾倒的一片片废墟。

12 日下午 2 时 30 分，我省受汶川地震的影响也产生了剧烈的震感。当时我正躺在床上午休。突然，我的房门好像被人急促地一推一拉，声音并不大，但频率很高。我以为他人与我开玩笑，便打开房门一看，门口却什么人都没有。突然，王延久副主任对我说，"快，快，快下楼。"我还没有反应过来，一大帮人已经从楼上急匆匆地往下冲。我从窗户往外一看，并不开阔的院子里挤满了黑压压的人群，一片混乱，我还以为有人在楼前闹事。于是，急急忙忙往楼下冲。到了楼下，满院子的人，一张张惊慌失措的面孔，一个个紧张地左顾右盼。此时，天旋地转，我才感觉到地震了，我才知道了众人为什么急匆匆冲下楼。我站在院子当中，任凭大地旋转，拿出电话一个劲拨打电话号码。可是，无论怎么拨打，全部的通信网络都处于瘫痪之中，顿时，我们失去了一切联系的手段。加之，从来没有面对过震感如此强烈的余震，我们束手无策，只能在慌乱中保持冷静，在紧张中寻求缓解，以稳定住满院子人们的思想和情绪……

大约过了 30 分钟，一切慢慢地归于平静，我们才知道这是来自四川强烈地震所带来的震感，每个人开始调整自己的心态。随后，固定电话和小灵通的通讯网通了，每个人都在以不同的方式询问着家人、朋友的安危；我们也在紧张地忙碌着，面对灾害安排部署我们的工作……

随后，电视上、广播里都在不停地播放着地震的有关消息，还报道了时任国务院总理温家宝乘坐直升机赶往灾区慰问的消息。一连几天，各种媒体都在以不同的形式报道着这场灾难。这场灾难引发的故事和解放军、武警消防官兵等深入灾区抢险的画面和文章，向全世界传递着全国"万众一心，抗震救灾"的共同声音。这些天，我也陆续收到了家人和朋友的问候信息，感到了生命的可贵和脆弱，感到了"人定胜天"在某些时候只能当作一种善意的安慰和诗意般的鼓励。地震，地震，我们在地震面前能做些什么？所有的一切，都只能是我们在地震以后，用一种强大的精神力量战胜地震所带来的困难和灾难，才能显示出一种"人定胜天"的气魄。

地震面前，社会各界纷纷伸出了援手，我的心灵受到了强烈的震撼。我只能用实际行动表达自己的一片心意，捐出了微不足道的 200 元钱。我知道，这点温暖是很微弱的，但它乘以 13 亿那将是排山倒海的巨浪；地震带来的灾难是巨大的，但用它除以 13 亿，这将是多么的渺小和微不足道。而中央电视台举办的大型赈灾义演，也集结了数以千计的演艺界人士，他们用自己的歌声、用自己的行动表达了一个中国人，一个爱国的中国人的善良和质朴，良知和温暖。正如一首歌所唱的那样："如果人人都献出一片爱，世界将变成美好的人间。"我们每一个人都在为汶川祈祷！为在灾难中失去生命的人祈祷！为每一位幸存者祈福！愿我们每一个人都能成为"神笔马良"，画灾区人民之所需；写灾区人民之所要，用我们的一片爱心为深受地震灾害的人们点燃新生的希望！

在这场自然灾害中值得我们骄傲的是建于公元前 256 年，坐落于四川省都江堰市城西，位于成都平原西部岷江上的都江堰水利工程安然无恙。这是全世界迄今为止，年代最久、唯一留存、以无坝引水为特征的宏大水利工程，属全国重点文物保护单位，2000 多年来，一直发挥着防洪灌溉作用。截至 1998 年，都江堰灌溉范围已达 30 余县，灌溉面积近千万亩。2000 多年的建筑经受住了这场强大地震的考验，但是，现代的好多建筑为什么在这场大地震面前却显得如此的脆弱和不堪一击？

苍天，你为什么要对那些本来丰衣足食、和谐相处在美好家园里的人们以毁灭性的打击？为什么不对那些祸国殃民者以迅雷不及掩耳之势的重创？为什么要在我们喜迎奥运的紧张时刻添乱？我真的不知道苍天有没有良心？有没有感应？但从这场灾难看来，苍天也不过是一个欺软怕硬的小人而已！

04
雨中漫步文咸广场

　　期盼已久的夏雨，在夜深人静之时哗哗地从天而降。它不仅打破了夜的宁静，也浇灭了一连数日一浪高过一浪的热气。

　　清晨起来，空气中弥漫的已经不再是温热的气息，而是被潮湿和凉爽所替代。望着窗外，雨，不仅没有停歇的意思，而且愈下愈大。我拿了一把伞，冲出家门，一头钻进雨帘中，朝着文咸广场走去。

　　这场来得很及时的夏雨，就像一个爱哭的孩子一样，"泪水止不住地往下流"。豆大的雨点砸在水泥地面上，溅起了无数的小荷花；砸在伞面上，传来"嘭嘭嘭"的响声。雨帘下落之时，被风儿吹起，飘落在了我的身上、腿上和鞋上，衣服湿了，裤腿湿了，运动鞋全部湿透，脚被浸入鞋子里的雨水浸泡着，每走一步，脚都会在鞋子里打滑。就这样，我在风雨中一路前行，来到了文咸广场。

　　文咸广场坐落在咸通北路和文林西路交汇处，占地70余亩，是一座以秦文化为依托而打造的城市生态、休闲型绿地公园，集文化、生态、实用为一体，以创造良好的人居环境、提升群众生活质量，进而使群众在感受优美环境，聆听鸟语、醉赏花香中达到休闲健身的目的。

公园内修建了许多大小不一的步道，从南北方向看步道，像一个变形的"日"字；从东西方向看，又像一个变异的"曲"字；从整体来看，中间又包含着太极八卦的图案。

我从文咸广场西南入口处进入健身步道。这个步道是一条大约30度的陡坡步道。沿着步道的台阶，拾阶而上，每上一步，都能听到自己粗粗的喘气声。步道两旁栽种着两排法国梧桐，梧桐树笔挺地站立着，宽大的叶子在风中摇曳出沙沙的响声，好像为每一位行走在步道上的人尽情歌唱。大树的下面，栽种着红叶石楠、黄刺玫、红瑞木、白皮松、木槿等，构成了山林花坡。整体看山林花坡的绿色植被，形成了以步道为分界线，东低西高的态势，让整个坡面一片翠绿。无论从上往下拍照，还是从下往上拍照，都是一幅很有诗意的风景画。从步道上流下的雨水就像薄薄的水帘，沿着步道台阶顺势而下，在个别台阶上，还形成了小小的"瀑布"，不失为一道靓丽的微风景。

很快，我就来到步道顶端的望咸亭。望咸亭是一个用水泥、钢筋修建的坐南向北的秦式建筑。亭的四角是4个方形亭柱，4个亭面各自向顶端延伸成了三角形，三角形的顶部形成了一个尖尖的亭顶。柱子和亭子外露面呈灰色，亭内屋顶全是白色。因为雨很大，这里已经聚集了许多人，望咸亭空间太小，所以显得很拥挤。但是，没有带雨具需要避雨的人还是要往进挤，已经在亭子里面的人，也很有礼貌地让一让，相互挤一挤，腾出一点地方给后来者。

我没有走入望咸亭，因为打着雨伞，而且我还需要锻炼。于是，迎着风雨，我继续朝着广场里边走去。自文咸广场建成后，这里几乎是我每日必来之地。

今年，每天清晨，从望咸亭中都会传出唢呐的声音。今天，这里没有了唢呐声和吹唢呐的人，只有一群避雨的健步者。旬邑的唢呐在陕西、中国都是比较有名气的，它吹生、吹死，吹喜、吹悲，很受旬邑人的喜爱。但望咸亭中传出来的唢呐声，不仅没有得到人们的喜爱，反而招致了许多老年人的责备。因为在咸阳南部唢呐只吹死亡，只吹悲哀，所以唢呐自然就不受人待见。

望咸亭旁是一个林荫休息场。这里保留着原有的几棵大槐树，用水泥从四周圈了起来。因为黄土高过了水泥台沿，所以雨水淋湿了黄土之后形成了黄色的泥水，一绺一绺往下流着，在经过雨水冲洗干净的路边上，流淌出一条小小的"黄河"。路面的高低，水是最好的评判者。大树旁边，沿着公园西面的陡坡边修建了木质花架。没有雨雪的清晨，一位五六十岁的女人会准时来到这里，穿着或红色或白色的绸缎休闲衣裤，手握一把可以折叠的纸扇。在她面前的长条水泥凳子上，摆放着一架小型播放器和她的一些日用品、道具等，凳子旁边还卧着一只棕色的小狗。女人跟随着音乐和唱腔，一板一眼、一招一式，煞有舞台上的风采。今天，这个女人没有出现，这里显得很安静。唯有风雨，不闻秦腔。

沿着步道，继续北上，便到了篮球场。篮球场是一个长 28 米、宽 15 米的标准化球场，场地是由塑胶块拼接而成。每天早晨和傍晚，这里都有一大堆的男男女女、老老少少驰骋在篮球场上。今天，雨中的篮球场没有一个人，没有了喧哗和呐喊，没有了篮球着地的砰砰声和触及栏板的哐哐声，显得很寂静。从这里往东行走，就到了紫藤广场。今天的紫藤广场没有打太极拳的优雅场面，没有集体舞者矫健的身影，仅剩下花架在雨中默默地守望着。

公园的东北角是秦币广场。一座大型的"秦币"——麻钱雕塑矗立在东北角。秦币，外圆内方，其实是一种很聪明的发明创造，预示着一种人生的态度和哲理。这里，经常是羽毛球爱好者的场地，或是一群集体舞爱好者的舞地。集体舞的领舞者是一个老头。老头很清瘦，整天穿一件白色的绸缎褂。前多年他还是一位初学者，在国土资源局门前跟随他人练习跳舞。老人很刻苦、很用功，领悟的也很到位，短短几年，从一位初学者成为领舞者，属实不易。老人的舞姿比较欢快、大方，很有耐心地辅导着每一位初学者。今天的雨中，没有看到他的身影，唯让雕塑孤零零地感受着夏雨。

沿着步道往南，来到了竹简广场。这里位于公园的东入口处，是整座公园的核心。广场上有一个巨型的马车车轮，还有一个秦朝丞相李斯用小篆书写的"竹简"。秦朝没有纸张，所有的文字都记录在竹简上。李斯不仅是秦朝的丞相，而且还是著名的政治家、文学家和书法家，他的小篆在当时很有名气，至今也很富盛名，假如谁能有他的手迹，那将是难得的瑰宝。他书写的峄山刻石至今仍然保存在西安碑林博物馆内，成为许多书法爱好者的经典碑帖。李斯不仅辅佐秦始皇统一了六国，参与制定了法律，还提议秦始皇统一文字、车轨、货币和度量衡。广场上的车轮、秦半两和竹简雕塑就是对李斯的褒奖。

面对竹简广场，我陷入了沉思之中。常言道：恶有恶报，善有善报，不是不报，时候未到，时候一到，必定要报。尽管李斯帮助秦始皇统一六国立下了汗马功劳，在制定律典，统一车轨、文字和度量衡等方面做出了卓越的贡献，但是他的死亡极具悲剧色彩。秦始皇死后，李斯伙同中车府令赵高修改遗诏，逼死"刚毅而勇武，信人而奋士"的扶苏，推举"昏庸无能、难成大器"的胡亥做皇帝，这一切为他的死亡埋下了伏笔。李斯还因为妒忌而杀害同学、大思想家韩非，力主并参与焚书坑儒，最后，李斯自己被赵高所嫉妒，以莫须有的罪名腰斩于咸阳闹市。

"野心是一把屠刀，一个野心不断膨胀的人，是会挥着屠刀向一

个阻拦他达到狂妄目的的人砍去。"这就是后人对赵高的总结。赵高
杀害李斯后，成为丞相，辅佐秦二世。赵高野心很大，位列丞相，一
人之下，万人之上，大权独揽，指鹿为马，铲除忠良，杀害胡亥，坏
事干绝，达到"天弗与，群臣弗与"的程度，最终被韩谈杀死。

竹简广场上，除了步道，还有篮球场、羽毛球场、乒乓球场、门
球场和集体舞广场。集体舞广场没有固定的位置，因为竹简广场比较
大，所以，每到晚上，这里便成了集体舞者的聚集地。每当舞曲响起，
男男女女、老老少少，就会随着曲子扭动着腰身和四肢。有的人天生
就有跳舞的细胞，所以，动作很协调，舞姿很优美，给人一种美的享
受和视觉的快感。当然，也有和我一样笨手笨脚的，天生没有音乐细胞，
不识乐谱，四肢不协调，自然跟不上音乐的节奏，所以，跳出来的每
一个动作都很生硬。我很佩服他们，因为他们勇敢，敢于登台表演，
而我却不敢。我在想，不管如何，他们以锻炼为目的，以健康为根本，
以快乐为宗旨的这种强身健体得理念值得我们敬佩。

一般来讲，文咸广场每天早晨和傍晚锻炼的人都很多，三五成群，
熙熙攘攘，特别是从篮球场传来的呐喊声和集体舞广场上传来的欢快
乐曲，构成了一幅立体的健身图。今天早晨，广场上锻炼的人很稀少，
我大概算了算，不超过 5 个人。我想，对于我来说，这正是锻炼的好时机。
人多了，有时想超越过去都很困难。今天在雨中，只有我独自一人漫
步，淋着大雨，感觉很惬意。一个人静静地走着，没有超越，没有拥挤，
偌大的文咸广场完全属于我一个人，想怎么走就怎么走，没有任何顾忌。
这就好像前年春节去重庆，一大早坐在地铁上，整个车厢只有 4 个人，
感觉很惬意，很享受。

我一边走，一边欣赏着雨中的植物：银杏树、金叶女贞、小叶女
贞、洋槐、国槐、樱花树、法国梧桐、五角枫、七叶树、苦楝树、丝

棉木、玉兰树、红叶李、云南银杏、大叶女贞，红叶石楠、紫丁香、
鸢尾、八宝景天、麦冬草、榆叶梅、三叶草、月季花、葱兰、黄刺玫、
紫薇等不一而足。雨中的这些植物，得到了雨水的滋润显得更有生机。
银杏树的叶子稀稀拉拉的，好像没有长开，不如云南银杏叶子那么大，
栽种了数年，好像没有缓过气，精神状态略差一些。金叶女贞的叶子
一片金黄，更富有生命力。小叶女贞经过大雨滋润后，则显得刚强有力，
使劲往上伸展，好像要和旁边的洋槐树"试比高"。红叶石楠和紫丁
香叶子黑黝黝的，显得很苍劲。鸢尾的叶子则有点杂乱无章，在雨中
全部耷拉了下来，倒显出了中间的果实——它的大小和形状好像罂粟
壳，在雨中绿绿的，很是饱满。八宝景天虽然生长在路边，很不起眼，
但是它的叶子很厚实，一叶挨着一叶紧密生长在一起，花有白色、绿色、
铁锈红色，还有紫色，很好看，形状像菜花，只不过没有菜花那么厚实，
那么肥大而已。麦冬草长得像小时候农村看到的莎草，不过还没有莎
草那么富有生机，但是，它的小黄花像喇叭一样，向着天空发出了铿
锵的呼喊。树下的三叶草开着白色的花朵，这几日，在太阳的暴晒下，
大多数已经枯萎了，显得有些干燥；太阳直射下的叶子，有的已经干
枯死亡，而在树荫下的，经过雨水的浇灌，绿绿的，茁茁的。黄刺玫
的枝干上，结着蚕豆大小的红色果实，果实顺着枝干，一个挨着一个，
红得发紫，倒有点像樱桃；只不过，它们一个一个长着，不像樱桃那
么合群，也没有樱桃的圆润鲜艳，没有樱桃的剔透晶莹。紫薇已经开
花了，在枝枝杆杆上盛开着一簇簇白色花、粉红色花和紫色花；它的
花没有很好的形状，但是你拥我挤地聚集在一起，便有了另一番味道。
不管什么颜色的紫薇花，它们的花蕊都是一致的，皆为黄色，所以，
紫薇花白里透黄，粉红里透黄，紫色中亦透黄。

　　在这些植物中，我最不能接受的算是法国梧桐了。在这两种树面

前，我突然想起了一句俗语：人活脸，树活皮，墙活一把泥。法国梧桐的树干很高大，也很容易生长，但是，树干整日一大片、一大片蜕皮；它有白杨树的"风"，却没有白杨树的"骨"。其实，现实生活中，有一些人就像紫薇和法国梧桐，有的长时间就没有了"皮"，有的则一点一点蜕皮，没有了骨气。其实，这正如臧克家《有的人》一诗中所写："有的人活着，他已经死了；有的人死了，他还活着。有的人，骑在人民头上：'呵，我多伟大！'有的人，俯下身子给人民当牛马……他活着别人就不能活的人，他的下场可以看到；他活着为了多数人更好地活着的人，群众把他抬举得很高很高。"我们的生活中，不乏这类人。

从竹简广场一路向西南方向走，在路边，我看到了被雨打风吹而落下的月季花瓣，突然想起了"黛玉葬花"。黛玉葬花借物思人，让人感到无限的伤感和惋惜，这也取决于黛玉的性格特征。黛玉原是太虚幻境中的绛珠仙草，受神瑛侍者滴水之恩，陪其下到人间还他一世眼泪。她小时候与僧道有些渊源，聪颖秀丽，怯弱多病，郁郁寡欢，因而"黛玉应该是泪尽"的。当今社会，黛玉这样的人是不受社会和大家欢迎的。因为，气大伤身，谁都懂得。黛玉弱不禁风的体型、小心眼的性格，造就了生活中除了赌气，便是生气，自然是不受人喜爱的了。

站在文咸广场，我不由想到中华广场。我觉得文咸广场和中华广场是一脉相承的，都是传承秦文化的广场。因为，中华广场是纪念秦始皇嬴政的，文咸广场是纪念秦朝丞相李斯的。

文咸广场按照"以人为本，以林为体"的理念建设，以乔木为主，灌木为辅，风格简朴大方，组合搭配合理，力求达到"可望、可入、可留、可憩"。春天，这里是花的海洋，樱花树和紫叶李没有长出叶子，却盛开着鲜艳的花朵。说到樱花，我第一次见到樱花，还是 1993 年的春天，那时候我在建工路上学，学校距离青龙寺不远，我在青龙寺里第一次见到了樱花。没想到，几年工夫，遍地都是樱花，咸阳湖畔，樱花成了"赏花节"的主角。去年，空港新城在唐顺陵周边栽种了万亩樱花园，吸引了不少观赏者。夏天，这里成了绿色的海洋，地上、树上绿色交映交辉，在风中形成了一浪浪碧绿。秋天，这里又是另一番景象，满眼都是金黄色、紫红色和墨绿色，秋高气爽，层林尽染。冬天，许多树叶虽然在北风中潸然落下，但白皮松、雪松和柏树，以及大叶女贞的绿，让冬天有了生机和活力。去年，一场大雪落下，这里变成了白皑皑的一片苍茫。我顶着风雪，在广场拍照发到朋友圈，以饱朋友的眼福，赢得了许多点赞和高度评价。

　　雨，还在继续下着，没有减小和停歇的意思。我就这样漫步在文咸广场上。漫步、观景、赏花，有时还静静发呆。夹竹桃的花盛开着，洁白如玉，火红似火。红瑞木的小白花，黄花菜的小黄花都开在顶部，很是喜人。今天下雨，没有采摘黄花菜的人，这便是黄花菜的幸运了。看着这盛开的黄花菜，我想起了郭达、蔡明的小品《黄土坡》，黄土坡、黄花菜、黄鼠狼……中外语言不通，搞出来一系列幽默的笑话，令人捧腹大笑，开怀不已。说到郭达老师，20 多年前，他还为我赠送了"愿芳川老弟笑口常开"的题词，让我动容。说实在的，郭达老师的好多小品都幽默风趣，针砭时弊，以小见大。真的很感谢他，让我这么多年能够在生活中保持乐观、豁达和开朗的心态。合欢树还没有开花，它的叶子很独特，远远望去，如同两面带有锯齿的小锯条。去年，我在安康瀛湖螺峰岛上看到了合欢树的花朵，由一丝一丝的花绒线组成了奇妙无比的花朵。世间的万物说来都很奇特有趣，据说合欢花只有白天才盛开，到了夜间就闭合了。它和夜来香刚好相反，夜来香到了夜间才盛开并释放出扑鼻的香气，天亮便自动关闭盛开的花瓣。

这里的花我最欣赏的是牵牛花。牵牛花的蔓是没有筋骨的那种，但它会依靠周围的树木顽强生长。在红瑞木、红叶枫、紫丁香、小叶女贞等树丛中，都能看到牵牛花盛开在它们的顶部。牵牛花不怕被人骂，只为盛开在丛林，愿留芬芳在人间。像牵牛花这样的无名小花小草在公园里还有很多，我虽然不能一一叫上它们的名字，人们也未必会把它们放在眼里，记在心上。但它们为公园的美景，无怨无悔，自强不息，顽强生长，奉献着自己的生命。

这样想着，当我还在为这些无名的小花小草点赞时，望咸亭里传来了女高音版《小草》："没有花香，没有树高，我是一棵无人知道的小草……"

多么惬意，多么快乐，我仿佛回到了 30 年前……

05
初冬的月亮

初冬的黄昏，夜幕降临得比较早，柳枝在寒风中摇曳，远处依稀可见大秦岭的轮廓，让人心中平添了丝丝的温暖。抬头远望东南方向，两栋高楼中间的夹缝中悬挂了一轮比以往更硕大的圆月。在灰蒙蒙的天幕中，月光显得很白、很清、很冷，这是十五来临的前兆吧。

月亮很大，这是光线衍射的结果。它犹如一个巨大的圆盘，镶嵌在蓝蓝的幕帘之中。它又仿佛是一个巨大的白色气球，在蓝蓝的夜空中自由飘舞。在这寒冷的夜晚，月亮孤独地在浩瀚的宇宙中行走，没有依托，没有陪伴，更没有日月同辉的灿烂。此时此刻，嫦娥在干吗？她是否在苦苦思念今生今世再也无法相拥的后羿？难道寂寞的嫦娥在宽敞的月宫中独自舒袖起舞，借以消散心中的块垒？这些，我们不得而知。但可以肯定的是，嫦娥要是知道吞食王母娘娘赏赐的不死仙丹后会和相亲相爱的后羿从此天各一方，无法相见，她肯定宁愿把这仙丹让给心术不正的蓬蒙。只可惜，不管是人间还是仙界，永远都没有后悔药。这也就是"鱼和熊掌不能得兼"的道理吧。

远远地望着夜幕中的白色圆盘，仿佛看到了月宫中那个端着桂花酒的吴刚。桂花酒的醇香弥漫了月宫，弥漫了宇宙。桂花酒的醇香，不仅醉了月亮，醉了太阳，而且也醉了寂寞的嫦娥和盛情的吴刚。于是，嫦娥犹如醉酒的贵妃，在月宫中舒展长袖，翩翩起舞，化解心中思念丈夫的惆怅。

"月上柳梢头，人约黄昏后。"今夜的我，没有寒冷和孤独感，而是在和朋友把酒推盏。少许的白酒驱散了身体里的寒气，整个人都感觉到舒坦。朋友相聚，自不胜喜，欢歌笑语，不绝于耳，诙谐幽默，相互打趣，无拘无束，频频举杯，言谈间多了浓浓的情感，说话间流露出纯纯的乡情。朋友们围坐在酒桌旁，虽然看不到明媚的月亮，但是看着桌上大大小小的洁白菜盘，就有"小时不识月，呼作白玉盘"的感觉，更能想象到寂寞孤独、醉卧长安街头的李太白那种"举杯邀明月，对影成三人"苦无知音的落寞神情。今夜的我身边坐了一群老友，个个都是真正的自己，人人都能举杯豪饮一番，自然不会像李太白那样孤苦伶仃举杯邀明月。仅仅这帮朋友就足以让酒桌的气氛高涨，让人有"清风明月本无价，近山遥水皆有情"的滋味。

人人都有了微醺的感觉。曲尽人散之后，我一个人在月光下散步，仰望苍穹，看着那洁白的月亮。今夜，我借着酒兴，吟唱出了《酒神曲》的粗犷和豪放，回想着嫦娥奔月由神话般的故事变成了祖国发展而实现的现实，不由得顿生喜悦，感慨着"可上九天揽月"的浪漫情怀……

初冬夜晚的月亮很大很美，皎洁的月光洒满神州大地。在这个充满幻想的夜晚，不知会唤起多少甜蜜的回忆，激发多少美好的憧憬。

06
感恩母亲

2008年5月11日，又是一个母亲节。可是，我的母亲已经离我远去，到了天堂。她老人家走了，带着灿烂的微笑，带走了对儿女们无比的关心、关爱和关怀，还带着儿女们的无限牵挂……

在我的记忆里，再过18天，我的母亲离开我们就整整8年了。2000年农历四月二十五日清晨，她老人家在蒙蒙的细雨当中，灵魂升上了天堂。我们哭天抢地，捶胸顿足，也无法挽回她老人家的生命。那时，我恨自己为什么没有当一名救死扶伤的医生，不能延续母亲的生命。然而，悔恨又能起什么作用，打小自己就清楚地知道，这个世界上哪里还有卖后悔药的！悔，又怎么能唤起她老人家的生命；恨，又怎么能让她老人家重生。这一切的一切都是不可能的，都只能在自己的心田里埋藏，都只能在自己的生命中回味。唯有健健康康地活着，做一个善良的人，做一个对社会有用的人，才是对母亲最好的报答，才是对母亲生命的一种延续，才是对母亲生养自己的一种最好的回报，才能不辜负母亲带给我们生命时的阵痛！

我是一个热爱哲学的人，但我绝对不是一个无神论者。我吸收了马克思哲学中的精华，我懂得物质决定意识，也明白由量变到质变的过程，还清楚记得实践是检验真理的唯一标准，但是，我还是相信天堂，还是相信有来世。有一次，我在睡梦中非常清晰地梦见了天堂：看到了棋盘般的田地，看到了瓦蓝瓦蓝的天空，还看到了生活在世外桃源里的母亲和父亲。我看到他们无忧无虑，看到他们还在辛勤劳作，看到挂在他们脸庞上的微笑。我知道，他们生活在另外的世界里还是那么的勤劳和善良！我也为自己在逢年过节为他们烧纸钱、烧纸衣、烧纸被、烧纸褥时的虔诚而感到由心的慰藉。我知道自己所做的一切并不是徒劳的，而是在感恩，在报答，在寄托着自己无限的哀思！

说实在的，在我小的时候，母亲没少打我，没少骂我，但是，我并不记恨她老人家。我是在她无尽的母爱中成长起来的，在她的打骂声中成熟起来的，在她的指教声中懂得了如何做人的。我清楚地记得，我上小学、中学、高中，一直到警察学校，都是在母亲的关怀中进步，在母亲的教诲中做人。没有母亲的恩情，就没有我的今天，没有母亲的关怀，我也不可能走到今天这一步！

我清楚地记得，我上高中的那几年，由于天资较笨，所以未能一次成功地考上高等学府。那时候，在她老人家的注视当中，我穿着她老人家亲手缝制的布鞋、布衣，背着她老人家亲手烙好而自己又舍不得吃的麦面锅盔，在通往家庭与学校的道路上一步一步地穿行。特别是补习的那几年，自己没有颜面，没有勇气面对乡邻，走到村口时便从村子后面的羊肠小道急急地钻进家的后门，生怕看到一个熟人，生怕他们的嘲笑。我知道，只有我的母亲对我倾注了无尽的母爱。每一次，我都能从她那饱经风霜的脸上看到对我的无私奉献，从她的眼神中看到她的期盼与关爱。所以，每一次我都是默默地端起她盛好的面条，一声不响地狼吞虎咽，也没有时间去顾及她老人家的感受。年复一年，高考、落榜，再高考、再落榜，直到有一天，陕西省人民警察学校的录取通知书落到手上，我们全家才感到了无比的喜悦，我也顿时从压抑、困惑的围城中走了出来。这时候，母亲却把自己的高兴和喜悦深深地埋藏在心里，让我不要声张，不要骄傲。于是，我一如既往地拿起了镰刀和担笼，默默地在绵绵秋雨中打牛草，直到临走的那天早晨。现在，我才知道母亲的那种做法用现代时髦语言叫作"低调"，我也明白了低调做人的益处。我从警校出来，成为一名人民警察，我继承了母亲的优良传统，我学会了我原来不懂的东西，我更学会了做人，做一个好人的道理和原则。到了现在，我正是用母亲教会我的为人处事原则，交结了一帮知心朋友，我衷心地感谢母亲。在这个母亲节里，我要对九泉之下的母亲说一声："辛苦了！妈妈！我爱你！妈妈！有来世，我还做您的儿子！"

母亲，您虽然离开我们快8年了，可是，您的音容笑貌还是那么清晰，我在心里无时无刻不在想念着您；想念您一点一滴的恩情，想念您无时无刻地牵挂，想念您做人处事的憨厚！您虽然不是一个大人物，但您教育我做人的道理是一些大人物们所不及的。这些年来，我更加懂得"子欲养而亲不待"的苦楚与酸痛，我是何等的无奈啊！我才知道那些年特别是上高中的那几年，我没有真真正正体会到为人父、为人母的无私与伟大！

常言道：养儿方知父母恩。母亲，我的儿子、您的孙子已经18岁了，他现在懂事了。想起他那几年的学习和生活，我打内心地感受到了您和父亲养育我们兄弟姐妹的艰难与不易。您生活的那个年代并不富有和宽裕，您衣不裹体，食不饱腹，忍受着巨大的煎熬，承担着为人母的良知与理性。我现在只有一个儿子，有时候，我都感到力不从心，感到了生活的压力，感到了做人的不易，我怎么能体会到您那时的感受呢？母亲，您教教我吧！

　　母亲，您走了，您需要我们为您做什么？我知道您从来不会说的，这正如您 2000 年生病的时候，直到您离开我们，您从未给我们做儿女的增添一丝一毫的麻烦。在您弥留之际，您始终保持着一生的勤劳与勇敢，整洁与清净，从未在病床上大小便，让我们从那个时候就失去了尽孝道、义务和责任的机会。想到这点，我就感到了您的"自私"，也感到了您做人的魅力所在！

　　安息吧！母亲！

07
怀念亲人

在我老家村口东北方不远处，耸立着几十棵郁郁葱葱的柏树，在柏树的环绕下，是我奶奶、母亲、父亲和二哥的坟茔。

"十月里来十月一，家家户户送寒衣，祭奠先人御寒气，敬老孝老世代传。"农历十月一日为送寒衣节。这一天，特别注重祭奠先亡之人，谓之送寒衣。阳历 11 月 3 日，我和妻子买好了烧纸和纸钱，早早地回到了家乡，为我的亲人们上坟。一周了，不是阴沉沉的天气，就是被雾霾笼罩的天气，偶尔间，老天还哭哭啼啼地掉几滴眼泪，滋润着干枯的土地和嗷嗷待哺的麦苗。这一天，不知是上苍的意外开恩，还是被天下众人的善举孝心所感动，太阳在半中午时分，悬挂在了天空。阳光下，亲人们坟茔上的柏树更显得挺拔和苍翠。我、妻子、三哥和朋友到了坟茔前，给我的亲人们焚烧纸钱，给他们送去温暖和一点孝心，聊以慰藉我们的心扉。妻子在焚烧纸钱时，嘴里念念叨叨，意思是让亲人们用纸钱为他们购买过冬的东西。她的话，亲人们是否能听得到我不得而知，但她的话表明了我们的心意。

母亲是 2000 年去世的。那一年，她老人家 77 岁。

母亲在我的心里是善良的、严厉的，也是坚强的，她把家里的重担挑在自己的肩上，吃尽了苦，受尽了累。老了，她的脊柱都弯曲了，也不能挺直地走路。她对子女要求很严厉，但因为没有念过一天书，所以，方式简单，方法粗糙，不是骂，就是打。母亲一生中，有病自己扛，从来没有主动要求看病吃药。

直到去世那年的春节，可能感觉到自己病入膏肓，力不从心，她才告诉了我的哥哥。她感觉自己整天发烧，迷迷糊糊的，说她没用了，都不能干活了。于是，我们求医问药，大夫们都说这是肺炎。于是就按照肺炎去治疗。打针、吃药，烧就退了；刚一停药，又烧起来。后来医生又说是伤寒，就按伤寒治疗。结果，病危通知书下来了。后来，我们才知道，母亲患了肺泡癌，是不治之症。好在这种病使人在弥留之际不受病魔的折磨，于是，母亲就在平静中走进了天堂。

母亲一生爱干净、讲卫生，去世前的 10 天，身体极度虚弱，点滴已经打不进去了，从这里打进去，又从以前的针眼往外渗。但她从来没有在病床上大小便过，每一次都要坚持去卫生间。农村的卫生间就是茅房，很简陋，对一个生命垂危的老人来说，实属不便。家人的劝说对她来说没有任何效果。于是，我在病床前好说歹说，她听从了我的意见，才同意用痰盂，但她坚持要下地，不在床上大小便。直到她离开我们的时刻，她的病床都是干干净净的。她就是这么一位坚强的人，宁可自己受罪，也不让自己的孩子受委屈。所以，她虽去了，但她永远活在儿女们的心中。

那是 1997 年的夏季，我在城里办案抓烟民，刚把抓到的烟民扭送上了吉普车，自己的腿却不听使唤，承受不住上身的压力，整个人眼看就要倒下去。好在同志们眼尖手疾，一把将我抱住，我才不至于倒下，而是缓缓地坐在了地上。后来，经医院检查，我患上了类风湿。我吃药，理疗，没有告诉她老人家。

到了初冬，母亲得知我患病的消息，一个劲地劝我回老家，说老家有偏方治，后来我就回到了家里。那天天气很寒冷，下着雨夹雪。回到家里，母亲仔仔细细打量着我，泪水在她昏花的眼里打转。我劝她，说我身体好着呢，她就又笑了，一个劲地把我劝到烧热的土炕上，让父亲去奶奶的坟地上给我折柏朵朵（城里人叫侧柏枝），自己要下厨房给我做饭。我说："不用了，我吃过饭才回来的。"她不听，还埋怨我是不是嫌她做的饭不好吃，我说："不嫌弃。"她说："不嫌弃我就给你去做。"不一会儿，一碗热气腾腾的清汤面就到了我的眼前。我要下地，她却死活不让我下地，说地下冷，不要让病腿再受伤。没办法，我含着眼泪在热炕上一碗又一碗地吃着母亲亲手给我做的清汤面。正吃着，父亲顶着雨雪从地里折回了柏朵朵，母亲一边拍打着父亲身上的落雪，一边给父亲说我不听话，非要下地吃饭。父亲也心情不悦地数落我，让我要听话。我什么话都说不出，眼泪吧嗒、吧嗒地掉在了碗里。

母亲将父亲折回来的带着雪和雨水的柏朵朵小心翼翼地晾在麻袋上，说等把水晾干了，她要为我治病。柏朵朵在母亲的不断翻动下晾干了，之后，母亲和父亲一起将炕席翻起，将晾干的柏朵朵摆放在炕上，然后又将炕席盖好，让我躺上去。母亲又在炕洞下添了好多柴火，点燃后，用扇子不停地扇，希望把炕烧得热乎起来。看到母亲干瘦的身躯不停地劳作，听到母亲闻到烟味揪命般的咳嗽声，我的心在滴血。就这样，我在热炕上躺了两天，因为工作原因我要返回城里。临行前，母亲和父亲对我说："下星期再回来，继续治疗。"我答应着，但到了周末，因为工作忙碌而无法兑现自己的诺言，只能告诉父母自己的腿病好了。母亲和父亲不相信，还在催促我回去治疗。说来也很奇怪，经过母亲和父亲的偏方治疗后，自己的腿病直到现在，再也没有复发过。

由于我们家兄弟姊妹们多，孙子辈的人也多。母亲一生看孩子看得头痛，一听到孩子的哭声，她就心慌意乱，头晕目眩。所以，老年时期的母亲爱清静。母亲生前有一次对我说："我死了，你要给我请安红的乐人班子，给我吹吹打打，把我热热闹闹地送走。"我笑着说："您爱清静，吹吹打打的，太吵，咱们不请乐人班子。"母亲说："你不能这么把我葬埋了，让村里人笑话。"我说："开玩笑呢。您需要谁的乐队班子我就请谁的，要几个吹手咱就请几个。"母亲一听就笑了，说："要8个吹手。"我说："不行，要12个。"母亲说："别浪费，别乱花钱。"我笑着说："您一生就没乱花过钱，死了，我们也要给您花一花钱。"母亲说："不行，坚决不行，要听我的安排。"母亲还叮嘱我，父亲百年后，要唱板板戏（皮影戏），乐人班子不限。后来，母亲走了，我们兄弟姊妹们就遵从了她老人家的意愿，请了安红的乐人班子，8个吹手，从早吹到晚，从家里吹到坟地，热热闹闹地葬埋了母亲。但愿母亲在天国里笑得开心！笑得坦然！

说到父亲，父亲一生很勤劳，很善良，很耿直，很朴实。

父亲是一位很勤劳、很善良的人。中华人民共和国成立前，他通过自己的劳动，给家里置办了十几亩贫瘠的土地，一个人忙忙碌碌地干好自己的庄稼，还要给东家打短工，维持和补贴家用。农闲时，他便把母亲织好的布拿到很远的地方去换粮食、换钱。有时候，还要到北山去背粮食，背回来玉米、豆子之类的粗粮，到了夏收后，还要给人家还去等量的麦子。我长大后，看到父亲的小腿血管像蚯蚓一样的凸出来，方知这是父亲年轻时到南山跋山涉水砍竹子留下的病根。

父亲是一位很耿直、很朴实的人。中华人民共和国成立后，他当了多年的生产队长。按理说，当了这样的"官"，我家应该不缺粮食，但是，他从来不贪不占，清正一生。过去吃大锅饭，生产队分东西按每家每户分，我们家人多，虽然哥哥们结婚生子，但是都没分家单过。所以，也吃了不少亏，但父亲毫无怨言。他只要求自己的孩子踏实劳动，诚实做人，勤俭持家。父母没有文化，但他却懂得文化的重要性，自己辛苦一生，也不能让子女目不识丁。我们兄弟姐妹 7 人中两个人上完了小学，五个人上完了高中，这在当时是相当不容易的。因为高中在离村子 10 千米的地方，每周我都要背着母亲亲手做的锅盔或蒸馍去上学。虽然，念书的费用不高，但是念了书，就无法参加生产队的劳动，不劳动，就挣不到工分，没有工分，年底就没有收入。所以，我们家一直都是清贫的。2004 年冬季，父亲寿终正寝。那天，我和妻子去宝鸡看望学习中的儿子。途中，接到三哥的电话，说父亲最近身体不好，让我有时间回家看看。于是，看完儿子，我急急忙忙回到老家，看望父亲。

父亲躺在炕上，脸容消瘦，面色蜡黄，老年斑很清晰。一声接着一声地喘着粗气，喉咙里好像有痰，呼吸声让人感到难受。三哥说："外村的医生刚看了，把了把脉象，说无大碍。"朋友说："看把人难受的，最好用氧气，吸吸氧，或许还能好转。"于是，我赶紧联系朋友，找到了氧气袋，朋友和妻子一起返回咸阳去拿。

医生说父亲的病无大碍，其他人去忙活了，我和二嫂在炕边守着。一会儿，父亲的呼吸平稳了，甚至没有了呼吸。二嫂对我说："你快看爸咋了？"我一摸，父亲的呼吸很微弱，睡着了。又过了一会儿，二嫂说："不对！快叫医生来看看。"于是，我急急忙忙出门，在隔壁找来医生，医生用过听诊器，又把了把脉，说："不好了，抬床上吧！"三哥家大房里还摆放着客商收好的几十箱苹果，门外乡亲们听到医生的话后，一拥而上，几分钟就将屋子里的苹果搬完了。支好了床，几个人又一起动手，把已经穿好寿衣的父亲抬到床上，医生不停地把脉，用听诊器听……一会儿就宣布了父亲去世的消息。

父亲去世后的葬埋程序，我们就遵从了母亲生前的安排。

父母去世时，二哥对我说："老四，你算个文人，你给老人把祭文写了。"我说好："写好了，你把关。"当时，我写了祭文，二哥看了看，没说什么。可是，到了 2009 年夏天，二哥也走了。这对我们全家的打击是巨大的，我提不起笔为他写祭文。

春节刚过，侄子给我打电话，说二哥病了，住院了。听了这个消息后我感觉到二哥的病情可能有些严重，多少年了，二哥生病或者住院，从来没有告诉过我。这一次，侄子主动打电话来，我就预感到事情的不妙和严重。急匆匆地去西安，侄子把实情告诉了我，那一瞬间，犹如晴天霹雳，五雷轰顶。但我还要伴装表面的若无其事，因为，此时此刻，我成了侄子心中的主心骨，成了他的依靠，我不能倒下。我找了个借口，对二哥说自己到西安办事，听说你病了，所以，顺便到医院探望，避免他心中生疑。西安几个大医院的诊断结果是一致的，等于给二哥下了最后的结论。看到二哥面色灰黄，我心情很压抑，很沉重。年前，我才去看过他。他说："我刚做过全身体检，医生说我是'肺纤维化'，建议我戒烟。"我说："为了身体健康，那你就戒烟。"他坦然接受。要知道，他抽了几十年的烟，平常人一时半会都很难戒，但他却答应得很干脆，戒得也很彻底。谁知道，短短十几天，医生就说他得了不治之症。我不相信，把片子带回咸阳，找到权威人士田叔再诊断，田叔的结论一下子把我打趴下了。后来，田叔让我把病人接到他的医院，他尽力而为吧。一月后，田叔说："我已经尽心了，无能为力。"后来，二哥转回西安医院继续治疗，半月后，二哥就离开了我们。

二哥是位性格内向的人，是位责任心很强的领导。他平易近人，没有官架子，不打官腔，办事非常认真，与人为善，从不愿和人钩心斗角。他心思纯正，人很善良，为我们这个大家庭做出了很大的贡献，家里大大小小、老老少少，他都会倾心关照。哪个孩子上学、结婚、生子，都会出现他忙碌的身影。

20世纪80年代初，我想参军，体检中，县医院化验出我转氨酶很高，高到了500。二哥不信，因为正常人只有120。他认为不管当不当兵，化验结论不能乱写，于是，把我带到西安。那时候，看病要挂号，二哥就早早地去排队。我还在睡梦中，他就起来去西安医科大学第二附属医院把号挂好，再回家叫醒我去做检查。检查结论，我转氨酶正常，但是当不成兵了。我们都没有怨言，认为我就没有当兵的命。二哥很疼爱我儿子，儿子小时候去西安时，二哥都让他坐在自己的肩膀上，说说笑笑地上街、逛公园，儿子要什么他就给买什么，只要儿子高兴。儿子要去外地上学，他又带着儿子，把事情安排妥当。可以这么说，二哥心中装着我们全家，唯独没有他自己。

二哥走了，我太悲痛了，提不起笔为他写祭文。我把写祭文的事交给了自己的儿子。没想到，19岁的儿子却像成人一样，把二伯对他的恩情、对全家所做的贡献都写了进去，言简意赅，形散而神不散，看似平平淡淡的语言却把他对父辈的思念全部写了进去。他跪在伯父的灵前，吟诵着由自己写的祭文，抑扬顿挫，声泪俱下，喉头哽咽。那形态，不是跪在灵前，而是趴在那里，感动得周围的人一阵唏嘘，我在一旁眼泪哗哗哗地直往外流……

奶奶，我没法去写。因为，我没见过奶奶，奶奶也没见过我。听父母说，奶奶走的时候，我还没有来到人世间，但是，她永远都是我奶奶！因为，我血管里流淌着她的血。自从我懂得烧纸钱的事情后，一直都在为她上坟、烧纸钱……

　　给亲人送寒衣归来，我在微信中写道："今天回老家给亲人上坟。10多年了，年年不缺。妈妈离开我已经16年了，离开了那么久，她老人家在我的脑海里却这么近。烧了纸钱，寄托哀思，眼里虽没有泪水，心里却还有丝丝酸楚……"没想到，一石激起千层浪，一语刺伤众人心。看到我这段话的朋友和亲人，都在后面留下了许许多多感慨的话语。南极无辉寒北斗，西风怅望念亲人，失去的亲人永远活在我们心中。他们就在我们心底里的某个角落，他们是我们永远抹不去的怀念。

　　看到朋友们的关心，我的心很痛，泪水止不住地往下流……

08

家乡的池塘

　　从西（安）宝（鸡）北线而行，在杨贵妃墓处沿乾（县）兴（平）公路向北而上 3500 米，就是我的家乡，乾县最南端的一个小村庄——北上官。它地处鸡鸣闻四县的乾县、兴平、武功、礼泉四县的交界处，所以，这几个县的人通婚、通商屡见不鲜。

　　相传，我村和邻村当时叫北村和南村。唐朝时，两个村的男人被征劳役为武则天修筑墓园。由于劳役很重，时间紧迫，加之吃不饱，休息不好，很多人精疲力竭，导致没能如期完成修建墓园的繁重任务。武则天恼羞成怒，下令全部杀之。好在上官婉儿求情，他们才得以保全性命。于是，为了纪念上官婉儿的大恩大德，这两个村改名为北上官村和南上官村。

　　我们村中间有一个三角形的涝池，其中一个角连着正街街道，另外两个角连着南街街道。每当下雨时，雨水沿着街道汇聚到三个角，再经过三个角流入涝池。雨水经过沉淀，非常的清澈，涝池边一排排茂盛的垂柳、榆钱树、槐树、椿树倒映水中。春天，蝴蝶翩翩起舞，吸引着孩子们欢快的脚步，放飞着孩子们童年的银铃般笑声。夏天，蜻蜓像一个个小飞机，承载着孩子们五彩斑斓的梦想，在涝池上空飞翔。顽皮的孩子折一根一尺左右的树枝，在树枝一头粘上椿树中流出的胶状物（这种胶状物像当今的口香糖一样，可以咀嚼，没有味道），然后将另一头插在涝池的水岸边，蜻蜓爬在树枝上歇脚时，便被胶状物粘住，动弹不得。孩子们将捉住的蜻蜓关进小笼子中，放在家中玩耍，过几天又统统放掉。夏天，知了在树上扯开嗓子"知了！知了！"地嘶鸣，将午睡中人们的美梦搅醒。孩子们便到树下、树上寻找死去的知了和蜕下来的蝉壳，拿到药店换取买水果糖、米花糖的零花钱。冬天，涝池的水面上结了一层厚厚的冰，孩子们在冰面上一边溜冰，一边侧身扬手抛出小瓦块，让小瓦块从冰面上滑过，听那"吱啦啦"的滑翔声。顽皮的孩子们在光滑的冰面上不知滑倒了多少次，一个个冻得鼻青脸肿，但玩耍的兴趣丝毫不减。有个别胆大、不知天高地厚者，一不小心滑到薄冰处，就会掉进冰冷的冰窟窿里，棉衣、棉裤、棉鞋全都湿透了，最后在小伙伴的帮忙下逃离上岸，冻得牙关紧咬，嘴唇发青，浑身瑟瑟发抖。这时，小伙伴就会将落水者拉到废弃的猪圈里，脱衣服的脱衣服，抱柴火的抱柴火，很快生起一堆火，将脱下来的湿衣服拧干水。然后，两个人将衣服拉开，站在火堆旁烤干。事后，都不外传，防止被大人们知道而被"修理"。

要让人不知，除非己莫为。时间长了，这些事自然也就传到了家长的耳朵里。时过境迁，孩子平安，家长最多骂几句，叮嘱以后要小心、注意安全之类的话，事情就结束了。但家长警告的话语全被孩子们当了耳边风，该干什么的继续干什么，该发生的事继续发生，该溜冰的继续溜冰，该落水的继续落水……

那时候的孩子除了学校老师管学习，家长几乎不管。每到放学回家，家长就给一个笼子，不是让拾柴火、捡牛粪，就是让拔猪草。到了野外，匆匆忙忙捡拾一点柴火、牛粪，拔一点猪草，然后就开始玩耍，玩一种打汰的游戏：首先，两人要确定自己要反面还是要正面，然后一个人先将自己的铲子扔出去。铲子扔出去后，是自己所要的反面或者正面，自己就暂时获胜。紧接着，另外一个人再将自己的铲子扔出去，如果将对方所扔出去的铲子砸倒过来，最后的胜利就归后者。如果没砸倒，或者砸到了，但对方的铲子没翻过来，自己的铲子扔出去后属于自己所要的正面或者反面，两人不分胜负；自己的铲子扔出去落地后，不属于自己所要的正面或者反面，自己就输了。到了秋季，节节草上长出了穗子，孩子们就玩起了"磨马"的游戏：将两颗钉子钉在两头，中间用一根绳子相连，两个人坐在钉子旁，将节节草的穗子拔下来，用唾沫润一润，粘些泥土，增加稳定性。然后从中间平分开，让所谓的"马"骑在中间的线上。之后，将捡拾来的小瓦块翻过来，在钉子的盖子上使劲磨，两匹马就骑线朝中间"跑"去。相遇后，相互顶牛。谁磨得快，他的"马"的力气就大，将另一匹马顶回头，两匹马就朝一个方向行驶，两匹"马"跑的方向的那一方就是失败者。在游戏过程中，其他孩子在两边观战，加油助威。

上学或者放学的路上，那时的孩子也会几个人相约一同去学校。一路上玩弹球，相互追逐，一直玩到学校还不罢休。当上课铃声响起，才作鸟兽散，匆匆忙忙回到教室。下课后，就紧跟在老师屁股后面，冲出教室的大门，继续玩弹球。一段时间后，凡是玩弹球的地方，所有的墙面都被弹球砸出了麻子一样凸凹不平的小坑面。

每到闲暇之余，孩子们就饶有兴趣地玩起各种游戏，有踢毽子、翻交交、玩纸包等，特别是弹球，都被玩出了各种花样。孩子们三五成群，聚集在一起，玩劫花花羊羔（也就是"老鹰抓小鸡"）的游戏，欢笑声在村子的上空飘扬着、回荡着。到了夜里，老人们怀抱啼哭的孩子，伴唱着"咪咪猫，上高翘。金蹄蹄，银爪爪，扑棱棱，都飞了，把个哈猫气死了"的童谣，将哭泣的孩子带入梦乡。

看着现在的涝池，已经没了当年的模样。涝池被侵占了一大半，一汪清水不见了，所有的树木不见了，孩子们的欢笑声也不见了。回想当年的涝池，我百感交集。我们村世世代代的人们既是涝池的受益者：他们看到过涝池边蝴蝶的飞舞和蜻蜓的飞翔，聆听过蝉的嘶鸣，在涝池中享受着嬉水所带来的童真童趣。同时，也是涝池的受害者：滑冰时，掉进过冰窟窿，游泳时不仅被水呛过，也被涝池底下的碗片划伤过，换来父亲们不计其数的责骂。更有可怜者，被涝池吞噬了幼小的生命。还有那些轻生者，将自己的生命交付给了涝池。尽管如此，他们是幸运的、幸福的，至少，在童年充满着孩提的乐趣。不像现在的孩子，从小就失去童真，要在家长的监护中和老师的看管下，被强硬地塞入 ABC 的笼子中，幼小的脊背扛着本不该这个年龄所承受的沉重书包。

这个并不起眼的涝池是我们村的福地、聚宝盆。它千百年来保佑着全村风调雨顺，保佑它的子女们平安健康，幸福吉祥，并不断地滋养着村民。这里人杰地灵，渴求知识的人很多，过去流传着这样一句顺口溜"走上马嵬坡，北上官的先生实在多"。

正是这个滋养了北上官村人千百年的涝池，赋予了一代又一代村民可以赖以生存的条件。方圆百十里的村子，基本上，每一个村庄都有一个从北上官走出去的先生，给人们传授着中华民族的古老文明。

家乡的涝池，是滋养家乡文化的一片沃土，是家乡文化的一种象征。

09
在平凡的世界里谱写精彩人生

　　清涧县历史悠久，位于榆林东南部与延安的交界处以及无定河与黄河的交汇处，是扼守延安、关中之要地，享有"红枣之乡""道情之乡""石板之乡""粉条之乡"的美誉。这里还是著名的革命老区，1936 年 2 月，中央工农民主政府和工农红军军委组织红军先锋队联合在清涧发表了著名的《东征宣言》，强渡黄河，挥师东征，拉开了全民抗战的序幕。毛泽东主席率领红军在这里战斗、生活了 19 个日日夜夜，期间，挥毫写下了气吞山河、雄视千古的壮丽诗篇——《沁园春·雪》。这为清涧的红色文化涂上了厚重的一笔，鼓舞和激励了无数的青年人满腔热情地投身到革命事业当中。抗日战争时期，8 万人口的清涧县就有 2 万人参加了革命队伍，傅全有上将为清涧题名为"传奇县"。

　　清涧山川灵秀，黄土宜人。在历史的长河中杰出人物不断涌现，他们勇立潮头，各领风骚，功震华夏，名垂青史。中华人民共和国成立 2 个月后，在清涧县石咀驿镇王家堡村，又诞生了在我国文坛上享有盛名的著名作家路遥。

　　谈到路遥，我们会很自然地想到 30 多年前的电影《人生》和

2015 年红遍大江南北的电视剧《平凡的世界》。这两部影视剧，让高加林、刘巧珍和孙少安、孙少平的人物形象深刻地留在了几亿人心中，也道出了作家心中的痛苦、愤懑、纠结和快乐、欢喜、舒畅。

路遥，原名王卫国，1973 年进入延安大学中文系学习，毕业后被分配到《陕西文艺》（后改名《延河》）杂志社，1982 年成为陕西专业作家。就在这一年，他的中篇小说《人生》获得"第二届全国中篇小说优秀奖"，小说改编的电影《人生》获得"第八届电影百花奖最佳故事片奖"。1985 年，路遥任陕西省作家协会副主席，1988 年完成百万巨著《平凡的世界》，荣获"第三届茅盾文学奖"。陕西省、国务院授予他"有突出贡献专家"。1992 年 11 月 17 日，一代文学巨匠带着对文学事业的无限眷恋和莫大的遗憾离开了他所钟爱一生、耕耘一生、奉献一生的文学阵地。

如今在路遥的家乡，建有"路遥故居"和"路遥纪念馆"，借以纪念这位文学巨匠。

路遥故居坐落在 210 国道紧西侧的半山腰。要到故居去，必须从已经修好的台阶拾阶而上。其实，他的故居，说白了也就是陕北黄土山下的几口土窑洞而已。故居的崖畔已经用砖砌成陡坡状。在陡坡上，雕刻着路遥的半身像：满头黑发，鼻梁上架着一副近视眼镜，他目空一切地眺望着远处的山峦、沟壑、卯梁，还有那富有生机的绿色植被。他的左手习惯性地插入裤兜内，右手抱在胸前，夹着一根纸烟卷。我觉得这根烟仿佛就是路遥，他为了热爱的文学事业，正在慢慢地燃烧着自己，直到生命的终结。

路遥纪念馆与路遥故居毗邻相望，2011 年 12 月 3 日正式开馆。这一天恰好是路遥诞辰 62 周年纪念日。12 月的陕北，天寒地冻，白雪皑皑，选在这一天开馆，说明了后人对逝者的无限思念和无比崇敬，也充分展示了路遥对中国文学事业的杰出贡献。纪念馆占地 5000 多平方米，是一处弘扬路遥精神、激励后人奋发进取的人文教育基地。

进入纪念馆的大门后院子正中是一尊雕像。一头黄牛昂首挺胸，仰天雄视，迈开四条腿，尾巴下曲，拉着牛革子，雄健而又快乐地耕耘在陕北这片沃土之上。脚下是黄土，黄土中清晰地长出来"勤""搏""魂""根"4 个立体字。我想，这"勤"字，应该是对路遥在文坛上辛勤耕耘的写照。他认为"只有在无比沉重的劳动中，人才活得更为充实"，所以，他孜孜不倦，辛勤耕耘。这"搏"字，就是对他为了书写出《人生》《平凡的世界》这样高质量、具有时代气息的好作品，不断拼搏直至奉献出自己年轻生命的写照。他坚信"人生的最大幸福在于创作的过程，而不在于结果"，于是，他把自己封闭起来，在苦行僧般的日子之中，顽强地拼搏，用自己的生命果敢地度过了每一刻、每一天、每一月、每一年的创作过程。这"魂"字，也就是对路遥魂牵黄土地、热爱黄土农村文化的概括，他深深地纠缠于故乡情结并在生命的沉重中感受生活，以陕北大地作为一个沉浮在他心里永恒的诗意生活体验园，享受着生活中的苦乐年华。这"根"字，就是他始终认定自己是一位"农民血统的儿子"，是一个"既带着'农村味'又带着'城市味'的人"。他始终如一地把自己根植于这片厚重的黄土之中，每当自己的创作进入低谷时，他就独自一人深入毛乌素沙漠，在那里审视自己、观察社会，品尝着一个人的孤独与寂寞，从而寻找出生命中最为辉煌灿烂的时光。

这尊雕塑，寓意非常深刻，它让每一位参观者都能体会到路遥的一生"像牛一样劳动，像土地一样奉献"于文学高地的那种执着精神。正如这尊雕塑一样，仰天怒吼的老黄牛耕耘出了路遥《平凡的世界》中精彩而又辉煌的《人生》。仰天怒吼的黄牛，不仅是路遥一生孜孜不倦耕耘在陕北这片沃土之上的真实再现，也是路遥热爱平凡世界和人生的客观写照。他在仰天怒吼，这也是对老天爷早早地、无情地将他拉入极乐世界的愤懑呐喊。

回顾路遥的人生，就不难发现他是一位不平凡、不平常、不平淡的人，是一位不甘寂寞的陕北汉子。都说一方水土养一方人，我想路遥的性格应该和清涧的石板一样坚硬、刚强，既能登上大雅之堂，又能默默地成为脚下的铺路石。"文化大革命"中，年仅19岁的路遥就被推选为"延川县革委会副主任"，20岁加入中国共产党，36岁担任陕西省作家协会副主席，41岁荣获陕西省、国务院"有突出贡献专家"荣誉称号。正如陈忠实先生在《告别路遥》中所写的那样："就生命而言，路遥是短暂的；就生命的质量而言，路遥是辉煌的。能在如此短暂的生命历程中创造如此辉煌、如此有声有色的生命高质量，路遥无愧于他的整个人生，无愧于哺育他的土地和人民。"

雕塑后边的路遥纪念馆是一座中西建筑的结合品。它将欧式建筑风格与陕北窑洞建筑艺术融为一体，既体现了路遥一生对陕北这块生养他、给他创作灵感、让他走向文学高地的故土的怀念之心，又展现出路遥对美好生活的向往之情。纪念馆的外墙壁上，将路遥文学作品中能够撼动人灵魂、感动人心的文字镌刻在上面，很有艺术的表现力。大门口的正前方，有4根柱子，而在门的左右两侧后面，各有1根柱子。我想，这应该是路遥42岁生命的象征和其顽强生命力的体现吧。

门前西侧有一尊路遥的全身白色雕塑，茂密的头发覆盖着他那硕大的脑袋，眼镜片后面是一双炯炯有神的眼睛，饱含着对黄土地的眷恋之情，注视着曾经生养他的老宅。下垂感很强的宽腿裤子直到脚面，夹克衫的拉链拉得比较开，露出了里面的白衬衣。他的两只手臂摆出的是具有招牌性的动作，这应该是属于路遥一生的习惯性动作。右手夹着烟卷，从胸前而过搭在了左手臂的肩膀下面，左手臂又从右手臂的下面平行而过，半握拳地垂在腰部。他站在门前，迎接着每一位前来参观的文学之友和怀念他的人。

进入纪念馆内，可以看到一尊形象比较夸张的古铜色雕塑。坐在陕北山峁上的路遥显得很疲倦，眼睛微微地闭着，右手捂着头发，右大腿上放了一本厚厚的书卷。一只蘸笔从他右肩头斜着到了左脚前面，插入黄土地中；他的左手放在左大腿上，圆领汗衫外面一件风衣下摆被风吹到身体的左侧。在雕塑的两旁，各有三块一尺宽的竖条状的磨砂玻璃，从地面一直到了屋顶，上面镶嵌着路遥《人生》《平凡的世界》等 10 来部代表作品的名称。雕塑的正后方是一道黄色的幕墙，这便是路遥一生所钟爱的黄土地的本色。

雕像的前面，是一本无字书。我想这本无字书的深刻含义就像乾陵的无字碑一样。对于路遥这样的文学前辈、文学巨匠，谁能够评论呢？这正如高建群老师在《扶路遥上山》一文中曾经有过的一段描述：有一天路遥对着这个世界说："谁能够评论我呢？"高建群说有一天让他评论。路遥说也许你能够评论的！所以，高建群饱含深情，充满着对路遥的尊敬、对这位亲如手足的老兄的怀念，泪如涌泉地写下了《扶路遥上山》的悼念文章。他不是用笔去写，而是用心来写的；不是用墨水去写，而是用鲜血来写的。在陕北有许多方言，不仅很形象，也很生动。他们把放羊称作"拦羊"，把出生称作"落草"，把生存过程称作"受苦"，把死亡称作"上山"。

很早的时候，人们生活在山洞之中。那时候的生存环境很艰苦，在地上只有干草或者草席之类的东西，于是，孩子一旦出生，很自然就落在了干草或者草席之上。所以，出生就被称为"落草"。人的一生其实很曲折，也很坎坷。要经历许许多多的风风雨雨，还要经历喜怒哀乐的磨砺，以及病痛的摧残和折磨，还要为了自己的生存、生活四处奔波。人一生之中要遭受很多罪、吃许多苦，酸甜苦辣咸，五味陈杂无不饱尝。所以说，人生就是一种受罪。路遥7岁时，家中无力抚养，于是，他的父亲将他带到了延川县，过继给了他的大伯。据路遥回忆，他和他的父亲一路从清涧县的老家，乞讨到了延川县的伯父家里。那时候，他已经懂事，也明白父亲的用意和自己的处境，但他为了安慰自己的父亲，强忍心中的痛苦，没有在父亲面前流下一滴泪，目睹着父亲的背影消失在一道道山梁背后。那么为什么又把死亡称作"上山"呢？在陕北这块黄土高坡上，每一寸平地上的土地就像金子一样的金贵。人死后，不能选择在平地上安葬，又因为害怕山洪而不能将人埋葬在沟道内，于是，就选择安葬在山梁上。让死了的人能够看到一望无际的黄土地，能够将后人的一举一动、一言一行尽收眼底，其实，这也是对死者灵魂的一种告慰吧！所以人们把死亡称作"上山"。所以，高建群老师的《扶路遥上山》一文的标题就很容易理解了。

纪念馆是路遥文学精神世界的凝练，分为"困难的日子""山花时代""大学生活""辉煌人生""平凡的世界"和"永远的怀念"等6个部分，详尽地介绍了路遥的苦乐人生，展出和收藏了路遥生前生活用品、手稿、信函、照片、影像视频等大量珍贵实物和资料600余件（张），真实地诠释了路遥的创作经历。路遥不同时期、不同版本的各类文学作品让人直观地领略了路遥一生的创作成就，真切地感受到了作家"像牛一样劳动，像土地一样奉献"的创作精神及其作品折射出的艺术魅力。

第一部分是"困难的日子"。一孔破窑洞就是路遥的"落草"之地，他的灵魂已经和自己的父母、祖辈在一起了。这一部分，用文字和图片介绍了路遥17年的苦难和磨砺。

第二部分是"山花时代"。记录了路遥从民办教师到成为一名从事文学专业创作者的过程，既新鲜又刺激，既平凡又富有挑战性。

第三部分是"大学生活"。路遥1973年进入延安大学中文系学习，这一部分展示了路遥系统、专业学习文学知识的经历。他刻苦、发奋、积极、乐观的态度，奠定了他的文学基础，为他实现文学梦想插上了丰腴的翅膀。《人生》让"中国文学界发生了一件大事"，《平凡的世界》让他成为"新时代文学重要的小说家"。他笔下的人物栩栩如生，不仅有着很清晰的外在张力轮廓，而且内心世界充满了对生活的无限热爱和狂热追求，展示了这块黄土地上新一代的梦想。

第四部分是"辉煌人生"。这是路遥发表在《当代》《收获》《上海文学》《鸭绿江》等全国知名期刊上的中篇小说所取得的成绩展示。《惊心动魄的一幕》《人生》分别获得第一、二届全国优秀中篇小说奖。特别是电影《人生》在全国公演引起很大的轰动，并获得"第八届电影百花奖最佳故事片奖"，把路遥再一次推到了全国广大观众和读者的面前。

第五部分是"平凡的世界"。主要记录了路遥创作《平凡的世界》的艰辛历程。路遥历时8年，将百万字的长篇小说《平凡的世界》完稿。1991年3月，《平凡的世界》获得"第三届茅盾文学奖"。我仔细地看了这一时期路遥的照片，虽然显得很干练、成熟，但是每张照片上都很难看到意气风发、朝气蓬勃的气息，倒显出一副深思熟虑、疲倦不堪的生活"优柔"。也难怪，那时候的路遥是贫穷的，以至于获奖后无钱赴京，还需要弟弟的资助才能赴京领奖。他爱文学，将自己全部的心血倾注于文学之中，在文学的海洋里艰辛漂游，用比自己生命还重要的香烟，一根接一根地刺激着创作灵感，可以说达到了"废寝忘食"的忘我境界。生命是有限的，也是脆弱的，很难经得起过度的透支和狭小空间中烟雾缭绕的伤害，更经不起为了热爱的文学，没黑没明地折腾。

　　第六部分是"永远的怀念"。我记得臧克家著名的诗篇《有的人》这样写道："有的人活着，他已经死了；有的人死了，他还活着。"路遥就属于"死了还活着的人"，他对中国文坛的贡献是巨大的，他爱文学胜过爱自己的高尚情操是可贵的，他一生献身文学事业的精神是不朽的，他永远活在这个他热爱、眷恋的世界上，成为一代又一代文学爱好者的领航者。1992年11月17日，路遥倒在了文学的道路上。正如陈忠实先生所哀叹的那样："一颗璀璨的星从中国的天宇间陨落了！一颗智慧的头颅终止了异常痛苦的思维。"王巨才赞道："平凡世界，精彩人生。"雷抒雁说："你把生命注入了文学，文学延续着你的生命。"贾平凹称赞道："文坛上的英雄，奋斗者的楷模。"

　　在路遥纪念馆，我长久地驻足于路遥的蜡像前。路遥的蜡像位于纪念馆的东南角。在这里，他能看到纪念馆的全部，能看到自己走过的道路。乌黑的长发，圆圆的脸庞上架着一副近视眼镜。衬衣外面套了一件对门襟灰色黑白点状相间的毛衣，外面披了一件奶油色的风衣，一条黑色裤子，黑皮鞋，左腿向前迈出一尺有余，两只脚形成了丁字步。在他的左侧，挨墙摆放着老式黑色的木制文件柜，柜子门形成了上下、左右各四个镶嵌玻璃的窗口，柜子顶部一摞一摞的报纸叠放在一起。在他的右侧，紧挨窗户摆放着一张铁锈红的一头沉三斗桌，桌子的另一侧摆放着一把与桌子相匹配的木制椅子。墙上有一张日历，定格在了1988年5月25日。这一天，也就是路遥历时8年完成百万字《平凡的世界》的日子，一个值得永远纪念的日子。桌子后面是一张已经磨损严重的藤制圈椅。桌面上有一部手摇式电话机、一个相夹、一个老式台灯、一沓稿纸、一个盛满烟灰的玻璃烟灰缸、一盒红塔山香烟、一个蓝墨水瓶。我仔细看了多遍，没有任何笔。我猜想，创作者应该是认为路遥一生太辛苦，不能让他在天堂里还像牛一样劳动，像土地一样奉献，所以，没有在这里放笔，而是让他在天堂里好好享受平凡世界里的精彩人生！

路遥把自己的一生奉献给了他所钟爱的文学事业。他怀揣一颗赤子之心，根植于生于斯、长于斯的黄土大地，用真情感受黄土地的风情，感受人民的生活、命运和情感。他为了体现每一部作品真实的感染力，都要不止一次地亲身体验故事中的生活场景，到矿井感受"孙少平们"的煤矿生活，到城市感受"高加林们"身上的城市味道，因而，他创作的每一部作品，都能深刻表达人民的心愿、心声。

他具有黄土汉子的狂野和粗犷，也具有黄土女人的温柔与细腻，他用文化自信书写了经久不衰的文学巨著，用中华文化挺起了民族振兴的脊梁，创造出了无愧于这个时代、无愧于怀念他的人民的不朽作品。他特立独行，艰难地在黄土地上跋涉；他一丝不苟，辛勤地在文学高地上耕耘；他激情昂扬，用高尚的文艺情操引领时代的社会风尚；他热爱生活、热爱人民，"像牛一样劳动，像土地一样奉献"，在《平凡的世界里》，演绎了自己精彩的《人生》。

"路遥恍若一老牛，写作人生死方休。平凡世界一书生，文汇山头笑春秋。"路遥走了，他留下的文学之路还很遥远，还需要我们不断地奋斗、拼搏。在绥德县公安局采访时，我有幸聆听了常主任清唱的电视剧《平凡的世界》片尾曲《神仙也挡不住人想人》。常主任的唱腔高亢、厚重、润滑，唱词干净、清晰、利落，他把我们带进了《平凡的世界》之中，"山挡不住云彩，树挡不住风，神仙也挡不住人想人……"是啊，神仙也挡不住我们想念路遥的那颗心。路遥以生命为代价，以血为墨的人格魅力将永远为世人所缅怀。怀念路遥，为的是传承路遥"像牛一样劳动，像土地一样奉献"的精神，以激励后人更加积极、努力、拼搏、向上！

10

乾州抒怀

　　最应该记住的最易忘记，谁记得母乳的甜美滋味。最应该感激的最易忘记，谁诚心亲吻过亲爱的土地。

　　　　　　　　　　　　　　　　　——秦兆阳《无题》

　　我的家乡在乾县，乾县从前也叫乾州，一州管三县，当时的乾州包括乾县、礼泉和永寿县。

　　我是土生土长的乾县人。自从 20 世纪 80 年代中离家求学后，我的脚步离老家越来越远，但是，我的心依然扎根在我的故乡——乾县马连镇。说起乾县，我感到格外亲切，因为那里有生我养我的父老乡亲，有我赖以生存的肥沃土地，有教我文化知识的老师，有把我送到村口让我闯天下的亲人，乾县，是培育我成长的摇篮。就像《我的中国心》所唱的那样，乾县，已经在我的心灵，打上了深深的烙印。

　　上初中的时候，我就喜欢看书。为了看《林海雪原》又不被家人发现而遭训斥，就用被子将自己全蒙起来，用手电筒在被窝里整宿整宿地阅读，但这并不意味着我不好好学习，相反，我现在的好多知识都是来自于当时我从课本学到的知识。还清楚地记得茅盾先生的《白杨礼赞》以西北黄土高原上"参天耸立，不折不挠，对抗着西北风"的白杨树来象征坚韧、勤劳的北方农民，歌颂他们在民族解放斗争中的朴实、坚强和力求上进的精神。孙犁先生的《荷花淀》描写了在抗日战争这样一个关系着民族存亡的大背景下，白洋淀农村妇女既温柔多情，又坚贞勇敢的性格和精神。杜甫的《茅屋为秋风所破歌》则展示了作者在自己穷困潦倒、衣不裹体、食不果腹的情况下依然心怀天下、希望民众安居乐业的忧民之心。我还读过秦兆阳先生的《无题》这首诗，将"最应该记住的最易忘记，谁记得母乳的甜美滋味。最应该感激的最易忘记，谁诚心亲吻过亲爱的土地"这句诗不仅写在自己笔记本的封面上，而且烙印在自己的心上，还践行在自己的行动上。

我们乾县虽然没有荷花淀，但是却不缺乏白杨树。所到之处都能看到伟岸、挺拔的白杨树，有成行的，也有成片的，还有一枝独秀的，它们都不缺乏温和，就像一个个乾县人，坚强不屈，傲立挺拔。

小时候，我们村中间有个小涝池，我曾经写了一篇《家乡的池塘》的文章，寄托了我对它的思念和感激之情。我家乡所在的村子四周都种满了小麦、玉米、豆子等农作物。农作物生长的季节，满目都是油绿绿的，到了成熟季节，满眼都是金灿灿的。后来修了一条"八支渠"，旱地成了水浇田，那些喜欢干旱、产量低的谷子、糜子、豆子等农作物慢慢地被淘汰，随之出现了整片的苹果树、桃树和梨树。播种季节，全村的男女老少都忙碌在田间，弯腰劳作。万物复苏的季节，满村都飘着花香，他们就在花的海洋、清香的世界里陶醉。收获季节，他们满身汗水、满脸喜悦地站立在地头谈笑。站在"八支渠"岸上朝北望去，远远就能看见梁山上武则天的陵塚。那时候，天高云淡，万里晴空，只要抬头北望，都能看到绵延的青色梁山和梁山之上宛如"睡美人"般的乾陵，还有一座颇像倒扣的木斗一样的昭陵。

　　乾陵，我们都叫它"呱婆陵"。"呱婆"是我们乾县人的叫法，是对已经出嫁了的女子的亲切称谓，现在城里人都叫"姑婆"了。有人说，武则天是山西文水人，有人说她是四川广元人，不管她是哪里人，她总归不是我们乾县人。那么，为什么我们乾县人要把武则天称为"姑婆"，把乾陵叫作"呱婆陵"呢？我想，应该是乾县人有着诚实的品质和宽广的胸怀，用对待已经出阁女子的礼数，包容、接纳、爱戴着武则天。

　　乾陵在历史上发生过的被盗事件有 17 次之多，但每一次盗窃都没有成功，所以，它也就成为 18 座唐陵中唯一没有被盗的陵　了。其中，大规模盗挖乾陵的有唐末的黄巢、五代耀州刺史温韬等。据说国民党将领孙连仲率领大军，带着机枪、大炮在乾陵附近安营扎寨，企图成为第二个"孙殿英"，没想到，随着一阵爆炸声，一团黑烟腾空而起，呈直立状在空中扭结。随之一阵龙卷风呼啸而来，现场的 7 名山西籍与 12 名河南籍的官兵，在巨大的风浪中被卷入天空，又转了几个大圈后被重重地抛到 10 千米外的荒野中，一个个口吐鲜血，气绝而亡。这吓得其他人屁滚尿流，孙连仲也在陵前祭奠一番后宣布收兵，乾陵得以保全。

　　乾县地大物博，物华天宝，人杰地灵。乾县有多大的地域面积和人口，上网一查全都知道。小时候我听大人们都说乾县地域大得很，流传着"南至南上官，北至五凤山，西至孟家店，东至礼泉县"的顺口溜。事实上，乾县东面和礼泉县交界处的地方距离礼泉县城并不远。说起乾县和礼泉县界的来历，还有一个传说：古时候，乾县和礼泉的县界一直没有划清楚，导致了许许多多的矛盾，特别是村民为了种地发生矛盾时，不知去哪个县告状，从而导致矛盾更加尖锐。为了解决这个问题，两个县的县令坐在一起商量了很久，但也没商量出一个结果。最后，有人提议，两个县令第二天子时都从各自的县衙出发，乾县县令往东走，礼泉县令往西行，走在哪里碰面了，哪里就是县界。两个县令欣然接受。特别是礼泉县令听此提议后很开心，因为他知道乾县县令是个腿有残疾的人，心里明白腿有残疾的人不可能超过正常人的行走速度，想着要把礼泉的县界划到乾县的城门楼下。

到了第二天子时，乾县县令明知自己的腿有残疾，但是为了乾县人民，还是一时半刻都不敢耽误，早早起来，时间一到，立马出发，一瘸一拐地往东走去。礼泉县令心中还盘算着自己的小九九，根本不把乾县县令放在眼里，对于手下的一再提醒，他置若罔闻，继续蒙头大睡，做着黄粱美梦。结果乾县县令都走到礼泉县西城门楼下了，他才被手下从梦中叫醒。听到此消息后，礼泉县令立即起床，诚惶诚恐地到西城门楼下迎接乾县县令。

虽然两人在礼泉县西城门楼下遇见，按理，礼泉县的城门楼应该就是县界了。但是，乾县县令风雅大度，不等礼泉县令开口，喝了一口茶，就起身往外走，礼泉县令自知理亏，就跟着出来了。乾县县令拉着礼泉县令的手，一边走，一边拉家常，出了西城门，继续往西走，一口气走了十里地，礼泉县令说："好了好了。"于是，两人就在分手地划清了县界。

这只是一个传说故事，至于其真实性无从考证。不管这件事是否真实可靠，但是，这个故事充分说明了乾县的县令是勤政、务实、为民的清廉之官。所以，当官要为民做主，才能对得起自己的良心，不辜负党和人民的信赖和期盼。

乾县的小吃也是很有名气的，最著名的莫过于"乾州四宝"：豆腐脑、挂面、锅盔、馇酥。"乾州四宝"不仅享誉国内外，而且被评为"中华名小吃"及"陕西名小吃"，还获得了国家商标局批准的注册商标"老乾州"。特别是乾县的锅盔、挂面，保存时间相对较长，是赠送亲朋好友的绝佳礼品。我个人认为，一个地方小吃的多少，能充分体现出当地劳动者是否勤劳、勇敢、聪明和富有创造力。乾县人是勤劳、勇敢、聪明和富有创造力的，除了"乾州四宝"外，还有许许多多富有当地特色的传统小吃，如拌汤、搅团、煎饼、鸡血面、羊肉冒馍、豆面糊糊、八宝酱辣子等，不胜枚举。辣子鸡并不是乾县的特产，但是，经过乾县人的加工和改造变成"辣子鸡泡馍"，也就成了地地道道的乾县名吃。

　　一方水土养一方人。这句俗语说得恰到好处。就拿豆腐脑来说，西安、咸阳距离乾县并不远，但两地始终做不出乾县风味的豆腐脑。因为没有乾县土地生长的黄豆，更没有乾县的水质。也难怪西安、咸阳的人为了吃到正宗的豆腐脑，都会慕名驱车前往乾县。小时候，在农村有担着担子走村串街的小商小贩，一头挑着用棉花褥子包裹起来的装着白生生豆腐脑的瓦罐，一头挑着盛装油、盐、酱、醋等调料汁子的小木箱盘。小贩一边走一边吆喝着，每逢买主，都是一张憨厚的笑脸。放下担子，问清买主的忌口，然后一手拿起一只小白瓷碗，一手拿住特制的、薄薄的、稍凹的小铲勺，一下、两下、三下……盛满一小碗后，然后添加各种特制的调料，特别是那红红的油泼辣子往白嫩嫩的豆腐脑上一浇，不用闻、不用尝，就那颜色都会让人垂涎三尺。上高中时，附近村子里有一对母子将做好的豆腐脑担到校园里来卖。刚开始，一碗豆腐脑五分钱，后来变成了一毛钱。这对母子人很实在，对于前来买豆腐脑的人，尽量都要把盛器的底盖住，于是，为了多吃几口豆腐脑，饭盒就成了盛豆腐脑的"绝密神器"。

　　乾县的挂面是为生病的老人、坐月子的产妇准备的食物。小时候，在农村我见过制作挂面的场景。制作挂面大多选择在农闲时的冬季，因为冬季夜长昼短，面才能饧到位。制作挂面时，首先要知道第二天的天气情况，如果是大晴天，才能制作。当晚，先把制作挂面的面粉称好，加适量的食盐和水，然后由精壮有力的男人起面，只有有力气，才能把和好的面揉到。面揉好后放置在一边，让面饧到位，然后还要经过一系列的加工程序。那时候我还小，也没有力气帮忙，加之晚上瞌睡多，也没有想看如何制作挂面的想法。只看到第二天早晨太阳出来后，他们把一根上面有左右两排孔的方木的一头绑在树上，一头搭在斜叉处。方木绑结实，架子固定好后，大人们就会把已经搭在两根箸头上的面拿出来。箸头是用大拇指粗细的细竹竿做成的，大约两尺多长，挂在上边的面大约有两三尺长。挂面师傅把一根箸头的一端插入方木孔内。站在架子上的人，一手拿着下面箸头的一端，另一手拿着一根箸头，在面上稍稍用力地朝一个方向划拉着。拉到一定的程度，站在地面上的那个人就要双膝跪在地上，双手握住垂在下面的箸头两端。站在架子上的人双手各拿一根箸头的一端，将两根箸头插入两排面的中间。上下两个人要密切配合。上边人两手将箸头往外挥开去，用箸头将面往外推，下面的人就要松手将箸头往上送。瞬间，两排平行的面条变成了立体的菱形，这样一来一往，两条平行线变成了立体菱形，立体菱形又变成两条平行线，面就由粗慢慢变细了。制作的人会根据需要的挂面的粗细，来决定推送的次数。挂面要粗，就减少次数；挂面要细，就增加次数。到了下午，挂面晾晒干后，从架子上取下来，把挂面平置在一块很长的面板上，根据主人的需求，用刀切成或长或短的一截，用麻丝绑成或粗或细的小捆，装箱保存，以备将来之需。

在我们县的南面流行吃清汤面。清汤面的面，古时流传下来的是用压床压的面，而不是手工擀的面或者手工挂面，也不是现在的压面机压的机器面。

压床，我是见过的。我们家以前门前是三间倒厦房，中间是过道，西面有一座石磨子，一个擞面柜，是供半个村子人磨面用的，东面那间紧挨北墙就是一座压床。压床很简陋，是在五六十厘米的一个很结实的架子上放置一块案板，架子和案板的后面一般都有一根比较结实的柱子，这是为压面做准备的。再有一根手臂粗细，1.5 米左右长的光滑溜圆的木棍，叫压棍。在案板的后上方 10 厘米处的柱子上，钉一个向下的凹面木块，凹面像手掌，向下半弯曲似的，为的是下一步将木棍的一头钳住。这就是压床的基本构架。

压面的和面方式和挂面的和面方式略有不同。压面的和面，根据个人的需要略有不同，有的人和面时要放少许的食盐，有的人却要放少许的食用碱。放了食盐的面颜色是白色的，放了食用碱的面颜色是暗黄色的。和好面，饧面的过程，也是男人们歇息、喝茶抽烟的时候。面饧好了，男人们也茶饱烟足了，浑身上下都是劲，于是，把刚抽烟、喝茶的两只手重新洗净。只见，他们将袖子挽到肘关节以上，把面放在案板上翻来覆去地使劲揉，然后叠成砖块状，放在案板上，用干净的干抹布将压棍上上下下擦净。压棍必须是干的，不能见水，否则会粘面。然后，将压棍的一头插入柱子上的凹面孔内，两只手紧紧握住压棍，从左到右一遍一遍地压面。压得差不多了，再折叠起来，继续从左到右一遍一遍地压，这样反复，直到把面压得像麻纸一样薄。如果不是亲眼所见，简直不敢相信平时的大老爷们，还有这样的一手绝活。

面压好后，撒上一层玉米面粉，防止粘连，把面从中间对等折叠起来，然后再撒上一层玉米面粉，再从中间对等折叠起来，形成一个小扇面。之后，将叠好的小扇面放在另外一个专门用来切面的案板上。只见，男人们将用铁皮做成的手指套套在右手的五个指头上，左手提起铡刀，根据自己的需求，飞快地将面切成细条条。这样的面久煮不烂，吃起来带劲，嚼起来有味。

加入食用碱的面的面汤要倒掉，不能给怀有猪仔的母猪喝，否则，母猪就会流产。至于它的道理我也说不清楚，但这的的确确是正确的。

后来，农村的发展越来越快，伴随着电磨子、压面机的到来，农村的石磨子、手工压床也慢慢被淘汰。用作清汤面的面就由老式的手工压面变成了压面机压面。

老式的手工压面虽然好多农家汉子都能做，但是真正要达到一个令人羡慕的水平，确实不易，每个村不过三五个人，堪称凤毛麟角。

对于压面，人们在实践中总结了 9 个字，来说明压面的做法。这 9 个字生动、形象。听后，馋涎欲滴，能勾起人们的食欲。

压面讲究的是薄、筋、光。薄，要求压面的人功夫要深，将面压得薄薄的，如一张麻纸；筋，讲究的是筋道，要吃起来有弹性，嚼起来要使劲，还不感到生硬；光，说的是面要饧到位，既不能没饧好，又不能太过火，否则，压出来的面没有光泽。

调汤讲究的是酸、辣、香。酸，要求要有上等的好醋，味感要好，既不能烈酸，又不能酸度不够，熬汤前，一定要先将上等好醋单独先熬，熬到一定程度，既有了酸味，又有了香味；辣，说的是熬醋时，要加入一定量的生姜和红线椒，生姜、辣椒、醋三者熬在一起，味酸辣且醇香；香，讲究的是熬出的汤要能醉人，能增加人的食欲，吸引人的味蕾。

挑面、浇面讲究的是煎、稀、旺。煎，要求汤要煎火，要能让面快速地热起来，达到面与汤的有机融合；稀，要求给碗中挑面时，一定要量少，最好一两筷头面，达到汤足面少的效果，让汤味迅速地渗入面中；旺，既讲究汤宽、面少，又要求不要吝惜材料，韭菜花、鸡蛋饼、肉臊子、滋补脑（猪油等动物板油提炼后的剩余物）、荤油等佐料要上足、给到位，红绿黄，三色搭配，既有视觉上的纯美，又有味觉上的醇香。

清汤面是我们那一带人招待贵客的佳肴。一般情况下，每年只有到了农历八月十五、大年初一、家里有喜事的时候才能吃到，再就是家里来了尊贵的客人，才用清汤面来招待客人。吃清汤面的时候很有讲究，它分为清汤和辣汤两种。一般都吃清汤面，如果遇到家里老人过世之类的白事，才吃辣汤面。辣汤和清汤的唯一区别是加了油泼辣子，汤是红色的。所以，吃清汤面时，轻易不要说加放辣椒的汤，主人心中会犯病的。有时候，老人性格温和，能开得起玩笑，年轻人就笑着问："婆，啥时吃您的辣汤面？"老人一边笑骂，一边抢起拐杖，然后，年轻人求饶，老人也就不再追究了。再就是吃清汤面，一定不能慌。因为真正的"清汤"是烧开了的，温度达 90 度以上。吃清汤面时，首先要用筷子将面从汤中挑起，凉一下，然后小口小口地吃，否则，挑起来直接吃，会将嘴唇、口腔烫伤，甚至烫伤食管和胃。因为清汤面的汤上有一层荤油，覆盖在整个清汤上面，热气出不来，这样可以保持面的温度和使佐料入味。因为它好吃，颇受人喜欢，过去，有人一顿能吃七八十碗。但是遇到招呼尊贵客人时，客人也不好意思吃那么多，一般就吃三五碗。所以，吃的时候，即使再香、再馋、再急，也不能着急着吃、大口去吃。

说到吃清汤面，不妨讲一讲李鸿章的一个笑话。有一年，李中堂到法国访问，法国人请李中堂吃冰激凌。当时，中国没有冰激凌，李中堂在国内也没见过，在法国有幸第一次见到冰激凌。他看见冰激凌冒气，以为温度很高，便用嘴吹了几下，然后，咬了一大口。没想到，这冰激凌是非常凉的，把李中堂的牙齿、口腔、嗓子和食道全都凉了个精透，让李中堂在绅士风度的法国人面前出了一次洋相。这一次的经历在他心中积下了块垒。虽说他贵为中堂，但报复法国人的想法一直在他脑中回旋。回国后，他便邀请法国人吃云南过桥米线。法国人也是第一次吃云南过桥米线，不知道它的温度很高、很烫，便从中挑了一筷子，大口地吃起来。没想到，90多度的米线烫得法国人的食道难以忍受，差一点叫出声来。为了保持其绅士风度，法国人又不能说出来。李中堂出了法国人的洋相后，心中的块垒顿时化为乌有，愉快之情无法用语言表达。当年，如果李中堂要是请法国人吃乾县的清汤面，我想其效果一定不亚于云南的过桥米线。

乾州的锅盔是一种保存时间长、能耐饥饿的美食。生长在乾县的人，不管大人小孩、男女老少，都吃过不止一次。我上高中的时候，锅盔就是我的主要食物。乾县的女人是勤劳的、智慧的。她们在锅盔的基础上又制作出"坨坨馍""曲链馍"，这是锅盔的变异体，在体型上比锅盔小了许多，还多了许多花样。

在家乡，媳妇坐月子，小孩过满月，都要送去"坨坨馍"和"曲链馍"。还有一个日子，就是端午节，也是要吃锅盔的。这一天，母亲早早把面和好、揉到，切成小孩子拳头大小的块，用小擀面杖擀成烧饼状的"坨坨馍"或做成手镯状的"曲链馍"。"坨坨馍"做起来很简单，只要擀成均匀的圆状即可。但"曲链馍"就不一样了，不仅里外都是圆的，外面还要捏成许多花边，其余部分都要做成各式各样的花形，花形越多，馍越值钱。等做好了这一切，然后，由我将这些"曲链馍""坨坨馍"送到出嫁的姐姐家。"曲链馍"中间有个圆圆的孔，刚好能戴在小孩子的手臂上。我到姐姐家后，就拿一个"曲链馍"戴在小外甥的手臂上，这样既方便他吃，也解除了小孩子拿不住馍而会掉在地上的困苦。

"坨坨馍"不仅是产妇坐月子、小孩过满月的专属食物，也是每年腊月二十三祭灶的祭品。祭灶的日子每年有两个，张王李赵姓氏腊月二十四日祭灶，其余姓氏都是腊月二十三日祭灶。据说是因为张王李赵姓氏的人常年在外，腊月二十三日赶不回来，只能腊月二十四日祭灶。

每年腊月二十三日早晨，母亲早早就把精心留下来的白面粉拿出来和好、揉好，放在面盆里用干净的布盖上，放在热炕头，让面可以更好地发酵。到了傍晚，就开始烙"坨坨馍"。烙好后，先在供奉灶爷的案台上燃起两根蜡烛、三根香，摆上烙好的"坨坨馍"，郑重地跪在灶爷像前，口里念叨着"灶爷灶婆心放宽，一年四季心坦然。今天跪拜把您祭，保佑全家都平安"，再给灶爷磕三个头，以示敬意。等到蜡烛和香全部燃尽，才把供奉灶爷的 "坨坨馍"分给全家人吃。没有在家的亲人没能赶在这一天吃到"坨坨馍"，母亲一定会刻意地为他们留着"坨坨馍"。我参加工作后，节假日没完没了地加班、值班，不能赶在祭灶的当日回家，所以，母亲就会给我专门留一个"坨坨馍"。后来我结婚生子，母亲就给我们家每人留一个"坨坨馍"。别看一个小小的"坨坨馍"，它不仅是灶爷的贡品，更寄托着母亲希望儿女丰衣足食、健康平安的美好心愿，这份真情让我永远地珍藏于心。

民以食为天。所以，我写了家乡的美食和风味小吃。其实，乾县还有许许多多的历史文化名人。看了第三期《乾县文艺》中的《乾县的人脉与文脉》，我就不再赘述，因为此文从大的轮廓已经勾勒出了一个具有悠久历史和深厚文化底蕴的乾县。乾县，留下了中国第一位女皇的陵塚和遗风，留下了丝绸之路的驼蹄印迹，留下了非物质文化遗产弦板腔的悠扬韵律和范紫东老先生《三滴血》的离奇故事。特别是乾县人民还保留着诚实守礼、坚韧不拔、勤劳勇敢、朴实无华、与时俱进的品质，这些都将成为一代又一代乾县子孙奋发进取的不竭的动力源泉。

此时此刻，我的耳畔又响起了秦兆阳的《无题》："最应该记住的最易忘记，谁记得母乳的甜美滋味。最应该感激的最易忘记，谁诚心亲吻过亲爱的土地。最应该算计的最易忘记，谁算过先行者的无数血滴。最应该惊奇的最易忘记，谁惊叹大地的无限生机。大树为什么要深深扎根，是为了繁茂它绿色的生命。历史的河流啊，长流不息，流的是历史的深沉的思维。"